Zweisam oder Die Sache mit Akakor
© 2014 Ulrike Jonack / jon

Umschlaggestaltung: Berthold Sachsenmaier

Verlag: tredition GmbH, Hamburg (2014)
ISBN:     978-3-8495-8422-1 (Paperback)
          978-3-8495-8423-8 (Hardcover)
          978-3-8495-8424-5 (e-Book)
Printed in Germany

jon

# Zweisam

oder

# Die Sache mit Akakor

# KAPITEL 1

Es war heiß. Blut tropfte in den Sand. Schwarzrot und schwer. Es sammelte sich zu einer Kuppel, die wuchs und wuchs und wuchs. Lebendiger Granat – Michaela konnte den Blick nicht davon abwenden. Dabei fühlte sie sich schuldig. Der Tod sollte sie nicht so faszinieren, doch sie war unfähig, sich ihm zu entziehen.

Der Wüstenwind strich ihr über die Stirn, über die Arme. Er strich über ihren Leib und rieb ihr den Geruch erhitzter Körper auf die Haut. Sie wandte sich um und sah eine Gestalt sich über das sterbende Raubtier beugen. Das Fell des Vacha schimmerte samten, forderte Berührung.

Michaela ließ sich nieder, streckte die Hand aus. Jemand griff nach ihr, hinderte sie. Sie schaute auf in das Gesicht des Mannes. Es war fast vollständig verhüllt. Mandelförmige Augen wiesen den Mann als Kara aus.

Michaelas Handgelenk begann zu schmerzen, sie versuchte, sich dem Griff zu entwinden. Vergeblich.

„Sieh!", sagte der Kara mit der rauen Stimme der Wüstenbewohner. „Sieh her!"

Und Michaela sah: Der Vacha erhob sich und lächelte. Der goldene Samt glitt von ihm ab und entblößte bronzen schimmernde Haut, die sich makellos über festes Fleisch spannte. Muskeln spielten erwartungsvoll. Hitze sammelte sich in Michaelas Leib, sie spürte eine Hand sich darauf senken. Eine große heiße Hand. Die sie kaum berührte. Unerträglich nah. Glühend. Schmerz versprechend. Versprechend. Ver...

Michaela Brauer fuhr auf. Ihr Atem ging schwer und viel zu laut in der Dunkelheit ihrer Kabine. Sie fühlte die Hitze aus ihrem Körper rinnen und sich im Schwarz der Nacht verlieren. Sie versuchte, dieses Gefühl noch einen Moment länger zu halten, wissend, dass es nicht gelingen würde. Dann erst griff sie hinüber zum Nachtschränkchen und machte Licht.

Sie sah zur Uhr. Es war kurz vor sechs. Zu zeitig zum Aufstehen, zu spät, um noch mal einzuschlafen. Unschlüssig darüber, was sie tun sollte, blieb Brauer auf der Bettkante sitzen und dachte über den Traum nach. Sie konnte sich nicht erklären, wie sie gerade auf eine

Vacha-Jagd kam. Sie hatte bei ihren Besuchen auf Warén nur einmal eines dieser Raubtiere gesehen. Der Anblick war erschreckend genug gewesen, sie hatte dankend abgelehnt, als Imnoi ihr anbot, an einer Vacha-Jagd teilzunehmen.

Das war nun auch schon wieder über drei Jahre her. Damals dachte Brauer noch, sie würde mit ihrem eben erworbenen Kommandobrief bestenfalls vom Copiloten zu Piloten aufsteigen. Kaum auf der Erde zurück, hatte man ihr jedoch den Captainsposten auf dem neuesten Galaxy-Ship angetragen. Sie hatte sofort zugesagt und es bis heute nicht bereut. Die GS5 Explorer war ein gutes Schiff.

Zur Zeit war es nur ein bisschen langweilig auf diesem Schiff. Hier draußen, im äußeren Bereich des Sol-Armes, war einfach nichts los. Die meisten Erfolge konnten die Astronomen melden: Sie hatten ein paar neue Sterne entdeckt. Weit, weit entfernt. So weit, dass nicht einmal die Astronomen selbst darüber begeistert waren – sie konnten kaum mehr als die bloße Existenz der Sterne feststellen. Und gestern hatte die Explorer einen Gasnebel durchquert, der so dünn war, dass sich Chefastronom Luang, ein kleiner, quirliger Koreaner, und Isaac Sauders nicht einig werden konnten, ob es überhaupt ein Nebel war.

Brauer lächelte, als sie sich an die Szene erinnerte: Luang hatte mit Händen und Füßen argumentiert, der große, beinahe bullige Sauders hatte sich das von oben herab angesehen und dann gesagt: „Es taugt nicht als Navigationsmarke, also ist es für mich kein Nebel." Gegen dieses Argument des Piloten konnte Luang nichts setzen. Was ihn nicht daran hinderte, es dennoch zu versuchen. Alle hatten sich prächtig über den Anblick der ungleichen Duellanten amüsiert. Außer den Warénern natürlich.

Die Waréner. Der einzige Punkt auf dieser Reise, der Brauer von Anfang an nicht behagte. Immer, wenn sie an die beiden Kara dachte, fühlte sie sich missgestimmt. Sie hatte keine Ahnung, woran das lag. Fremdheit konnte es nicht sein: Imnoi kannte sie von ihren Besuchen auf Warén und weder er noch Mit'Xitlan fielen in der bunt gemischten Besatzung besonders auf. Wenn sie nicht gerade ihre typischen blauen Roben trugen, hätte man sie für klassische Südamerikaner halten können. Auf den ersten Blick zumindest. Spätestens wenn man ein Gespräch mit ihnen beginnen wollte, merkte man allerdings den Unterschied: Die beiden waren kühl, wortkarg und humorlos. Und man hatte ständig das Gefühl, von ihnen beobachtet zu werden. Brauer zumindest ging es so.

Sie lehnte sich in ihrem Sessel zurück und sah aus dem Fenster. Ganz am Rand kroch ein Stern aus dem Sichtfeld, mehr verriet nicht, dass sich das Schiff bewegte. Dieses Gefühl, nicht vorwärts zu kommen, machte Brauer nervös. Es war, als wüchse etwas in ihr, etwas, das sie sprengen würde. Jetzt gleich oder morgen. Irgendwann. Vor allem aber ohne Gewissheit, ob sie dabei nur eine alte Hülle abstreifen oder sterben würde. Es war das gleiche Gefühl wie von den Warénern beobachtet zu werden. Was suchten sie in ihr?

Ein unbestimmter Druck breitete sich hinter Brauers Stirn aus und wuchs sich allmählich zu einem leichten aber lästigen Schmerz aus. Sie rieb sich die Schläfen. Es war eher ein Instinkt, als dass es wirklich Linderung gebracht hätte. Sie tat es trotzdem, hörte auch nicht auf, als ihr bewusst wurde, dass es schon gestern nicht geholfen hatte. Der Schmerz hatte sie den ganzen Nachmittag lang unkonzentriert sein lassen. Nicht, dass irgendetwas ihre volle Aufmerksamkeit erfordert hatte, aber es gab kein gutes Bild ab, wenn der Captain geistesabwesend wirkte. Vielleicht, so überlegte Brauer und stand auf, sollte sie ihre Prinzipien Prinzipien sein lassen und den Schmerz nicht einfach hinnehmen, sondern sich etwas dagegen geben lassen.

Jetzt, da sie endlich einen Entschluss gefasst hatte, fühlte sie sich etwas besser. Auf dem Weg zur Krankenstation atmete sie ein paarmal tief durch und auch wenn der Druck hinter der Stirn davon nicht verschwand, erschien er ihr nun doch erträglicher. Vielleicht, dachte Brauer, lag das aber auch nur an der Aussicht, gleich Leo zu treffen.

Leonard Cohen war Arzt und galt als Kara-Experte. Er selbst mochte das Wort nicht, seiner Meinung nach konnte bestenfalls ein Kara das subtile Zusammenspiel verstehen, das zwischen der karanischen Physis und der durch den jahrhundertelang praktizierten Kontakt zu den Wahren Herrschern geprägten Psyche der Kara existierte. Mehr noch: Genau genommen verdienten nur die Wahren Herrscher den Titel Kara-Experte, schließlich waren es diese nichtstofflichen Wesen, die seit Generationen für die Gesundheit der Kara sorgten. Nicht ganz uneigennützig, denn sie konnten zwar den Nanokosmos manipulieren, die Hallen jedoch, die sie zum Schutz brauchten, mussten Kara mittels ganz profaner körperlicher Arbeit errichten und instand halten.

Cohen wurde nicht müde, auf diese Tatsachen hinzuweisen, und zu erklären, dass er bei seinen Studien auf Warén nicht mit den wirklichen Experten, eben jenen Wahren Herrschern, hatte kommunizieren können. Er war, wie die meisten Menschen, psi-blind. Er erinnerte immer wieder daran, dass er sich alles nur angelesen hatte, die Sache mit dem Mentalschild und dem Gefühle- und Gedankenspüren nicht wirklich begriff und dass das alles überhaupt schrecklich diffizil sei und er nur Arzt war, kein Wunderdoktor. All das hatte ihn allerdings nicht davon abgehalten, auf die Explorer zu kommen – und zwar in eben jener Funktion als Experte, falls Imnoi und Mit'Xitlan medizinische Hilfe brauchen sollten.

‚Wenigstens etwas, wozu die Waréner gut sind‘, dachte Brauer und fühlte, wie sich ihre Stimmung wieder verdüsterte. Die Erkenntnis, dass sie den beiden Kara mit dieser Aussage unrecht tat, machte sie noch ärgerlicher. Bevor die Waréner an Bord gekommen waren, hatte sie nie mit solchen dummen Sprüchen hantiert! Es war zum …!

Brauer unterbrach sich, sie hatte die Krankenstation erreicht. Bevor sie die Tür öffnete, holte sie noch einmal tief Luft. Weder Cohen und erst recht nicht der Chefarzt, Dr. Yongbo Tian, sollten etwas von ihrer Verstimmung bemerken.

Ihre Sorge war unbegründet, es war niemand da. Einen Augenblick lang blieb Brauer mitten im Sprechzimmer stehen und fragte sich erfolglos, was sie nun tun sollte. Wieder gehen und den Kopfschmerz einen weiteren Tag lang ertragen oder warten? Oder Cohen über Bordfon rufen? Vielleicht schlief er ja noch. Brauer stellte fest, dass sie nicht wusste, was für eine Schicht Cohen heute hatte. Und wann für die Ärzte die reguläre Frühschicht überhaupt anfing. Natürlich hatte immer einer der beiden Bereitschaft, eigentlich hatten beide immer Bereitschaft, es gab ja nur zwei Ärzte an Bord. Es gab natürlich noch hochqualifizierte Schwestern, aber … Als Captain musste sie das alles eigentlich wissen. Und eigentlich wusste sie es ja auch. Nur jetzt nicht. Oder vielleicht dachte sie nur, dass sie es wusste. Oder dass sie es jetzt nicht wusste. Vielleicht … Brauer verlor den

Faden. Sie fühlte sich, als würde ihr gleich schwindelig werden, und setzte sich vorsichtshalber auf den Stuhl am Schreibtisch.

‚Also doch warten‘, dachte sie und rückte sich bequemer auf dem harten Stuhl zurecht.

Da trat Cohen ein. Er sah sie überrascht an, das wasserhelle Blau seiner Augen betonte diesen Eindruck noch. „Micha?"

„Gut erkannt." Sie stand auf. „Ich wollte mal testen, ob du pünktlich bist."

Er reichte ihr die Hand. „Und hab ich bestanden? Guten Morgen erstmal."

„Morgen. Ja, hast du." Sie folgte Cohen, der ins Behandlungszimmer ging und dort einige Geräte anschaltete. „Bist du allein heute Vormittag?"

„Schwester Kristine kommt um neun." Er wandte sich Brauer zu. „Warum?"

„Nur so. Ehm … Weshalb ich hier bin: Hast du ein Kopfschmerzmittel oder so für mich?"

„Klar. Setz dich!" Er wies auf einen Stuhl.

Brauer nahm Platz.

Cohen kramte in einem der Wandschränke.

„Was Leichtes reicht."

Er kam zu Brauer und hielt ihr ein Messgerät an die Stirn.

„Ich brauche nur was gegen Kopfschmerzen, Leo", sagte Brauer und versuchte aufzustehen.

Cohen drückte sie auf den Sitz zurück. „Ich bin hier der Arzt. Also bitte, Micha!" Er fuhr damit fort, ihr Temperatur und Puls zu messen.

„Ich muss zum Dienst", wandte sie ein. Es war eine rhetorische Bemerkung, sie wusste, dass sie Cohen damit nicht beeindrucken konnte.

„Ja sicher." Er wechselte die Gerätschaft und piekste Brauer ins Ohrläppchen.

„Au! Musste das sein?!"

Er nickte, ganz in seine Arbeit vertieft.

Brauer versuchte es anders: „Macht es Spaß, den Chefarzt zu spielen? Du bist doch bloß froh, dass Tian heute erst zur Spätschicht hier auftaucht!"

Wieder nickte er.

„Halloo?! Hast du gehört, was ich gerade gesagt habe?"

Jetzt erst sah Cohen auf. „Ich bin ja nicht taub."

Brauer lächelte ihn demonstrativ an.

Cohen ging nicht darauf ein. „Du hast dir 'ne Marsgrippe eingefangen. Leg dich hier hin." Er wies auf die Pritsche unter der Diagnosetafel.

„Das ist nicht dein Ernst!"

„Doch."

„Warum bist du heute so zickig?"

„Ich bin nicht zickig, ich bin Arzt. Dein Arzt, um genau zu sein. Also bitte!"

„Eine Volldiagnose. Wegen einer Marsgrippe."

„Wegen einer Marsgrippe", bestätigte Cohen. Er stemmte sich mit beiden Händen auf den Armlehnen an Brauers Stuhl ab, so dass sie etwas zurückweichen musste. „Micha, du schleppst die Grippe schon ein paar Tage mit dir herum. Ich bin nicht blind. Du bist müde und abgespannt und mürrisch. Ja", wischte er ihren Einwand fort, „mürrisch. Es gibt Schlimmeres als einen mürrischen Captain und zwar einen müden unkonzentrierten Captain."

„Das liegt nicht an der Grippe …"

„Woran auch immer: Ich bin an Bord der Arzt des Captains und ich verordne dem Captain eine Ruhepause. Geh ins Bett, kurier dich aus, mach mal Pause!"

„Pause. Wovon denn, Leo?! Hier ist doch nichts los."

„Dann mach Pause von Nichtsmachen! Und jetzt leg dich da hin und lass mich nachsehen, wieso diese Grippe dich schon so lange plagt!"

Sie gab auf und legte sich unter die Diagnosetafel. Während Cohen an allen möglichen Rädchen drehte, sich irgendwelche Daten notierte und mit anderen verglich, die er von der Tafel ablas, glitten Michaelas Gedanken ab.

Vielleicht hatte Leo recht, sie musste mal ausspannen. In ihr war immer noch dieser Groll, der, wenn sie ehrlich war, schon im Urlaub vor dieser Reise begonnen hatte. Das heißt, ein richtiger Urlaub war es ja nicht gewesen. Die Zivile Globalkontrolle hatte sie und alle anderen, die jemals auf Warén gewesen waren, nach Kabul beordert.

Dort hatte sich Brauer fast sofort zwischen den Fronten der Integrationsbefürworter und der Integrationsgegner wiedergefunden. Sie hielt die Diskussionen für Zeitverschwendung. Es war – gelinde gesagt – albern: Dreizehn Monate nach der Gründung des Terranischen Bundes stritt man noch immer, ob Warén vollwertiges Mitglied sein sollte. Natürlich hatte man es auf Erde, Mars und Wöltu mit Menschen, auf Warén dagegen mit Kara und Wahren Herrschern zu tun. Aber bitte! Entweder es war ein Bund mit der Erde als Hauptsitz, dann konnte Warén doch vollwertiges Mitglied sein, oder nur eine Sammlung von menschlichen Kolonien! Und was um alles in der Welt war denn so verwerflich daran, dass sich zwanzig Kara – Mitglieder im Bund oder nicht – aufgemacht hatten, eine für sie neue Welt, die Erde nämlich, kennenzulernen? Als Captain Hewlett diese zwanzig Forscher an Bord nahm, tat er das doch nicht, um sich in die Belange Waréns einzumischen! Und ausgerechnet einer dieser Kara – Imnoi – stellte sich vor den Ausschuss und sagte, das Weggehen der zwanzig sei vom Hohen Rat Waréns mit … wie hatte er es ausgedrückt? … „nicht mit Wohlwollen bedacht worden". So ein …!

„Reg dich ab, Micha! Mein Gott, dein Puls rast, als würdest du in den Kampf ziehen wollen."

„Entschuldige. Ich war mit den Gedanken grade woanders."

„Das war nicht zu übersehen. Worum ging es denn?"

Brauer winkte ab. „Nicht so wichtig. Und?", wechselte sie das Thema. „Wann muss ich sterben?"

Cohen schwenkte die Diagnosetafel zur Seite. „Es scheint alles in Ordnung zu sein. Zumindest, was die organische Seite angeht."

Brauer richtete sich auf. „Aber?"

„Du stehst unter Stress, dein Körper konzentriert sich nicht darauf, die Grippe auszuheilen."

„Na, so ein böser!" Sie stand auf. „Was machen wir denn da?"

„Du machst mal Pause und ich mache mir Gedanken, was diesen Stress ausgelöst haben könnte."

Brauer verdrehte die Augen.

„Micha, du bist nicht der Typ, der bei Langeweile Stress kriegt. Vielleicht ist irgendwas im Psi-Raum …"

„Och bitte! Leo! Ich bin ein Mensch, kein Kara. Mir ist der Psi-Raum, wie du das nennst, ziemlich egal."

„Du bist sensibel dafür, Micha, ob du es willst oder nicht."

„Ja", räumte sie ein und trat vor den Spiegel über dem Waschbecken, um sich die Haare zu ordnen. „Aber deshalb mach ich nicht krank. – Seit wann ist der Spiegel golden?"

„Golden? Der Spiegel?"

„Meine Haare sehen aus wie aus Messing."

„Die sehen immer ... Du lenkst ab!"

Sie drehte sich um und grinste.

„Im Ernst, Micha, du bist krank. Du hast eine verschleppte Marsgrippe. Und deshalb legst du dich ins Bett."

„Tu ich das."

Er nickte.

„Ich bin der Captain dieses Schiffes und ... "

„... und dieses Schiff kommt auch mal drei Tage ohne dich aus."

„Aber ich nicht ohne die Arbeit."

„Eben sagtest du noch, es sei nichts zu tun."

„Seit wann nimmst du mich beim Wort? Bitte, Leo, ich kann nicht einfach so nichts machen."

„Mach doch was von dem, von dem du mir sonst immer vorjammerst, dass du nicht dazu kommst: Bücher, Bilder, Fachartikel ... Dein Tagebuch, in das du schon ewig nichts eingetragen hast. Oder dein Bruder, der bis heute nicht weiß, wie du sein vorvorletztes Konzert gefunden hast."

„Ja, ja!", winkte Brauer resignierend ab. „Aber wenn ich vor Langeweile durchdrehe ..."

„... bin ich als dein Arzt sofort zur Stelle. Ab jetzt in dein Quartier!"

„Okay. Ich gehe nur schnell in der Zentrale vorbei und sage Boor Bescheid, dass ich ..."

„Nichts da! Ich werde den Ersten Offizier informieren. Du gehst in dein Quartier und machst dir einen faulen Vormittag. Ich komme dann halb zwölf und hole dich zum Mittagessen ab."

Brauer gab die Gegenwehr auf. „Na gut." Der Gedanke, mal für drei Tage nicht Captain zu sein, gefiel ihr plötzlich. Sie fühlte sich leicht.

In dieser Stimmung erreichte sie ihr Quartier. Sie beschloss, sich Tee zu kochen. Im Vorbeigehen tippte sie das Radio an. Die Einrichtung eines ständigen Musik- und Informationskanals in den Kommunikationsleitungen des Schiffes ging auf Cohen zurück. „Das ist gut für die psychische Gesundheit", hatte er seine Idee dem Ersten Offizier gegenüber verteidigt. Jason Boor hatte kein Gegenargument gewusst und dem Antrag mit gemischten Gefühlen stattgegeben. Inzwischen stellte das Radioteam drei komplette Programme zusammen, die nahezu rund um die Uhr „gesendet" wurden.

Brauer landete mitten in einem Hörspiel. Sie erkannte Jake Kennys Stimme und regelte die Lautstärke nach, um auch in der Kochnische zuhören zu können. Sie brühte sich Earl Grey auf, genau ein großes Glas voll und nach einem strengen Ritus. Die Teestunde war ihr heilig. Fast heilig. Wichtig genug, um einen gewissen Aufwand dabei zu treiben. Natürlich nicht wichtiger als ihre Arbeit. Und auch nicht so wichtig, dass sie Freunde deshalb vor der Tür stehen lassen würde. Also eigentlich war der gelegentliche Earl Grey nicht mehr als ihre Standard-Prozedur zum Entspannen. Und es funktionierte immer wieder.

Brauer nippte am heißen Tee und stellte fest, dass sie noch immer auf Jake Kennys Stimme lauschte, ohne zu begreifen, was der Mann eigentlich sagte. Sie bemühte sich, besser aufzupassen, und war Sekunden später in ihrem Sessel eingeschlafen.

Es fiel Imnoi schwer, sich zu konzentrieren. Er hatte nicht gut geschlafen und es war schwieriger als sonst, all die Geräusche zu ignorieren, die durch die dünnen Schiffswände hindurch von überall her in sein Bewusstsein drängten. Mit'Xitlan war es wohl ähnlich ergangen, er hatte die morgendliche Meditation schon nach wenigen Sekunden abgebrochen und hantierte nun in der Kochecke. Imnoi versuchte, auch das zu ignorieren. Er schloss das letzte Band an seiner Robe, drapierte seinen Zopf formgerecht über Schulter und Brust und betrat die Altarnische.

Dort entzündete Imnoi das Öllicht. Der flackernde Schein brach sich im Kristall auf dem Altar und warf einen unruhig tanzenden Fleck auf die kleine weiße Stele, die das Zentrum des Arrangements bildete. Ein schwerer Duft entströmte der Flamme. Imnoi zog sich das hellblaue Kissen heran, ließ sich auf die Knie nieder, legte seine Hand um die Stele und senkte den Kopf.

Stille stieg auf. Sie schuf einen Raum zwischen den Realitäten, zwischen den Sphären der stofflichen und nichtstofflichen Welt. Jenen Raum, den ein Kara betrat, wenn er mit den Wahren Herrschern Kontakt aufnehmen wollte, um sich Rat oder Beistand zu holen. Beistand konnten die beiden Kara brauchen, seit sie gemeinsam mit den anderen Warén verlassen hatten, denn die Welt der Menschen war verwirrend laut und bunt. Kaum jemand auf Terra oder dem Mars machte sich die Mühe, seine Gedanken und Gefühle abzuschirmen, von den unabgeschirmten Energien der terranischen Technik ganz zu schweigen. Selbst hier, so weit entfernt vom Sol-System, schienen die Echos in der Zwischensphäre nachzuhallen und die Präsenz der Wahren Herrscher zu übertönen.

So war es natürlich nicht. Imnoi wusste durchaus, dass das, was er hier als glühende Bänder und Flüsse wahrnahm, was er hier als undeutliches aber unüberhörbares Gemurmel empfand, allein von diesem Schiff und den Menschen darauf stammte: gesprochene Worte und gedachte, Gedankenfetzen und Emotionswellen und immer wieder die glühenden Stränge der Energieleitungen und die bunten Funken der Schiffselektronik. Selbst wenn ein Wahrer Herrscher hier gewesen wäre, fern der schützenden Hallen auf Warén, er hätte in diesem Durcheinander der Auren alle seine Kraft zum Überleben gebraucht, wäre nicht in der Lage gewesen, die Zwischensphäre aufzusuchen, geschweige denn, mit den Kara zu kommunizieren.

Dennoch genoss Imnoi die morgendliche Meditation. Sie vermittelte ihm trotz allem ein Gefühl von Vertrautheit. Manchmal formten sich in der Zwischensphäre sogar Muster, Bilder, etwas, was einem Kontakt nicht unähnlich war. Vielleicht berührte er in diesen Sekunden das Unterbewusstsein eines Besatzungsmitgliedes, vielleicht wurde dieser Eindruck auch durch das Zusammenspiel verschiedener zufälliger Effekte erzeugt. Wie auch immer – es wirkte real und in der Regel ließ sich Imnoi darauf ein.

So wie jetzt …

… da ihn arhythmisch wabernde Lichter umfingen. Ein Geruch nach schwelendem Kunststoff lag schwer im Raum und im Hintergrund war ein Atmen, tief und fordernd. Imnoi drehte sich danach um. Er nahm einen Blick wahr, der ihn durch das unruhige Glühen der Energien hindurch traf. Noch ehe Imnoi sie sehen konnte, wusste er, dass es karanische Augen waren, die ihn beobachteten. Dann fiel er in das Schwarz dieser Augen. Ein wohlig vertrautes Gefühl umfloss ihn, streichelte ihn. Duftete nach Wind und Hitze und nach seidigem Frauenhaar. Es hüllte sie ein – ihn und Tnom. Draußen schrie ein Vacha. Imnoi spürte Jagdfieber in Tnom zucken und umschlang sie. Wissend, dass er sie nicht halten konnte. Sie war längst fort. Gestorben. Vor langer, langer Zeit. Er spürte wieder die Tränen, die er nie vergossen hatte, und dass jemand seinen Kopf in die Hände nahm. Ihn zwang, aufzuschauen. In ein menschliches Gesicht, flach und farblos und stupsnasig. Mit grauen Augen, wie aus Samt und Glas. Er spiegelte sich darin. Sah, dass hinter ihm etwas war. Doch er konnte sich nicht umwenden. Er hatte nichts als den grauen Samt als Spiegel, in dem er den Reflex von etwas Grüngelbem gewahrte. Grüngelbe Lichter, ein Paar. Tunnel, die ihn aufsaugen wollten und aus denen ihm jemand entgegenkam. Eine Frage, die ihn nicht ganz erreichte und die doch an ihm zog und zerrte ...

Dann schlug Imnoi irgendwo hart auf.

Als er wieder zu sich kam, hatte Mit'Xitlan den Deckenstrahler eingeschaltet. Die Helle machte den Altartisch klobig und den Kristall stumpf. Das Öllicht blakte.

Mit'Xitlan beugte sich über Imnoi, er blickte besorgt.

Imnoi versuchte, nicht verwirrt zu sein, und richtete sich auf. Er löschte das Öllicht und schlug alle Altargegenstände in das Zeremonientuch ein. Mit'Xitlan ließ ihm die Zeit.

Erst als Imnoi alles verstaut, das Kissen formgerecht an den Altarsockel gelehnt und die Tür zur Nische geschlossen hatte, fragte Mit'Xitlan: „Was ist geschehen?"

Imnoi zögerte. Auf Warén war es nicht üblich, sich über Erlebnisse in der Zwischensphäre auszutauschen, bestenfalls enge Vertraute taten dies gelegentlich. Dies hier war allerdings nicht Warén und jemand Vertrauteren als Mit'Xitlan hatte er auf der Explorer nicht.

Mit'Xitlan wandte sich ab, dem Frühstück zu, das er ihnen bereitet hatte. Er brachte das Tablett zum Tisch, legte die Gedecke auf. Er wirkte ganz darin vertieft, doch Imnoi konnte die Anspannung spüren. Er setzte sich und sagte: „Ich bin nicht sicher, was geschah. Ich scheine so etwas Ähnliches wie eine Begegnung erlebt zu haben."

Mit'Xitlan sah ihn überrascht an. „Hier?"

„Wie ich bereits sagte: Ich bin nicht sicher. Das meiste, das, was ich klar zuordnen konnte, war die Projektion von Erinnerungen." Er goss ihnen Tee ein.

Mit'Xitlan machte sich nicht die Mühe, sein Nichtverstehen zu verbergen. „In der Zwischensphäre? Ich habe nie davon gehört, dass sich dort Erinnerungen manifestieren."

„Ich habe davon ebenfalls nie reden hören. Doch ich begegne Tnom dort. Der Logik nach fußt dies auf meiner Erinnerung. Es sei denn, die Menschen, die an ein Weiterleben der Seele nach dem körperlichen Tod glauben, hätten recht. Wofür ich keinen Beweis sehe. Was den anderen Teil meines Erlebens angeht, den Teil, den man als Begegnung interpretieren könnte …"

„Interpretieren?" Mit'Xitlans Verwirrung stieg spürbar.

„Es war eher das Gefühl der Präsenz einer Frage", versuchte Imnoi zu erklären, „weit entfernt vom Wahrnehmen eines tatsächlichen Bewusstseins."

Mit'Xitlan runzelte die Stirn.

Imnoi fiel die Geste auf, denn sie war für einen Kara ungewöhnlich. Andererseits hatten sie schon so viel von den menschlichen Angewohnheiten übernommen, warum also nicht auch das. Er merkte, dass seine Aufmerksamkeit sich in diese Richtung bewegen wollte, und konzentrierte sich. „Die Zwischensphäre, die wir von hier aus betreten können, ist voller Echos aus dem All und dem Schiff. Wir waren die ruhigen Sphären Waréns gewohnt, was wir dort wahrnehmen, haben wir zu erkennen gelernt. Vielleicht sind wir den Menschen auch in psychischer Hinsicht ähnlich, ähnlicher als wir dachten zumindest, und neigen, ohne dass wir es bisher wahrhaben wollten, dazu, Unbekanntes in vertraute Formen umzudenken. Vielleicht ist das, was ich als Frage empfand, nichts als eine bisher noch nie gespürte Ausstrahlung eines technischen Details des Schiffes. Oder das Echo aus einem menschlichen Bewusstsein. Oder die Widerspiegelung eines kosmischen Phänomens."

„Das ist logisch", räumte Mit'Xitlan ein und wandte sich seinem Frühstück zu. Er trank von seinem Tee und nahm sich ein Croissant. Anders als sonst bestrich er es nicht mit Marmelade, sondern biss einfach so hinein.

„Du bist besorgt", stellte Imnoi fest.

Mit'Xitlan blickte ihn wie ertappt an.

„Es ist offensichtlich und zwar nicht erst seit heute. Du meditierst kaum noch und wenn, dann verlässt du die Zwischensphäre beinahe fluchtartig. Ich kann deine nächtlichen Albträume spüren und selbst tagsüber forschen deine Gedanken immer wieder, ob Gefahr droht. Was, mein Freund, fürchtest du?"

„Ich weiß es nicht", antwortete Mit'Xitlan. „Ich spüre diese …", er legte das Croissant auf den Teller, „… Sorge in mir, aber ich weiß nicht, worum ich mich sorge. Wenn ich versuche, mich darauf zu konzentrieren, erfassen mich Strudel von Irritation und Fremdheitsgefühlen. Sie zerren mich fort. Anfangs, als ich mich noch darauf einließ, konnte ich nur unter großen Mühen die Zwischensphäre wieder verlassen, und fühlte mich danach völlig erschöpft."

„Das habe ich bemerkt. Ich nahm jedoch an, es hätte mit der Grippe zu tun."

„Ich war nicht erkrankt. Du warst anwesend, als Dr. Cohen uns die Testergebnisse mitteilte."

„Ja." Er musterte Mit'Xitlan. Auch so eine menschliche Angewohnheit, die auf Warén als unpassend empfunden worden wäre. Wahrscheinlich sogar mehr als das. Ein so offenkundiges Mühen, in die anderen hineinzusehen, galt als außerordentlich unhöflich oder gar feindselig.

„Meinst du, ich sollte Dr. Cohen konsultieren?"

Imnoi schreckte auf. „Dr. Cohen? Nein. Nein, ich denke, er kennt sich zu wenig aus in diesen Dingen. Er weiß mehr darüber als die anderen Menschen an Bord, den Captain einmal ausgenommen, aber … Nein. Nein, du solltest einfach vorerst die Zwischensphäre meiden. Dich erholen." Etwas am Klang seiner eigenen Worte irritierte Imnoi, aber der Eindruck verflog rasch wieder. „Versuche einfach, nicht nach der Gefahr zu forschen. Vielleicht ist es ja nur die Angst, vor der du dich fürchtest. Konzentrieren wir uns auf unsere Ausbildung. Wir sollten noch einmal die Funktionen der Sensorüberwachung repetieren, bevor unser Dienst in der Zentrale beginnt."

„Ja", bestätigte Mit'Xitlan und straffte sich. „Du hast recht. Konzentrieren wir uns darauf."

In der Zentrale der Explorer herrschte morgendliche Stille. Jason Boor saß im Captainssessel und leistete es sich, Erinnerungen nachzuhängen. Er dachte an Sylvia, seine Ehefrau. Sie hätte heute Geburtstag gehabt. Das Paar hatte diesen Tag immer mit einem kleinen Ritual gefeiert: Boor hatte eine rote Blüte besorgt, neben eine himmelblaue Kerze gelegt und Marswein serviert. Dann hatten sie sich aneinandergekuschelt und Bachs Brandenburgische Konzerte gehört. Meist beschlossen sie nach zehn oder fünfzehn Minuten, den grässlichen Wein wegzuschütten und sich doch etwas Gutes zu gönnen. Manchmal aber tranken sie die ganze Flasche leer, so wie bei ihrem ersten gemeinsamen Abend, als die Qualität des Weines unwichtig für sie gewesen war.

Sie waren glücklich gewesen. Boor hätte nicht mehr sagen können, was er damit meinte, aber er wusste, dass es so gewesen war. Selbst als Sylvia ihm zu liebe auf dem Galaxy Ship 1, der Hope, angeheuert hatte und alle prophezeiten, sie würden sich bald auf die Nerven gehen, waren sie glücklich gewesen. Boor lauschte in sich hinein, suchte nach der Erinnerung, wie es sich angefühlt hatte. Wollte es noch einmal auskosten, heute, an Sylvias Geburtstag. Doch ein anderer Tag drängte sich ihm auf, eine andere Stunde. Zu der die Menschen von der Existenz der Föderation und der Nugroma erfuhren. Als die Hope ohne Vorwarnung von beiden beschossen wurde, weil jeder in ihr den Feind vermutete. Boor war leicht verletzt worden. Sylvia starb. Sie war nicht das einzige Opfer gewesen, aber das machte es nicht leichter …

Ein sanftes „Pling" fiel in die Stille der Zentrale und schreckte Boor im Captainssessel auf.

Roxana Collet drehte sich von ihrem Kommunikationspult herum und sagte: „Es ist die Krankenstation, Sir." Ein roter Reflex, vermutlich von einer der Anzeigen, huschte über ihre schokofarbenen Haut. Er blieb genau auf der Nasenspitze hängen, was Boor als sehr irritierend empfand. Um den Blickwinkel zu ändern, hob er seine ein Meter neunzig aus dem Sessel und ging zu Collet hinüber. Er beugte sich über die Konsole, drückte die Empfangstaste. „Zentrale, Erster Offizier."

Leonard Cohens Gesicht erschien auf dem Konsolen-Monitor.

„Doktor! Ist was mit den Kara?"

Cohen war sichtlich erstaunt. „Nein. Wieso? Warum denkt nur jeder gleich an die Waréner, wenn er mich sieht?"

„Entschuldigen Sie, das war natürlich voreilig. Also was gibt es?"

„Ich wollte Sie nur darüber informieren, dass ich eben den Captain für drei Tage krank geschrieben habe."

„Krank?"

„Nur eine leichte Marsgrippe", beruhigte ihn der Arzt. „Aber der Captain ist etwas überarbeitet. Es wäre furchtbar nett von Ihnen, wenn Sie Michaela die Ruhepause gönnen würden."

„Ich verstehe. Und was, wenn der Captain sich erkundigen will, was in der Zentrale so los ist?"

„Sagen Sie so viel, dass Michaela nicht misstrauisch wird, und so wenig, dass sie nicht das Gefühl bekommt, irgendwas würde ihre Anwesenheit erfordern."

„Ich versuche es, Doktor", versprach Boor lächelnd. „Noch etwas?"

„Das wird schon schwierig genug für Sie", erwiderte der Arzt und beendete das Gespräch.

Boor nickte zu Collet herunter, die daraufhin die Verbindung unterbrach, und ging an seinen Platz zurück. Dabei strich er sich mit der rechten Hand über den kahlen Schädel. Isaac Sauders, Boors Freund seit den Tagen der Pilotenausbildung, hatte dessen ovalen, bis auf die buschigen Brauen völlig haarlosen Kopf einmal als „poliertes Denk-Ei" bezeichnet. Boor hatte sich revanchiert und den Iren daran erinnert, dass sein feines, sehr kurz geschnittenes, rotblondes Haar auch nicht gerade eine Löwenmähne darstellte. Seitdem trug Sauders einen Zopf, der ihm bei jeder heftigen Bewegung um die Ohren flog.

Zum Beispiel jetzt, als er sich vom Steuerpult zu Boor umdrehte, um zu sagen: „Wenn Cohen Brauer überzeugen konnte, nicht zum Dienst zu kommen, muss es ihr ziemlich schlecht gehen."

Boor schüttelte den Kopf. „Nicht unbedingt. Der Captain war in letzter Zeit tatsächlich etwas überarbeitet, und Brauer ist die letzte, die so was nicht zugeben würde. Sie macht einfach mal Urlaub, denke ich."

„Aber keine drei Tage", widersprach Sauders skeptisch.

„Das glaube ich auch nicht." Er grinste. „Wahrscheinlich taucht sie spätestens morgen Mittag hier auf, um nach dem Rechten zu sehen."

Von der Navigationsstation aus mischte sich Lorena Solana in das Gespräch. „Sir", fragte sie vorsichtig, „sollte die Dienstunfähigkeit des Captains nicht eigentlich vom Chefarzt bescheinigt werden?"

„Ach kommen Sie!", antwortete Sauders. „Seit Cohen an Bord ist, ist er Brauers Hausarzt. Sowas hat was mit Vertrauensverhältnissen zu tun. Kein normaler Mensch würde das nackten Dienstvorschriften unterordnen!"

„Vertrauensverhältnisse können leicht missbraucht werden!", konterte Solana eingeschnappt. Eine Strähne ihres langen goldblonden Haares fiel ihr angriffslustig ins Gesicht.

Sauders funkelte sie an. „Wenn Sie das denken, dann fordern Sie doch eine Dienstuntersuchung!"

„Leute!", versuchte Boor zu beschwichtigen. „Keiner von uns glaubt doch ernsthaft, der Captain würde sich vor dem Dienst drücken wollen! Oder?", fragte er zur Pilotin hin.

Solana schüttelte verlegen den Kopf und strich sich die Haarsträhne hinters Ohr. Boor war sofort bereit, ihr den absurden Verdacht zu vergeben.

Sauders war es nicht. „Dienstvorschriften", brummte er, sich wieder dem Steuerpult zuwendend. „Unglaublich. Als ob Tian scharf auf sowas wäre."

„Er ist aber der Chefarzt", zischte Solana zu ihm hinüber.

Im hinteren Teil der Steuerzentrale hüstelte jemand. Boor drehte sich um. Wil Richards, der immer etwas bleich wirkende junge Mann an den Sensorpulten, zog von dem Blick eingeschüchtert den Kopf zwischen die Schultern.

Boor versuchte, ihn durch ein Lächeln zu beruhigen. „Was ist denn, Mister Richards?"

Richards räusperte sich. „Eh, Sir, ich … eh … Wir … Wir haben da einen Ortungsreflex, Sir. Bei etwa fünfzehn Grad voraus. Es könnte ein Asteroid sein, Sir."

Boor nickte. „Danke. Geben Sie mir die Daten rüber!" Er schwenkte das Captainspult heran, um sich in die Anzeigen zu vertiefen.

In diesem Moment ging die Zentralentür auf und die beiden Waréner traten ein. Boor schaute auf.

„Mit'Xitlan und Imnoi melden sich zur Einweisung in die Sensorstation, Sir", sagte Imnoi so zackig, dass Boor beinahe das Hakkenklappen vermisste.

„Schön", erwiderte er betont sanft. „Sie kommen gerade richtig." Er stand auf.

„Genau genommen sind wir eins Komma drei Minuten zu früh", erwiderte Mit'Xitlan.

Boor sah ihn irritiert an. „Was?"

„Wir sind eins Komma drei Minuten vor der vereinbarten Zeit erschienen", wiederholte der Kara.

Boor hob die Hände. „Ich meinte damit, Sie kommen zu einem günstigen Zeitpunkt. Mister Richards hat soeben einen Asteroiden geortet. Sie beide können also miterleben, wie so eine Fernerkundung abläuft. – Zac?", sagte er über die Schulter zu Sauders. „Kursänderung um 14.3 Grad. Wir sehen uns den Burschen mal an!" Boor winkte den Kara, näher an das Sensorpult zu kommen. „Dies hier", begann er zu erklären, „ist der Radarschirm. Wie Sie sehen, werden die Reflexe in verschiedenen Farbstufen angezeigt."

„… die einen ersten Eindruck von der Beschaffenheit des angezeigten Körpers ermöglichen", vollendete Imnoi. „Sir, wenn Sie gestatten zu erwähnen: Mit'Xitlan und ich haben uns eingehend mit der Funktionsweise der einzelnen Sensoren und den Prinzipien der Anzeigen beschäftigt."

„Prima!", sagte Boor, ohne es so überschwänglich zu meinen. „Dann machen wir einfach Folgendes: Sie versuchen, die über den Asteroiden eingehenden Daten zu interpretieren. Einverstanden?"

Imnoi nickte knapp. „Der Körper", begann er abzulesen, „wird bei den Koordinaten Sol 152.83 118.55 1103.55 angezeigt. Eine spezifische Eigenbewegung lässt sich nicht feststellen. Die Masse ist zur Zeit bestimmbar mit 0,98 der Erdmasse plus minus 0,15. Der Durchmesser …", Imnoi orientierte sich auf dem Pult, „… dürfte bei 8,5 bis 9 Tausend Kilometern liegen, und der Körper scheint in erster Näherung kugelförmig, Sir."

Boor nickte sprachlos. Auch die anderen Menschen in der Zentrale staunten schweigend.

Imnoi hob ob der Stille die Brauen. „Habe ich etwas übersehen, was bei dem gegenwärtigen Abstand schon feststellbar sein sollte, Sir?"

„Nein!", beeilte sich Boor zu versichern. „Nichts, was mir auf die Schnelle einfallen würde."

Collet hob vorsichtig die Hand. „Die Zusammensetzung des Körpers?"

Boor beobachtete Imnoi, Imnoi sah zu Mit'Xitlan und der wandte sich an die Frau. „Man kann natürlich eine erste Vermutung über die Beschaffenheit des Körpers wagen. Doch viel mehr, als dass er aus verhältnismäßig kompaktem silikatischen Material besteht, lässt sich vor den Spektral- und Echoausbreitungstests nicht sagen. Allerdings lässt die Masse des Körpers und die Tatsache, dass eine – wenn auch geringe – Wärmestrahlung zu verzeichnen ist, eine Atmosphäre erwarten. Die Daten hierfür sollten bei Beibehaltung unserer derzeitigen Annäherungsgeschwindigkeit und unter Berücksichtigung der Sensoreffektivitäten in etwa 16 Minuten verfügbar sein."

„Aaah ja", sagte Sauders gedehnt. „Und das haben Sie alles eben erst herausbekommen?"

„Natürlich", erwiderte Mit'Xitlan verwundert. „Woher hätten uns diese Angaben eher zugänglich sein sollen?"

Sauders grinste. „Dann sind Sie ja 'n echt fixes Kerlchen."

„Schnelles Erfassen und Verarbeiten von Informationen gehören zur Grundausbildung auf Warén", antwortete Imnoi.

„Zu unserem Glück", kam Boor einer weiteren Bemerkung des Iren zuvor. „Wie ich sehe", sagte er zu den Kara, „ist Ihre Anwesenheit auf dem Schiff ein Gewinn für uns."

Imnoi nickte. Man konnte es als Dank interpretieren oder für eine Bestätigung von Boors Worten halten. Jason Boor entschloss sich zu Ersterem und lächelte.


Michaela Brauer erwachte davon, dass sie eine irreguläre Bewegung des Schiffes zu spüren glaubte. Benommen erhob sie sich aus dem Sessel und rollte die verspannten Schultern. Sie tappte zum Zimmerterminal und rief die Zentrale.

Collet meldete sich. Ihr besorgter Blick erinnerte Brauer daran, dass sie sicher ziemlich zerknittert von der letzten Stunde im Sessel aussah, und sie versuchte ein halbwegs munteres Lächeln. Sie hatte das Gefühl, dass es nicht recht gelang.

„Möchten Sie den Ersten Offizier sprechen, Captain?", fragte Collet behutsam.

Brauer schüttelte rasch den Kopf. „Lassen Sie nur, ich will ihn nicht stören. Mir war nur so, als hätten wir den Kurs geändert."

„Das ist richtig", bestätigte die gebürtige Kenianerin. „Wir haben einen Asteroiden entdeckt und steuern jetzt darauf zu. Möchten Sie über die Erkundungsergebnisse unterrichtet werden?"

„Möchten schon", grinste Brauer. „Aber ich darf nicht. Ärztliche Anordnung! – Nein", fügte sie ernst hinzu, „wenn nichts Außergewöhnliches passiert, reicht es, wenn ich mir die Daten zu Gemüte führe, sobald ich wieder im Dienst bin."

„Aye, Sir."

„Nur eine Frage: Welchen Kurs fliegen wir jetzt?"

Collet schmunzelte. „Ich gebe Ihnen die Position des Asteroiden auf das Terminal in Ihrem Quartier."

Brauer bedankte sich, ebenso verschmitzt lächelnd. Das Bild des Komm-Offiziers schmolz zum Symbol der Galaxy-Flotte, der stilisierten Milchstraße.

Brauer rief die versprochenen Daten ab und gähnte. Der Asteroid schwebte recht einsam im All herum, ihn anzusteuern brachte sicher keine großen Überraschungen mit sich. Sie konnte also in aller Gemütlichkeit ... Ja, was? Lesen? Seit Wochen schon lag ein Buch mit dem Titel „Die Chronik von Akakor" auf ihrem Nachtschränkchen. Eine uralte Schwarte, Nachdruck eines noch älteren Buches, das irgendwann im 20. Jahrhundert geschrieben worden war. Brauer hatte es in einem Antiquariat entdeckt und von dort gerettet. Niemand hatte es haben wollen – wen interessierten schon Verschwörungstheorien aus längst vergangenen Epochen? – und der Händler hatte es in die Zum-Mitnehmen-Kiste gelegt.

Sie holte sich das Buch und schlug es an der Stelle mit dem Lesezeichen auf. Ziemlich weit vorn also. Ein Mann, der sich selbst als Häuptling bezeichnete, sprach darüber, was er über die Geschichte seines Stammes wusste. Es war die übliche mittelamerikanische Legende von Göttern, die aus Tieren Menschen machten und sie zivilisierten. Niemand bestritt mehr, dass es so etwas – hochentwickelte Wesen, die einst die Erde aufsuchten – mit einiger Sicherheit gegeben hatte, aber über das Wann und Wo kursierten selbst Jahrhunderte nach Erich von Däniken immer noch die verschiedensten Theorien.

Seltsamerweise hatte Brauer von dieser hier, von der Legende um Akakor, vor diesem Buch noch nie gehört. Entsprechend neugierig war sie gewesen, war sie eigentlich noch immer. Aber jedes Mal, wenn sie anfing, in dem Buch zu lesen, stellte sie fest, dass sie zu wenig über die offizielle Geschichtsschreibung jener Region und Epoche wusste, um den Text wirklich spannend zu finden. Sie begann dann immer, nach den Abbildungen zu blättern. Als ob die mehr verraten hätten. Brauer betrachtete das Foto des Indianers. Des angeblichen Indianers, korrigierte sie sich, denn so sehr sie sich auch mühte: An diesem Tatunca Nara, so nannte sich der Häuptling, war bis auf die abenteuerliche Kleidung nichts Indianisches zu finden. Da sah ja selbst Imnoi in seiner nachtblauen Robe indianischer aus!

Brauer klappte das Buch zu. An der Heftigkeit der Bewegung merkte sie, dass sie verärgert war. Es fühlte sich seltsam an, fast so, als sei es nicht ihr eigener Ärger. Sie mühte sich, diese unangenehme Empfindung abzuschütteln, indem sie an etwas anderes dachte.

Wann, so grübelte Brauer, hatte sie eigentlich das letzte Mal Farben und Pinsel ausgepackt? Nicht auf dieser Reise jedenfalls. Sie musste einen Moment überlegen, wo sie das Malzeug beim letzten Umräumen hingepackt hatte. In den schmalen Schrank, wo es vorher stand, hatte sie Bretter einziehen lassen, um noch ein paar Bücher verstauen zu können. Leonard hatte ihr vorgerechnet, wie viele Buch-Kristalle sie auf dem gleichen Raum unterbringen könnte, und ihr dann doch beipflichten müssen, dass Papierbücher noch immer am besten verkörperten, dass Literatur mehr war als eine Aneinanderreihung von Worten.

In dem Spind standen jetzt also alte Science-Fiction-Romane, einige Klassik-Bände und Mutters Werke. Die Farben – Michaela schlug sich vor die Stirn – waren im Vorraum gelandet! Sie holte sie und baute die Staffelei auf. Aus dem Schreibtisch schaffte sie noch ihre Skizzen herbei und breitete sie zum Auswählen auf dem Boden aus.

Dann sah sie auf das Chaos herab.

Direkt zu ihren Füßen lag ein Blatt mit den Umrissen der GS1 Hope. Es war der hundertste oder gar tausendste Versuch, ein Bild zu entwerfen, das die damaligen Ereignisse schilderte. Vergebliche Versuche, denn wie sollte man in einem Bild all das festhalten, was jene Begegnung für die Menschen bedeutete? Zum einen die Erkenntnis, Nachbarn im All zu haben, potentielle Partner. Zum anderen die Einsicht, dass einige der so entdeckten Völker potentielle Feinde waren. Vor allem aber die Trauer um die Toten. Sie war auf der Explorer allgegenwärtig. Mehr noch als anderswo, denn die meisten Überlebenden der GS1-Crew waren, so sie den Dienst nicht gänzlich quittiert hatten, auf die Explorer gewechselt, als die Hope nach ihrer Rückkehr verschrottet werden musste. Und noch mehr hatte Captain Brauer sozusagen ererbt: Ihr Schiff, die GS5 Explorer, war das erste interstellare Raumschiff der Erde, das mit dem vollen Arsenal aller verfügbaren Waffen bestückt worden war.

‚So viel zum Menschheitstraum von friedlicher Weltraumforschung', dachte Brauer, ‚zerstobene Illusionen'. Sie stellte fest, dass ihre Gedanken um diese Bitternis zu kreisen begannen, und konzentrierte sich darauf, eine andere Skizze auszuwählen.

Ihr Blick fiel auf eine Buntstiftzeichnung in warmen Ocker-Tönen. Jake Kenny. Sie hatte das Bild vor einigen Monaten gemalt, kurz nachdem Kenny auf die Explorer gekommen war. Sie hob das Blatt auf und ging damit zum Sessel, setzte sich. Sie hatte damals in der Zeichnung instinktiv die typischste Geste des Ingenieurs getroffen: lässige Haltung, Hände in den Hosentaschen und auf dem kantigen Gesicht dieses lausbübische Lächeln, das die vollen, weich geschwungenen Lippen umspielte und sich tausendfach in Jakes großen, schön geformten Augen widerspiegelte.

Brauer seufzte lautlos. Dann stand sie auf und nahm ein anderes Blatt vom Boden. Warén. Damals, als die Menschen diesen Planeten entdeckten. Als ihr Auftauchen eine Katastrophe auslöste. Oder verhinderte. Je nachdem …

Ihre Gedanken glitten zurück. Alles war so verworren gewesen. Auf den ersten Blick war die Zivilisation auf Warén winzig und überschaubar erschienen – eine Stadt, eine Siedlung außerhalb, fertig. Dann die Erkenntnis, dass es außer den Kara auch noch die nichtstofflichen Wahren Herrscher in der Stadt gab und in der Ebene draußen deren Pendant, die Geister. Und alle hatten eigene Interessen. Die Menschen eingeschlossen. Chaos drohte, die Große Verbindung war die letzte Hoffnung gewesen. Deshalb hatte sich, wer immer abkömmlich war, in der Altarhalle versammelt. Vorn, an der Weißen Stele, hatten die Lenkenden Drei gestanden. Michaela hatte nicht viel von der Zeremonie gesehen. Doch sie hatte die drei gespürt. Und die Gegenwart von etwas Gewaltigem, Unaufhaltbarem, so tief Gütigem und in seiner Größe doch Zerstörerischem. Diese Macht, gebildet aus dem Bewusstsein von Wahren Herrschern, Kara und ein paar einzelnen Menschen, verhinderte den Krieg, der Warén hätte gänzlich veröden lassen, erschütterte aber gleichzeitig das empfindliche Gleichgewicht dieser Welt und löschte Tausende von Leben aus. Schmerz überrollte den Planeten und brannte sich tief in jede Seele …

Imnoi verlor damals Tnom, die Frau, die er heiraten wollte …

Brauer blinzelte benommen. Sie fühlte einen Pinsel in der Hand und sah auf ein Gesicht. Auf Imnois Gesicht, in dessen tiefschwarzen, mandelförmigen Augen sich Tnoms Blick spiegelte. Und Michaelas kleine Figur am Rande. Und matt ein Katzengesicht.

Sie stolperte einen Schritt zurück. Ein Schauer lief ihr den Rücken herauf, vibrierte in ihrem Hirn nach. Sie war, ohne es zu wollen oder auch nur bemerkt zu haben, in Trance gefallen, in einen Zustand, den die Kara als Kontakt in die Zwischensphäre bezeichneten. Normalerweise war es harte Arbeit für einen Menschen, das zu erreichen, falls er überhaupt je in der Lage dazu war. Und selbst Kara mussten sich gezielt auf den Kontakt einlassen. Außer – Milliarden winziger Explosionen trübten Brauers Blick – außer die Herrscher forderten jemandes Bewusstsein in die Zwischensphäre.

Ein Pfeifen bohrte sich in Brauers wild taumelnde Gedanken. Sie zerrte die Bedeutung des Tones in die Gegenwart und tappte zur Tür.

Draußen stand Leonard Cohen. Seine rechte Hand hing wie ingefroren in der Luft, und er starrte Brauer verblüfft an. Dann starrte er sie erleichtert an. Dann starrte er entsetzt.

„Großer Gott!", entfuhr es ihm. „Du bist weiß wie ein Leichentuch!" Er trat schnell ein, tippte mit der einen Hand den Schließmechanismus der Tür an und fing mit dem anderen Arm die wankende Frau auf.

„Hey!", sagte er, es klang besorgt. Er führte Brauer zum nächsten Sessel und setzte sie hinein. „Was ist passiert, um Gottes Willen?"

Brauer spürte den Boden unter sich ruhiger werden und lächelte matt.

Der Arzt legte seine Hand prüfend auf ihre Stirn. „Kühl", sagte er leicht verwundert.

Sie wies mit den Augen zur Staffelei und Cohen drehte sich um. „Hast du das gemalt?"

Brauer nickte.

„Heute Vormittag?"

Sie nickte wieder.

Cohen fingerte nach dem Hand-Diagnosegerät, das er stets bei sich trug, und richtete es auf Brauer. „Du bist völlig erschöpft", stellte er fest. „Ich hab ja schon einiges über Schaffensrausch und so gehört, aber das hier …" Er schüttelte den Kopf.

„Es war ein Kontakt", hauchte sie.

„Ein was?"

„Ein Kontakt", wiederholte sie fester.

Er runzelte die Stirn. „Du meinst so kara-mäßig? Mit wem, um alles in der Welt? Hier draußen gibt es keine Wahren Herrscher."

„Ich weiß", erwiderte Brauer. „Ich weiß auch nicht."

Cohen klappte den Mund auf. Dann sagte er: „Hast du wenigstens eine Ahnung, wer dich so dringend sprechen wollte?"

Sie schüttelte den Kopf. „Ich erinnere mich an nichts. Als ich zu mir kam, war da nur das Bild."

„Ein gutes Bild. Imnoi und …" Er wies auf das Gemälde. „Wer ist das? Imnois Frau?"

Sie nickte. „Sozusagen."

„Sie starb damals, ich erinnere mich an die Berichte." Er trat näher. „Du bist auch mit drauf. Und … eh … Was ist das für ein Tier? Ein Vacha?"

„Hast du nie einen Vacha gesehen?"

„Nein. Ich lege auch keinen Wert drauf. Die Kara erzählen sich ziemliche Schauergeschichten über diese Viecher. Ist es einer?"

„Nein", murmelte Brauer und stand auf, um ebenfalls näher zu treten. Sie betrachtete das Tier. „Als ich zu mir kam, hielt ich es für eine Katze. Jetzt allerdings …" Sie hob die Schultern. „Eigenartig, was? Fast menschliche Gesichtszüge."

„Karanische würde ich eher sagen", brummte er.

Sie sah ihn skeptisch an. „Mit gelben Augen?"

Cohen erwiderte den Blick. „Menschen mit gelben Augen sind auch nicht eben häufig." Er registrierte, dass Brauer neben ihm stand. „Würdest du dich bitte wieder hinsetzen?"

„Ich fühle mich nicht schwach."

„Doch, tust du!"

Brauer stieg über die noch immer am Boden verstreuten Skizzen und ging zur Kochnische. „Auch 'n Tee?"

„Du sollst dich sofort hinsetzen! Oder muss ich dich erst in die Krankenstation einweisen?"

„Nun mach mal halblang!", antwortete sie verärgert. „Ich bin erschöpft, kann sein, aber nicht todsterbenskrank."

Cohen reagierte nicht weniger gereizt. „Erzähl mir nichts über die Auswirkungen eines intensiven Kontaktes auf die menschliche Verfassung! Ich war auch auf Warén! Und ich war als Arzt dort!"

Brauer sah ihn abschätzend an.

„Setz dich endlich!", forderte Cohen. „Deinen Tee kann ich dir auch brühen. Ich hab oft genug zugesehen dabei."

Brauer nickte und ging zur Couch hinüber.

Cohen atmete auf. „Verdammt, Micha, ich will es zwischen uns nicht auf einen Machtkampf ankommen lassen."

„Du würdest ihn verlieren", lächelte sie müde. „Der Chefarzt ist der einzige, der dem Captain befehlen kann."

„Ich weiß. – Soll ich mit den Kara sprechen?"

„Wozu?", fragte Brauer eine Spur zu rasch.

Cohen bemerkte es, schwieg aber. Er zelebrierte den Earl Grey nach Brauerscher Manier. Er stellte auch einen Teller Gebäck auf den Tisch. Die Kekse hatte er mitgebracht. Er brachte immer welche mit, wenn er zu Besuch kam. Meist aß er sie dann aber doch selbst, denn Brauer machte sich nichts aus Plätzchen.

Diesmal knabberte sie eins. Nachdenklich erst, dann lächelnd.

„Was ist?", fragte Cohen.

„Weißt du noch, wie wir uns kennengelernt haben?"

Er lachte laut auf. „Und ob! Ich habe angegeben wie eine Lore Affen."

Sie nickte grinsend. „Du warst noch ganz hin weg von deinem Besuch auf Warén."

„Ich hab mich als Experte aufgeführt und du hast mich reden lassen."

„Ich fand deine Begeisterung so schön."

Er lachte. „Das stimmt nicht, du hast dich amüsiert, dass ich dich nicht erkannt habe."

Brauer lächelte matt. „Ein bisschen vielleicht. Es war ganz erholsam. Ich glaube jeder von uns, die bei dem Warén-Desaster dabei waren, ist so oft von völlig Fremden darauf angesprochen worden, dass sich mancher glattweg verleugnet hat. Ich jedenfalls hab es gelegentlich getan."

„Ach! Wirklich?"

Brauer schwieg. Sie schien mit den Gedanken in jener Zeit zu weilen.

„Micha?"

Sie schreckte auf. „Was?"

Er musterte sie besorgt. „Alles in Ordnung?"

„Nein. Du hast mich krank geschrieben, schon vergessen?"

„Ich dachte nicht so sehr an die Marsgrippe, ich dachte eher an diesen … Kontakt."

„Es war keiner."

„Vorhin sagtest du …"

„Ich weiß. Aber es kann keiner gewesen sein. Hier draußen ist doch niemand."

„Naja. Wer weiß."

Sie runzelte missmutig die Stirn. „Hast du je davon gehört, dass ein Wahrer Herrscher die Höhlen verlassen hätte?"

„Als Symbiont schon. Wie auch immer das funktioniert – aber wenn ein Herrscher in einem Karakörper siedeln kann, ist er vor all dem mental aktiven Zeug geschützt und kann sich sonstwo rumtreiben."

„Das weiß ich selbst! Hier ist nur kein Symbiont!"

Cohen hob beschwichtigend die Hände. „Ich sag ja nur."

Brauer rieb sich die Stirn. „Entschuldige. Es ist nur … Ich bin irgendwie nicht ich selbst in letzter Zeit. Manchmal möchte ich einfach aufstehen und nach Hause gehen. Bis mir einfällt, dass ich hier zu Hause bin."

„Auf dem Schiff?"

„Ja, auf dem Schiff. Zu Hause – ich meine in meiner Wohnung in Dresden – da mach ich nur ab und zu Urlaub. Verstehst du, was ich meine?"

„Na ist doch gut, wenn du dich hier zu Hause fühlst …"

„Tu ich ja nicht, Leo, das ist es ja. Im Moment weiß ich es nur."

Cohen versuchte sichtbar, zu verstehen.

Brauer atmete tief durch. „Ach was soll's!" Sie stand auf und brachte ihr leeres Teeglas in die Kochecke. „Du hast sicher recht, ich bin nur überarbeitet." Sie drehte sich um. „Gehen wir essen?"

Cohen schob das Glas von sich weg, obwohl es noch halbvoll war, und stand auf. „Ich geh uns was holen."

„Ich bin wieder fit. Ich kann durchaus selbst in den Club gehen."

„Schon möglich, aber du wirst es nicht. Was soll ich dir mitbringen?"

„Irgendwas", sagte Brauer. „Ich vertrau dir."

Die Stille in der Zentrale war angenehm. Imnoi spürte zwar die Gegenwart der Menschen und die feinen Felder der Elektronik rundherum, doch alles hatte sich zu einem zarten Schleier verwoben, der im Hintergrund seines Bewusstseins sanft wogte. So konnte Imnoi seine Aufmerksamkeit teilen. Zum einem beobachtete er die Anzeigen auf der Sensorstation, zum anderen versuchte er, Kontakt zu Mit'Xitlan zu halten.

Der Freund hatte spürbar Mühe, sich zu konzentrieren. Er war damit immer noch leistungsfähiger als die meisten Menschen hier im Raum, doch das konnte nicht das Maß sein. Irritiert bemerkte Imnoi, dass Mit'Xitlan an Brauer dachte, aber noch ehe er ganz erfassen konnte, worum es ging, war der Eindruck schon wieder verflogen. Dann blitzte das Wort Akakor auf und Imnoi sah zu Mit'Xitlan. ‚Was ist Akakor?', fragte er stumm, doch Mit'Xitlan reagierte nicht. Seine Gedanken waren längst woanders, waren bei der Hope-Katastrophe ...

... da war dieser Sensorreflex auf den Anzeigen der Hope. Der Reflex eines Schiffes. So unendlich weit von der Erde entfernt, wie nie ein Mensch zuvor gewesen war. Captain Torrence sandte eine Grußbotschaft. Er erhielt Antwort. Zweifache Antwort. Von der Schajo Cha Ngoi und von der Imte Rish. Schiffe verfeindeter Sternenreiche. Die aufeinander feuerten. Die die Hope trafen. Erschütterungen, quakender Alarm. Etwas explodierte. Hinter Boor stöhnte jemand auf und Jason Boor drehte sich um. Torrence lag am Boden und Dorinda Bourdy, Erster Offizier der Hope, beugte sich über ihn. Ein Mann mit dem Emblem der Medoabteilung eilte herbei und dann brach die Decke über ihnen. Boor hustete im Rauch. Eine gelbäugige Katze sprang auf seinen Schoß. Sie gehörte dort nicht hin, also scheuchte er sie fort und stand auf. Der Qualm hob sich und gab den Blick frei auf einen leblosen Körper. Sylvia. In ihrem Blick lag noch immer dieses kindliche Staunen, in das Boor sich vor neun Jahren verliebt hatte. Aber es war gefroren. Zu einer Maske, die Boor seiner Frau herunterreißen wollte. Er streckte die Hand aus. Die Katze strich um seine Beine, Boor trat nach ihr.

Irgend etwas passierte.

Jason Boor schreckte auf und drehte sich instinktiv zu den Sensorpulten um. Er sah Wil Richards vornüber gebeugt eine Anzeige ablesen und die beiden Kara einen raschen Blick wechseln, unter dem Mit'Xitlan für den Bruchteil einer Sekunde unsicher schien.

„Was gibt es?", fragte Boor nach hinten.

Richards richtete sich auf. „Sir?"

Der Erste Offizier erhob sich und streifte dabei die Irritation seiner Erinnerung ab. Er trat zu dem Copiloten. „Was haben wir bis jetzt über den Asteroiden?"

„Nun, Sir", holte Richards aus. „Wir konnten die silikatische Grundsubstanz bestätigen, fanden eine Sauerstoff-Stickstoff-Atmosphäre mit hohem Kohlendioxid-Gehalt ..."

„Eine was?", unterbrach ihn Boor

Richards sah Hilfe suchend zu Imnoi. Der warf einen kurzen Blick auf das Pult und sagte dann: „Es sind eher Reste einer klassischen Atmosphäre, Sir. Sauerstoff, Stickstoff, Kohlendioxid. Der größte Teil davon überzieht allerdings als Eis die Oberfläche, wie bei durchschnittlich minus 238 Grad Celsius nicht anders zu erwarten. Unter dieser Schicht scheint es stellenweise Wassereis zu geben. Ehemalige Ozeane vermutlich."

Boor hob die Hände. „Moment mal! Ozeane?"

„Ja."

„Sie meinen, es gab dort Leben?"

Imnoi hob eine Braue. „Das sagte ich nicht."

„Sie sagten … Entschuldigung, Ozeane müssen natürlich nicht belebt sein. Mein Fehler."

Imnoi nickte.

Boor ignorierte es. „Aber der Asteroid war früher einmal wärmer, oder?"

„Diese Vermutung liegt nahe. Dürfte ich einen Vorschlag unterbreiten, Sir?"

Jetzt nickte Boor.

„Im Interesse einer effektiveren Zeitausnutzung schlage ich den Einsatz einer Vorab-Sonde vor. Da einiges dafür spricht, dass es sich bei dem Körper um einen entlaufenen Planeten handelt, wären die Wissenschaftler an Bord …"

„Um einen Planeten?", unterbrach Isaac Sauders vom Steuerpult aus das Gespräch. „Wie in drei Teufels Namen kommen Sie denn darauf? Hier ist weit und breit kein Stern, dem ein Planet fehlt!"

„Weit und breit", antwortete Mit'Xitlan bedächtig, „ist eine sehr vage Ortsbestimmung. Wir haben noch nicht alle Sterne weit und breit untersucht, können also nicht sagen, ob in einem der Systeme eine Unregelmäßigkeit auftritt, die auf einen entlaufenen Planeten schließen lässt. Außerdem wäre das ohnehin nur schwer zu bestimmen. Nach einer so langen Zeit hätte sich ein betroffenes System vermutlich genügend stabilisiert, so dass …"

„Nach so langer Zeit", fiel ihm der Ire ins Wort, „ist eine sehr vage Zeitbestimmung, Mr. Mit'Xitlan."

Der Kara schwieg verunsichert.

Boor kam ihm zu Hilfe. „Sie wollten uns erklären, wie Sie darauf kommen, dass es sich um einen entlaufenen Planeten handelt."

„Das wollte ich nicht", widersprach Mit'Xitlan.

„Tun Sie's einfach!", forderte Boor leicht genervt.

Mit'Xitlan wechselte einen Blick mit Imnoi. Es sah aus, als entschuldige er sich bei ihm. Boor bemerkte es und runzelte irritiert die Stirn.

„Sir", begann Mit'Xitlan mit seiner Erklärung, „die Sensordaten zeigen, dass der vermeintliche Asteroid nahezu kugelförmig ist. Er rotiert, was man in aller Regel bei Planeten, nicht aber bei freien Asteroiden feststellen kann. Das Fehlen jeglicher Trümmer, Staubpartikel oder Ähnlichem, das oft im Umfeld von Asteroiden dieser Größenordnung beobachtet wird, ist ebenfalls ein Indiz, wenn auch kein Beweis für die Richtigkeit der These. Das Vorhandensein von Sauerstoff und Stickstoff in dieser Menge legt nahe, dass es einst Leben hier gab, was nur im Umfeld einer Sonne ..."

„Leben ...", unterbrach ihn Boor.

„Ja Sir. Auch der Mond wäre eine ausgesprochene Rarität, sollte es sich tatsächlich ..."

„Stop! Was um Himmels Willen für ein Mond?!"

„Der den Planeten umkreist. Er scheint allerdings ..."

„Gestatten Sie, Sir?", unterbrach jetzt Imnoi. „Vielleicht wäre es effektiver, wenn Ihnen Mr. Richards zuerst noch die restlichen Fakten mitteilt, ehe wir über die Interpretation der Daten sprechen." Er sah zu Richards.

Richards, verlegen über die ihm plötzlich wieder zufallende Aufmerksamkeit, räusperte sich. „Ja. Also ... Wir orten im äußeren Orbit des Planeten einen inhomogenen, unregelmäßig geformten Körper. Möglicherweise ein Objekt, das in die Anziehungssphäre des Planeten geriet. Und es ist eine Reststrahlung nuklearer Prozesse messbar."

Boor dachte an die Nugroma. „Eine Bombe?"

Richards sah zu Imnoi. Der reagierte nicht.

„Ehm ...", fuhr Richards deshalb fort, „... vielleicht. Oder eine Art künstliche Sonne oder so."

Boor schwieg. Er versuchte, das Gehörte irgendwie sinnvoll zusammenzufügen. Und obwohl er wusste, dass es eigentlich ganz leicht war, wuchs seine Verwirrung eher, als dass sie sich legte.

„JB?", fragte Sauders.

Boor schreckte auf. „Ja?" Er sah Sauders an und wusste plötzlich wieder, was zu tun war. Er strich sich über den Schädel. „Nun, Mr.

Mit'Xitlan, Ihre Argumente ...", er bemerkte, dass der Kara nicht zuhörte, sondern wie geistesabwesend auf das Pult vor sich starrte. „Mr. Mit'Xitlan?"

Der Waréner schaute auf. „Sir?"

„Alles in Ordnung mit Ihnen?"

Mit'Xitlans Blick huschte zu Imnoi, richtete sich dann fest auf Boor. „Ja, Sir."

Boor beschloss, ihm zu glauben. „Gut. Dann gehen Sie beide Mr. Richards bei der Programmierung der Sonde zur Hand. Standard-Programmierung, das ist eine gute Übung. Mr. Richards wird Ihnen sicher gern erläutern, welche Tests dazugehören, und welche Modifizierung im Falle ..."

„Sir?", unterbrach Imnoi den Ersten Offizier.

„Ja? Irgendein Problem mit dem Befehl?" Er sah Mit'Xitlan bei dem Wort „Befehl" zusammenzucken und ärgert sich über den harschen Ton, den er unnötigerweise angeschlagen hatte.

Imnoi schien zum Glück unbeeindruckt. „Darf ich Sie mit allem gebotenen Respekt darauf aufmerksam machen, dass in eins Komma sieben Minuten die uns vom Captain für die Beschäftigung in der Zentrale eingeräumte Zeit vorüber ist? Dieser Vorgabe entsprechend haben Mit'Xitlan und ich bereits Pläne für den weiteren Tagesablauf gemacht, Sir."

Mit'Xitlan setzte zu einer Entgegnung an. Imnoi warf ihm einen scharfen Blick zu, so dass er schwieg.

Boor beobachtete diese wortlose Kommunikation und wusste nicht, was er davon halten sollte. Geheimnisse auf der Brücke? Er überlegte, ob er nachfragen sollte. Vielleicht berührte es ja die Sicherheit des Schiffes. ‚Unsinn!', schalt er sich, ‚ist sicher was Privates.' Der Gedanke fühlte sich falsch an, Boor sagte trotzdem: „Ich will Sie natürlich nicht aufhalten, meine Herren. Wenn Sie gehen müssen, dann tun Sie das! Ihre Mitarbeit hier hat uns jedenfalls geholfen."

„Ihre Einschätzung freut uns", erwiderte Imnoi kühl. „Wenn Sie gestatten, werden wir uns die erfolgte Programmierung der Sonde heute Abend ansehen."

„Gut." Boor lächelte den Kara zu. „Sie haben die Erlaubnis, die Daten über das Terminal in Ihrem Quartier abzurufen. Ebenso natürlich die Testergebnisse, die bis dahin vorliegen."

Imnoi ignorierte das Lächeln, nickte knapp und fragte: „Dürfen wir uns damit verabschieden, Sir?"

Boor resignierte, die Kara waren für Freundlichkeit wohl nicht empfänglich. „Sie dürfen", sagte er.

Mit'Xitlan und Imnoi drehten sich ohne ein weiteres Wort um und gingen. Boor sah ihnen nach und fragte sich, was er falsch gemacht hatte.

Brauer lehnte sich zurück und rieb sich den Bauch. „Das war zu viel", stellte sie fest.

„Du wolltest eine zweite Portion!", erinnerte Cohen.

„Ich weiß, aber die Soße war einfach zu gut."

„Du isst Pasta doch mit jeder Soße." Er stand auf und räumte das Geschirr in die Spüle.

„Nicht mit jeder", widersprach sie und streckte sich gähnend. „Außerdem hättest du ja nicht zwei Portionen für mich mitzubringen brauchen."

Cohen setzte sich in den Sessel Brauer gegenüber und versuchte, beleidigt auszusehen. „Ich bin also schuld, wenn du dich überfrisst!"

Sie lächelte. „Gib's auf, Leo! Ich weiß, dass du nicht böse auf mich sein kannst."

„Das stimmt. Nicht mal, wenn du meine ärztlichen Anweisungen ignorierst."

„Ach nein?"

„Nein. Eigentlich müsstest du dich ausruhen."

„Tu ich doch."

„Ich meine damit, du solltest im Bett liegen."

Sie hob die Brauen. „Beim Essen?"

„Natürlich nicht beim …" Er sah, dass sie mühsam ein Lachen unterdrückte, und zeigte auf sie. „Siehst'e! Genau das meine ich! Du nimmst mich nicht ernst. Manchmal denke ich, du hast die Waréner nur deshalb an Bord geholt, damit du mich in deiner Nähe …"

„Moment mal!" Sie setzte sich aufrecht hin. „Ich hab sie nicht an Bord geholt. Das Flottenkommando hat sie mir ins Schiff gesetzt."

Cohen runzelte die Stirn. „Wie jetzt? Du hast doch aber ihrem Antrag zugestimmt, oder nicht?"

„Was für einem Antrag?"

„Von Imnoi. Soweit ich weiß, haben er und Mit'Xitlan gebeten, auf der Explorer mitfliegen zu dürfen."

Auf Brauers Stirn hatte sich eine steile Falte gebildet. „Davon höre ich zu ersten Mal. Ich habe einen Befehl gekriegt, das war's. – Weißt du, warum sie hierher wollten?"

„Ich nahm an, wegen dir. Vielleicht dachten sie, du würdest sie eher als irgendwer sonst verstehen."

Brauers Stirnfalte vertiefte sich.

„Was ist daran schlimm? Du magst sie nicht, okay, aber du bist immer fair …"

„Wieso sollte ich sie nicht mögen?"

„Keine Ahnung." Er beugte sich vor. „Das frage ich mich auch schon die ganze Zeit. Okay, sie sind manchmal seltsam, aber du hast dich doch mit Imnoi mal gut verstanden, wenn ich mich recht erinnere."

Sie sah ihn an.

Er interpretierte es als Frage und antwortete: „Na damals. Du weißt schon, als ihr Warén entdeckt habt. Du müsstest doch mit ihrer Art besser vertraut sein, als jeder andere hier an Bord. Außer mir vielleicht", fügte er hinzu.

Brauer fixierte einen Punkt irgendwo hinter Cohen. Er drehte sich unwillkürlich um. „Was ist da?"

Sie schreckte auf. „Was?"

„Du warst eben ziemlich weit weg."

„Ich …" Ein Gefühl, als wehe ein kalter Wind durch ihren Körper, ließ sie schauern. Irgend etwas klang in ihr nach, etwas anderes als Cohens Worte. Eine Frage. Sie hatte mit Tnom zu tun. Und mit ihr. Als wären sie ein und die selbe Person. Oder war das die Frage gewesen? Ob sie ein und die selbe Person waren?

„Micha? Alles in Ordnung?"

Brauer spürte Cohens Hand auf ihrer Stirn und blickte ihn an. Er sah besorgt aus. „Deine Temperatur ist gestiegen", hörte sie ihn wie durch Watte sagen.

Sie lächelte und fragte sich im selben Moment, warum sie lächelte. Und gleich darauf, ob sie tatsächlich lächelte oder es sich nur einbildete. Und dann, wieso sie über so etwas nachdachte …

„Micha? Michaela, hörst du? Captain!"

… und dann war das alles plötzlich weg und sie sah direkt in Cohens Augen.

„Micha?"

„Ja. Ja, alles in Ordnung."

Cohen neigte skeptisch den Kopf.

„Mir … ist nur etwas komisch. Ich werde mich ein bisschen hinlegen."

„Gute Idee."

Sie stand auf und tappte ins Schlafzimmer.

Cohen beobachtete sie besorgt. „Ich werde dir was holen. Micha? Hörst du?"

Sie brummte etwas und ließ sich auf das Bett fallen. Noch ehe Cohen das Quartier verlassen hatte, war sie eingeschlafen.

Imnoi schloss die Tür des Quartiers hinter sich und sah Mit'Xitlan fragend an.

Mit'Xitlan wich dem Blick aus, er ging ins Bad.

„Was ist mit dir?", beharrte Imnoi und folgte ihm.

Mit'Xitlan ließ Wasser in seine Hände laufen und benetzte dann sein Gesicht.

„Du bist in Boors Geist eingedrungen. Was hast du gesucht?"

Mit'Xitlan griff nach dem Handtuch und trocknete sein Gesicht ab. Dann drehte er sich zu Imnoi um. „Ich weiß es nicht. Es war nicht meine Entscheidung."

Imnoi verstand nicht. „Es war nicht deine Entscheidung?"

Mit'Xitlan ging an ihm vorbei in den Wohnraum und blieb vor der Altarnische stehen.

Imnoi trat zu ihm. „Was meinst du damit, es sei nicht deine Entscheidung gewesen?"

Mit'Xitlan wandte sich um. „Ich weiß nicht, was da eben geschehen ist. Ich …", er rang um Worte, sah zu Boden, „… verlor die Kontrolle. Es …", er blickte auf. „Es passierte nicht zum ersten Mal, aber es war bisher noch nie so unaufhaltsam."

Imnoi unterdrückte das aufkeimende Gefühl von Gefahr. Er setzte sich an den Tisch und rückte Mit'Xitlan den zweiten Stuhl zurecht. „Was genau geschieht bei diesen … Ereignissen?"

Mit'Xitlan nahm Platz. „Es ist wie … Ich gleite in einen Zustand, der jener der Meditation nicht unähnlich ist. Aber ich entscheide nicht, das zu tun. Ich bemerke es nicht einmal. Erst wenn ich wieder ganz zu mir komme, weiß ich, dass es wieder passiert ist."

„Ich verstehe", behauptete Imnoi. „Daher auch dein Zögern, die Zwischensphäre zu betreten, weil du dafür die Kontrolle über deinen Geist lockern musst und so noch anfälliger für … dafür bist."

„Ja. Anfangs kann ich mich noch sicher in der Sphäre bewegen, aber immer öfter und immer schneller geschieht es, dass … Ich weiß nicht, wie ich es beschreiben soll. Es ist, als ob ein Wahrer Herrscher die Führung übernimmt, aber … Er ist unsicher, weiß nicht, wohin er geht, warum und wie. Wie Wasser, das ohne eigenen Willen einfach der Bodenstruktur folgt. Einfach nur ein Instinkt." Er sah Imnoi an, als erwarte er eine Antwort.

Imnoi musterte ihn, spürte nach seinen Gefühlen. Er empfand die tiefe Unsicherheit Mit'Xitlans. Doch das war schon die gefilterte Version der wirklich in dem Freund brennenden Angst. Die Angst, verrückt zu werden. Imnoi wünschte, er hätte ihn beruhigen können, zugleich war diese Erklärung jedoch vergleichsweise erträglich. Die Alternative, die Variante, dass da tatsächlich jemand Einfluss auf Mit'Xitlan und damit indirekt auch auf die Menschen nahm, wagte sich Imnoi im Moment nicht auszumalen. Er richtete seine Hoffnung ganz darauf aus, dass es nur eine kleinere mentale Irritation war, die Mit'Xitlan beeinträchtigte. „Zeig es mir", bat er deshalb. „Vielleicht finden wir einen Weg."

Mit'Xitlan starrte ihn an. „Du willst …?"

Imnoi nickte, als wäre er sich seiner Entscheidung ganz sicher. „Ja. Geh in die Zwischensphäre! Ich werde von hier aus wachen, beobachten, was geschieht."

„Es wäre leichter für dich, es zu sehen, wenn du mich begleiten würdest", wandte Mit'Xitlan hoffend ein.

„Da wir nicht wissen, was es ist, halte ich es für zu gefährlich, mich dem Risiko einer direkten Begegnung auszusetzen." Imnoi stand auf.

„Du hast recht." Mit'Xitlan erhob sich ebenfalls und trat zur Altarnische, öffnete sie. Er bereitete die Utensilien für eine Meditation vor, kniete nieder und tauchte zögernd in die Zwischensphäre ein.

Imnoi schob seine eigenen Befürchtungen in den Hintergrund und konzentrierte sich auf Mit'Xitlan. Er bemühte sich, dessen Empfindungen zu erspüren, ohne sich ebenfalls in die Zwischensphäre ziehen zu lassen. Es erwies sich als schwieriger, als er vermutet hatte, denn Mit'Xitlans Bewusstsein wurde mit solcher Heftigkeit hineingesogen, dass Imnoi einen Augenblick lang fürchtete, es könnte sich gänzlich und endgültig aus der hiesigen Realität lösen. Er versuchte, Mit'Xitlan ein Anker im Hier und Jetzt zu sein und spürte, dass dessen Angst sich milderte.

Imnoi verankerte einen Teil seines Ich an dem, was seine Sinne wahrnahmen. Mit'Xitlans Oberkörper wiegte sich im Rhythmus einer unhörbaren Melodie. Das Öllicht verbreitete einen betäubenden Duft und das Funkeln des Kristalls verlangte nach Aufmerksamkeit. Imnoi erkannte Anstrengung und wusste nicht, ob es seine eigene war. Fiebrige Hitze stieg auf. Ein schwarzer Schlund öffnete sich, sog an der Wirklichkeit. Gierige Hände griffen nach Imnois Bewusstsein, forderten Vereinigung.

Instinktiver Widerstand. Der Strudel verlor an Kraft, glättete sich und spiegelte gelbe Augen. Unschuldig fragende Augen, auf die Imnoi keine Antwort wusste. Ein Lidschlag löschte auch das.

Dann herrschte Stille. Licht sickerte ein. Flacher Atem. Imnoi sah Mit'Xitlan zu Boden gesunken. Wollte zu ihm, taumelte. Fiel.

Mit'Xitlan hob den Kopf. „Es ist in mir", hauchte er.

Imnoi rappelte sich auf. Er half dem Freund beim Aufstehen.

„Es ist in mir", wiederholte Mit'Xitlan etwas fester.

„Ja." Er führte Mit'Xitlan zu einem Stuhl. „Was immer es ist."

„Vielleicht …", Mit'Xitlan suchte verzweifelt nach einer Antwort, „… hat die Marsgrippe einen Teil meiner Psi-Fähigkeiten beeinflusst. Meine Kontrolle darüber eingeschränkt."

„Vielleicht", erwiderte Imnoi, obwohl er es bezweifelte. Er bemerkte, wie er darüber nachdenken wollte, was es war, und ermahnte sich, das Nächstliegende nicht aus der Aufmerksamkeit zu verlieren. „Egal, womit wir es hier zu tun haben", sagte er, „es gefährdet die Menschen."

„Boor trug keinen Schaden davon. Und auch sonst niemand."

„Das weißt du doch gar nicht!", sagte Imnoi heftiger als beabsichtigt. Er dämpfte seine Lautstärke. „Die Unversehrtheit der Psyche der Menschen ist nicht mit unserem Maß zu prüfen. Und selbst wenn du recht hast, bleibt doch bedenklich, dass der kommandierende Offizier für eine Spanne von Minuten ohne bewusste Kontrolle über sein Denken war. Hätte er in dieser Zeit eine Entscheidung treffen müssen, hätte er vermutlich versagt. Das kann unter Umständen den Untergang des Schiffes bedeuten!"

Mit'Xitlan schwieg betreten. Er nahm auf dem Stuhl Platz.

Imnoi fühlte Mitleid angesichts der deutlichen Verzweiflung des Freundes. Er setzte sich ebenfalls. „Wir sollten mit Dr. Cohen sprechen."

„Worüber? Er wird nichts finden, wo wir selbst nicht hinsehen können."

„Schon möglich. Aber du wirst alle Kraft brauchen, um das, was in dir ist, wenigstens halbwegs unter Kontrolle zu behalten. Dr. Cohen kann dich als krank einstufen, wodurch keine weitere Erklärung notwendig wird für deine Abwesenheit von unserem regulären Ausbildungsprogramm."

„Er wird wissen wollen, warum er mich als krank einstufen soll. Er wird eine Untersuchung vornehmen."

Imnoi lächelte. „Was sollte er finden, wo wir selbst nicht hinsehen können?", zitierte er den Freund. „Behaupte, du fühltest dich schwach! Und wenn wir nicht bald eine Lösung finden, wird das nicht lange eine Lüge bleiben. Es wird auf jeden Fall genügen, um dem Arzt Krankheit vorzutäuschen."

„Ja. Menschen sind mit Worten leicht zu manipulieren", erwiderte Mit'Xitlan und stand auf. „Ich werde sofort zu ihm gehen." Er zögerte. Es schien, als warte er auf eine Bemerkung Imnois, die ihn zurückhalten könnte. Doch Imnoi schwieg.

Michaela Brauer erwachte am späten Abend von einem Moment zum anderen und fühlte sich tatendurstig. Alles um sie herum schien klarer, frischer als vor Stunden. Obwohl sie wusste, dass das nur Einbildung sein konnte, genoss sie diese Stimmung. Sie duschte ausgiebig, buk sich zwei Croissants auf und aß vergnügt. Dann beschloss sie, zu lesen. Vorher jedoch wollte sie nur mal schnell in der Zentrale nach Neuigkeiten fragen.

Am Komm-Pult dort tat mittlerweile David Seton Dienst. Der stille, immer ein wenig geheimnisvoll lächelnde Engländer reagierte etwas verwundert, als Brauer ihn bat, nicht erst den kommandierenden Offizier zu stören, sondern einfach eine Verbindung zum automatischen Zentralen-Logbuch herzustellen. Doch offenbar hatte Wildor Aslan bemerkt, dass Seton mit dem Captain sprach, denn er schaltete sich in das Gespräch ein.

„Kann ich Ihnen helfen, Sir?", fragte der Zweite Offizier und sah dabei zur Uhr. Es wirkte ungeschickt demonstrativ, subtile Gesten waren nicht die Stärke des Nepalesen.

Brauer schmunzelte versteckt. Vermutlich war Aslan schon von Cohen gewarnt worden, dass sie sich nicht an die verordnete Dienstpause halten würde. Äußerlich blieb Brauer jedoch ernst und fragte nach dem Stand der Erkundung des Asteroiden.

Wildor Aslan sah auf irgendein Instrument rechts von ihm, was auf Brauers Komm-Schirm den Eindruck erweckte, Aslan weiche ihrem Blick aus. „Wir zeichnen noch immer die Daten der Vorab-Sonde auf", antwortete er auf Brauers Frage. Er schaute jetzt links am Captain vorbei. „Die ersten decodierten Bilder deuten an einigen dünner vereisten Stellen auf verschiedene regelmäßige Strukturen auf der Oberfläche des ehemaligen Planeten hin."

„Des …", setzte Brauer zu einer Frage an, doch Aslan drehte sich zu jemandem um, den sie nicht sehen konnte, sodass sie schwieg. Sie hörte im Hintergrund eine verblüffte Stimme. Dann wandte sich der Zweite Offizier wieder ihr zu und sagte: „Der Satellit des ehemaligen Planeten wurde soeben als metallische, oberflächlich verschlackte Konstruktion identifiziert, Sir. Die Sonde hat im Innern des Satelliten schwache Reststrahlungen atomarer Energien messen können und damit die These der künstlichen Sonne bekräftigt."

Brauer runzelte die Stirn. Ein Planet also und eine künstliche Sonne. Wieso wunderte sie sich nicht über diese Nachricht?

Aslan wartete mit dem für ihn typischen stoischen Gesichtsausdruck. Über die Komm-Leitung drang die gedämpfte Stimme des Copiloten, der irgendwem irgendwelche Daten ansagte. Brauer dachte, dass Aslans glänzend schwarzes Haar wie das der Kara wirkte, und schüttelte über sich selbst den Kopf. ‚Konzentrier dich!', ermahnte sie sich, sagte: „Ich komme vorbei", stand auf und unterbrach dabei die Verbindung.

Fünf Minuten später stand sie neben Aslan am Sensorpult. Sie studierte die Anzeigen, sah sich die Aufzeichnungen an und hob immer wieder die Brauen.

Aslan war einen Schritt zurückgetreten, als wollte er dem Captain nicht im Weg stehen.

Brauer drehte sich um, so plötzlich, dass Aslan zusammenzuckte. Sie spießte mit dem Zeigefinger in seine Richtung. „Wissen Sie, was wir da vor dem Bug haben?"

„Einen ehemaligen Planeten, Sir."

„… der zweifellos einst bewohnt war", präzisierte sie. Ohne Aslans Entgegnung abzuwarten, wandte sich Brauer an den Copiloten. „Mr. McCullogh, versuchen Sie herauszubekommen, wann die Sonne zerstört worden ist!"

Andreas McCullogh sah sie verwirrt an. „Ich fürchte, dazu haben wir viel zu wenige Anhaltspunkte, Captain."

„Dann lassen Sie sich etwas einfallen! Zur Not müssen Sie eben sehen, ob schon einer der Spezialisten wach ist und Ihnen helfen kann."

McCullogh sah zur Uhr.

Brauer bemerkte es. „Ich weiß, es ist mitten in der Nacht, aber glauben Sie mir", sie lächelte, „jeder, der erst morgen … heute früh davon erfährt, wird sich ärgern. Sie tun den Jungs einen Gefallen, vertrau'n Sie mir."

McCullogh war skeptisch, aber Brauer hatte sich bereits dem nächsten zugewandt. „Mr. Aslan?"

„Sir?"

„Kommen Sie, wir beide versuchen inzwischen, auf der Oberfläche des Planeten eine alte Siedlung zu finden."

„Unter dem Eis?"

„Warum nicht? Wir haben doch die Sonde." Sie verschwand im Captainsraum. Aslan folgte ihr.


Jason Boor war ungewöhnlich früh aufgewacht und deshalb schon weit vor Dienstbeginn auf dem Weg zur Zentrale. Er plante, den Zeitvorsprung zu nutzen, um sich mit dem Material der Vorab-Sonde vertraut zu machen. Wenn er es an die Spezial-Abteilungen herausgab, wollte er schon ein paar Fragen an die Fachleute formuliert haben. Vielleicht bot sich der Planetoid ja für die Installation einer Basis an. Obwohl für solche Zwecke natürlich ein energiespendender Stern in der Nähe besser gewesen wäre. Auf jeden Fall würde er den Captain informieren müssen. Krankschreibung hin oder her – wenn die Waréner mit ihrer Idee von dem ehemaligen Planeten recht hatten, musste Brauer davon erfahren.

Mit diesen Gedanken beschäftigt, trat der Erste Offizier in die Steuerzentrale. Er erwartete nicht, die Pulte am Ende der Nachtschicht optimal besetzt vorzufinden, aber dass nur der Steuermann und ein Copilot im Dienst waren, ließ ihn die Stirn runzeln. Etwas verärgert trat Jason Boor an die unbesetzte Navigationskonsole. Sie war aktiviert.

„Was soll das?", fragte er ungnädig.

„Solana ist eben mal beim Captain", antwortete Friedbert Müller vom Steuerpult her.

Boor sah ihn irritiert an. „Beim Captain?"

„Ja", bestätigte Müller. „Im Bereitschaftsraum. Es geht wohl um einen Kurs, der ..." Er brach ab, weil Boor bereits in den Captainsraum eilte.

„Ah, Mr. Boor!", empfing ihn Brauer. „Guten Morgen! Sie sind ja überpünktlich heute."

„Ich hatte nicht erwartet, Sie im Dienst anzutreffen, Captain." Boor reichte Aslan grüßend die Hand und nickte Lorena Solana zu.

„Ich konnte nicht schlafen", erwiderte Brauer obenhin. „Außerdem ist das hier viel interessanter, sehen Sie!"

Solana hüstelte.

„Ach ja!", fiel Brauer ein. „Der Kurs! Also machen Sie es so, wie es Mr. Aslan eben vorgeschlagen hat! Und geben Sie die Daten samt Zeitindizes bitte auch an die einzelnen Abteilungen, damit die ihre Untersuchungen darauf abstimmen können."

„Aye, Sir", antwortete Solana und verschwand.

Boor sah ihr einen Moment lang nach und fragte sich, ob er sich im Dienstplan irrte oder ob die Frau ebenfalls zeitiger erschienen war.

„Sehen Sie!", unterbrach Brauer Boors Gedanken. „Die Daten der Vorab-Sonde belegen eindeutig, dass der Satellit ursprünglich so was wie eine künstliche Sonne gewesen sein muss. Und zwar wurde in seinem Inneren Energie erzeugt und diese dann auf der dem Planeten zugewandten Seite abgestrahlt. Vermutlich. Und hier", Brauer wies auf Sondenbilder der Planetenoberfläche, „können Sie noch die alten Strukturen einer großen Stadt und einiger Randsiedlungen erkennen." Sie verschränkte die Arme und sah Boor an. „Na, was halten Sie davon?"

„Das ist …", murmelte Boor, noch einigermaßen überrascht, „… ziemlich interessant."

„Interessant?", wiederholte Brauer. „Es ist faszinierend!"

Boor sah fragend Aslan an, der schien wie gewohnt unbeeindruckt. Falls er wusste, warum Brauer so aus dem Häuschen war, hatte er offenbar nicht die Absicht, es ihm mitzuteilen.

„Sie haben doch gleich Dienstschluss, Mr. Aslan", fiel Brauer plötzlich ein. „Ich will Sie nicht um Ihre verdiente Ruhe bringen. Jetzt, da Mr. Boor hier ist, können Sie ruhig gehen."

Aslan nickte und verabschiedete sich. Das heißt: Er wollte sich eben verabschieden, als Leonard Cohen in den Bereitschaftsraum gestürzt kam.

„Was zum Teufel machst du hier?", fuhr er Brauer an.

Aslan huschte hinaus.

„Das ist mein Dienstzimmer", antwortete Brauer.

„Ich habe dich nicht gesund geschrieben."

Sie hob die Brauen. „Richtig, das war Tian."

„Ich bin dein Arzt, Micha, nicht Tian!"

„Nun mach mal halblang, Leo! Du tust ja grade so, als hätte ich dich hintergangen." Sie warf einen Blick zu Boor, offenbar, um Cohen dazu zu bringen, sich zurückzuhalten.

Cohen dachte allerdings gar nicht daran. „Hat er dich wenigstens untersucht?!", rief er.

Brauers Gesicht versteinerte. „Nein. War das jetzt alles?"

Cohen holte tief Luft, winkte dann aber nur ab. Er drehte sich um und ging, offenbar wütend.

Brauer sah ihm kopfschüttelnd nach.

„Er macht sich nur Sorgen um Sie, Captain", sagte Boor.

Brauer nickte. „Ich weiß." Sie setzte sich auf ihren Platz hinter dem Schreibtisch.

Boor ließ sich ihr gegenüber nieder. „Gestatten Sie ein offenes Wort?"

„Sicher."

„Der Asteroid ...", begann Boor.

„Planet", korrigierte sie.

„Also der Planet ist sicher eine interessante Entdeckung und verspricht weitere interessante Entdeckungen, aber ... Was haben Sie davon, wenn Sie mitten in der Arbeit wegen Erschöpfung ausfallen, Sir?"

Eine Sekunde lang sah Brauer ihren Ersten Offizier sprachlos an.

„Dr. Cohen ist nicht so schnell dabei, jemanden krank zu schreiben, wenn er Sie in Urlaub schickt, dann ..."

„Ich weiß", unterbrach sie ihn. „Aber ein Planet! Da würden Sie auch nicht in Ihrem Quartier hocken bleiben! Und so anstrengend ist es ja nun auch nicht, ein paar Daten zu sammeln und auszuwerten."

„Sie haben sicher recht", räumte Boor ein, obwohl er nicht wirklich verstand, warum Brauer die Ergebnisse nicht in ihrem Quartier abwarten konnte.

„Gut. Also zurück zum Thema: Wir wissen inzwischen, dass der Planet bewohnt gewesen sein muss. Wir können durch das Eis hindurch einiges erkennen, aber ich möchte einen persönlichen Eindruck gewinnen."

„Sie wollen landen?!"

„Natürlich, dafür sind wir doch hier."

„Das sollten Sie aber dann doch mit Cohen ..."

„Was?" Sie starrte ihn an. Dann lachte sie auf. „Oh Gott nein! Nicht ich will landen! Das ist für Ersterkundungen auch gar nicht vorgesehen. Nein nein, ich meine, dass Sie mit einem Team runtergehen. Suchen Sie ein paar Leute zusammen, ein Biologe sollte dabei sein. Wenn wir Glück haben, ist der Planet so schnell vereist, dass wir Reste von Organismen finden, vielleicht sogar von den Bewohnern."

„Sicherheitsleute?"

„Unbedingt! Und haben wir sowas wie einen Archäologen an Bord?"

„Nicht in dieser Funktion, Sir, aber ich schau mal in die Unterlagen. Vielleicht ist ein Historiker in der Soziowissenschaftlichen Abteilung zu finden."

„Warum eigentlich?"

„Warum was, Sir?"

„Warum haben wir keinen Archäologen an Bord?"

„Sir?"

„Vergessen Sie's, war nur so eine Idee. Also!" Sie straffte sich. Dann schaltete sie die letzten Sondenaufnahmen auf den großen Monitor hinter sich und drehte sich um. „Wollen wir doch mal schauen, wo eine Landung lohnen könnte ..."

Imnoi war gerade im Begriff, zur Steuerzentrale zu gehen, als Mit'Xitlan vom Arzt zurückkehrte. Cohen hatte den Waréner gestern Abend gebeten, vor der Tagschicht noch einmal zu einer Untersuchung zu kommen, um eine – wie er meinte – exakte Diagnose als Krankschreibungsgrund in die Akten eintragen zu können. Jetzt, als Mit'Xitlan in das Quartier der Kara trat, wusste Imnoi, dass irgend etwas schiefgelaufen war.

„Dr. Cohen weiß, dass dein Problem mentaler Natur ist", nahm er an.

Mit'Xitlan schüttelte den Kopf und trat in die Kochnische, um einen Schluck Wasser zu trinken.

„Was glaubt er dann, festgestellt zu haben?"

Mit'Xitlan spülte das Glas aus und stellte es in den Trockner. „Cohen war nicht anwesend, als ich kam. Dr. Tian nahm die Untersuchung vor. Als Cohen kam, war er gerade fertig und wies Cohen darauf hin, dass die Arbeit damit erledigt sei."

„Was erwiderte Cohen?"

„Er war wütend und argumentierte, dass Tian kein Experte für die gesundheitlichen Belange von Kara sei. Er erreichte mit diesem Einwand allerdings nichts."

„... was Cohen sicher nicht friedlicher stimmte."

„Nein, natürlich nicht." Mit'Xitlan begann, die Bänder an seiner Robe zu lösen.

Imnoi ahnte, dass Cohens Abwesenheit nicht das einzige Ungeplante gewesen war. „Was ist geschehen?"

„Dr. Yongbo Tian", erklärte Mit'Xitlan, während er die Waré-nische Robe gegen Hemd und Hose des terranischen Standards tauschte, „stellte diverse Ungewöhnlichkeiten bei den ermittelten Daten fest, interpretierte sie jedoch als in der Norm liegend und erteilte mir Diensterlaubnis."

„Was sagte Cohen daraufhin?"

„Nichts, er war schon fort."

Imnoi fühlte sich ungeduldig werden. „Du hast aber doch versucht, Tian zu erklären, dass du dich zu schwach für die Dienstausübung fühlst!"

„Natürlich."

„Und?!"

„Tian meinte, ich würde es schon überstehen." Mit'Xitlan klang frustriert. „Er sagte, ich könnte es ja mal mit einem Tee versuchen, den ich im Nahrungsmittelspeicher unter der Nummer 237-89c finden könnte. Ich habe auf dem Weg hierher nachgesehen: Es ist ein terranischer Pfefferminztee mit Hibiskusblüten. Für therapeutische Zwecke wenig wirkungsvoll." Er sah zur Uhr und atmete tief durch. Es wirkte ein wenig, als seufze er. „Wenn wir noch pünktlich sein wollen, müssen wir jetzt gehen."

„Wirst du die Kontrolle behalten können?", fragte Imnoi.

„Keine Ahnung." Mit'Xitlan hob die Schultern. Wieder so eine menschliche Geste, die Imnoi bei dem Freund noch niemals gesehen hatte. „Ich werde müssen. Der Teil meiner Gedanken, den ich frei haben werde, genügt sicher, um in der Zentrale nicht aufzufallen. Die Leistung menschlicher Lernender erreiche ich damit. Es sollte genügen, um Normalität vorzutäuschen."

Imnoi nickte, obwohl er daran zweifelte. Den Piloten und dem Ersten Offizier mochte Mit'Xitlan erfolgreich den Unbelasteten vorspielen, doch der Captain würde früher oder später bemerken, dass der Kara ein Problem hatte. Nicht nur, dass Brauers Psi-Quotient für einen Terraner sehr hoch war und sie deshalb mentale Turbulenzen erspüren konnte. Aus einer für Imnoi nicht erklärbaren Abneigung heraus beobachtete sie die Waréner. Aufmerksamer, als es ihr vielleicht selbst bewusst war. Und dabei spielte es überhaupt keine Rolle, dass sie im Moment auf Cohens Anweisung hin nicht in der Zentrale sein würde. Oder sein sollte, wie Imnoi vorsichtig einschränkte, denn er hatte das Gefühl, dass sie den Captain treffen würden, wenn er und Mit'Xitlan zum Dienst kamen.

Zwei Minuten später bestätigte sich sein Verdacht. Allerdings machte die Frau den Eindruck, heute tatsächlich nicht so sehr auf die Waréner zu achten. Sie erwiderte geistesabwesend deren Gruß und vertiefte sich dann wieder in die Daten auf ihrem Pult.

‚Akakor? Was für eine Stadt?‘, sandte Mit'Xitlan eine stumme Frage zu Imnoi.

Der sah ihn verwirrt an.

‚Du dachtest gerade …‘

Boor unterbrach den stummen Dialog. „Ah, da sind Sie ja! Ich weiß, ich wollte Sie heute in das Navigationsprogramm einweisen. Aber es tut mir leid, es ist derzeit ziemlich ungünstig. Der Anflug auf den Planeten ist etwas verworren und beansprucht die Piloten vollständig."

„Wenn Sie gestatten", schlug Imnoi vor, während er die sich in ihm bildende Frage, was an einem Direktanflug wohl verworren sein könnte, ignorierte, „dann kann Mit'Xitlan durch Beobachten der Arbeit von Navigator und Steuermann die Grundlagen der Bedienung der Pulte erfassen. Und ich selbst wäre froh, mich noch weiter in der Auswertung der am Sensorpult eingehenden Daten üben zu können."

„Durch Beobachten?", fragte Boor und blickte skeptisch zu Mit'Xitlan.

Der nickte. „Die theoretischen Grundlagen von Navigation und Steuertechnik sind mir aus den Lehrmaterialien vertraut, mit denen wir uns im Selbststudium zur Vorbereitung auf den Dienst beschäftigt haben."

Boor kratzte sich am haarlosen Hinterkopf.

Brauer bemerkte diese Geste und sah auf. „Das geht schon in Ordnung, Mr. Boor", sagte sie. „Schlimmstenfalls ist es uneffektiv genutzte Zeit für die Kara. Mit'Xitlan wird sich schon melden, wenn er merkt, dass es nichts bringt." Sie lächelte Mit'Xitlan zu.

Der Waréner senkte zustimmend den Kopf.

An Imnoi sah die Frau haarscharf vorbei. Er wandte sich Wil Richards zu und erkundigte sich leise nach dem Stand der Erkundung des Planeten. Brauer hatte einen Moment lang den Eindruck, dies sei eine Reaktion auf ihre Nichtachtung, dann aber beschlich sie der Eindruck, Imnoi fliehe. Oder verstecke sich. Zu intensiv schien Imnoi Richards zuzuhören, als wollte er verbergen, dass seine Gedanken ganz woanders waren. Bei Mit'Xitlan offenbar. Brauer fragte sich, woher sie das wusste. Sie bemerkte, dass sie Imnoi beobachtete. Doch statt dass er, wie sie erwartet hätte, zu ihr aufsah, wandte er sich stirnrunzelnd zu Mit'Xitlan. Nur kurz. Ganz kurz. So kurz, dass sich Brauer nicht sicher war, dass sie es wirklich gesehen hatte.

Brauer versuchte, sich wieder auf das Kleine Pult zu konzentrieren. Sie hatte sich die aktuellen Sondenbilder auf den mittleren Bildschirm gelegt und beobachtete nun die darauf vorbeiziehende Landschaft.

In rötlichen Tönen erhob sich ein zerklüftetes Gebirgsmassiv aus der Eisschicht. Feine Nebel lagen wie Gespinste rund um die Berge. Einzelne Gipfel spießten der Sonde entgegen, als wollten sie schauen, was da wohl käme. Brauer drängte sich die Vorstellung auf, dass, würde die Sonde den Bergspitzen nur nahe genug kommen, sich diese in den schützenden Eispanzer zurückziehen würden. Wie ein Wahrer Herrscher, der sich zu weit aus den Höhlen vorgewagt hatte. Er konnte außerhalb des Bergmassivs nicht überleben, aber wie jedes intelligente Wesen war er neugierig, was draußen wohl sein mochte. Es gab nur einen halbwegs sicheren Weg hinaus: Die Symbiose mit einem Kara. Nicht jeder Herrscher konnte ihn gehen, es war nicht leicht, einen kompatiblen Kara zu finden. Genau genommen konnten die wenigsten Herrscher diesen Weg gehen …

Jemand tippte Brauer an. Sie sah auf.

Es war Cohen. „Ich muss dich sprechen", sagte er und ging in den Captainsraum.

Brauer schüttelte die Benommenheit ab. Zum Glück schien niemand etwas von ihrer geistigen Abwesenheit bemerkt zu haben. Auch Cohen nicht, wie Brauer feststellte, als sie ihm folgte.

„Also?", fragte sie ihn, die Tür hinter sich schließend. „Was gibt es so Wichtiges?"

„Tian. Er mischt sich in meine Arbeit ein."

Brauer atmete tief durch. „Leo, ich wollte dich nicht kränken, aber die Sache mit dem Planeten …"

„Vergessen!", unterbrach Cohen. „Darum geht es gar nicht. Ich hätte dich nicht gesund geschrieben. Du hast es gewusst und mich ausgetrickst. Okay, du bist selbst über achtzehn und musst wissen, was du tust. Nein: Ich rede von Mit'Xitlan. Er kam gestern Abend zu mir, weil er sich nicht wohl fühlte. Ich habe ihn heute früh noch mal bestellt, um einige Parameter zu überprüfen. Als ich kam, war Tian schon dran und hat mich förmlich rausgeschmissen."

Brauer riss die Augen auf und fiel auf ihren Stuhl. „Rausgeschmissen?"

„Nicht ganz", gab Cohen zu. „Aber er hat Mit'Xitlan zum Dienst geschickt."

„Und du findest, der Kara ist nicht fit dafür?"

Cohen stützte sich auf den Tisch und beugte sich zu Brauer vor. „Das ist nicht der Punkt, Micha! Tian hat keinerlei Erfahrung mit der Biologie der Kara!"

„Die Biologie der Kara unterscheidet sich nicht von der der Menschen", erinnerte sie. „Sie bewegen sich zwar im Randgebiet der Stoffwechseldaten des terranischen Normals, aber sie sind noch drin."

Cohen verdrehte die Augen.

„Was ist daran falsch?"

„Im Prinzip nichts. Aber …", er beugte sich zu Brauer vor. „Terraner, bei denen sich zwei oder drei Werte in diesen Grenzbereichen bewegen, haben in der Regel Probleme mit der Standard-Medizin. Und bei Kara bewegen sich alle Werte im Grenzbereich! Und dazu kommt ihre viel höhere Sensibilität gegenüber psychischen Effekten und Einflüssen! Tians Kenntnisse reichen einfach nicht! Er ist Standard-Mediziner. Sicher ein guter, ein sehr guter, aber eben ein Standard-Mediziner!"

„Verstehe", erwiderte Brauer. „Okay, ich kläre das mit Tian."

Cohen nickte erleichtert und setzte sich. „Ich war mir nicht sicher, ob du's nicht als Nörgelei auffasst", gab er zu.

Sie hob die Brauen. „Warum? Wegen des Streits vorhin? Leo, so gut kenn ich dich schon! Und ich hätte das mit Tian heute früh auch nicht gemacht, wenn ich wirklich krank wäre. Wenn ich noch Fieber gehabt hätte oder so."

Er winkte ab. „Weiß ich doch."

Sie lächelte. „Gut, dass das aus dem Weg ist. Was ist nun mit Mit'Xitlan?"

„Ach nichts Weltbewegendes. Er klagte über Unwohlsein und wollte, dass ich ihn vom Ausbildungsprogramm befreie, damit er sich auskurieren kann. Kara sind ziemlich gut darin, sich selbst zu kurieren."

„Und? Hast du was bei ihm gefunden?"

Er schüttelte den Kopf. „Nicht wirklich. Ein paar uncharakteristische Schwankungen in den Stoffwechseldaten. Bei einem Menschen würde ich von einer leichten Migräne sprechen. Ich denke, wenn's ernster wird, meldet sich Mit'Xitlan noch mal."

Brauer hörte stirnrunzelnd zu. „Hast du Psycho-Checks durchgeführt?"

„Davon war nicht die Rede, als er kam. Du denkst, es könnte was Mentales sein?"

„Ich weiß nicht, war nur so eine Idee."

„Und selbst wenn", meinte Cohen. „Auf dem Gebiet bin ich ohnehin ein Laie. Machen kann ich da nicht viel."

Brauer lehnte sich zurück. „Behalte Mit'Xitlan trotzdem mal unter diesem Aspekt im Auge!" Sie stand auf. „Ich muss wieder rüber."

Cohen erhob sich ebenfalls. „Ich verschwinde gleich hinten raus. Und ich seh mir Mit'Xitlans Daten gleich noch mal an. Das kann mir Tian ja wohl kaum verbieten."

Brauer nickte und ging in die Zentrale. Sie ertappte sich dabei, Mit'Xitlan bewusst zu übersehen, ärgerte sich darüber und schaute sich kurz zu ihm um. Sie sah die Waréner einen raschen Blick wechseln, ignorierte ihn aber.

Sie trat zum Pult für die Sondenüberwachung. „Wie sieht es aus, Mr. Boor?"

Boor kratzte sich an der Schläfe. „Wir haben mit unseren Sensoren und denen der Sonde fast Dreiviertel der Planetenoberfläche im Erfassungsbereich."

„Und?"

„Es sind überall Ruinen unter dem Eis, Sir. Der Planet muss ziemlich dicht besiedelt gewesen sein, früher."

„Lebenszeichen?"

Boor schüttelte den Kopf.

„Ich habe hier vielleicht etwas", meldete sich Wil Richards unsicher. Er deutete auf einen der Monitore, auf dem an einem Hang, der aus dem Eis ragte, Umrisse von Gebäuden zu erkennen waren. „Es scheint eine intakte Energiequelle in diesem Komplex hier zu geben. Vielleicht hat jemand dort drin überlebt."

„Das ist sehr unwahrscheinlich", behauptete Imnoi und trat hinter Richards hervor.

Brauer sah ihn an.

„Es genügt nicht, Energie zu haben, um zu überleben", erklärte Imnoi.

Brauer verspürte das dringende Bedürfnis, dem Waréner zu widersprechen.

Boor kam ihr zuvor. „Sie könnten mit dieser Energie ja ein Gewächshaus betreiben. Wir kennen ihren Entwicklungsstand nicht."

Imnoi hob eine Braue. „Sir, bei allem gebotenen Respekt: Die Energiemenge, die wir in den Ruinen feststellen können, reicht nicht, um eine überlebensfähig große Gruppe höher entwickelter Lebewesen mit Wärme, Wasser und mit Nahrungsmitteln zu versorgen."

Boor sah den Waréner skeptisch an. „Sind Sie sicher?"

„Zu 95,53 Prozent, Sir", antwortete Imnoi ohne Zögern.

Boor brauchte ein paar Augenblicke, um zu begreifen, dass der Kara die Prozentangabe völlig ernst meinte. „So", sagte er dann. „Wir sollten trotzdem intensiver nach Lebenszeichen suchen. Fünf Prozent Wahrscheinlichkeit für Überlebende kann man nicht einfach unter den Tisch fallen lassen."

„Vier einhalb Prozent. Für höheres Leben, Sir", korrigierte Imnoi sachlich. „Die Wahrscheinlichkeit, auf Überlebende der ehemals zivilisationsbildenden Spezies zu stoßen, beträgt nur null Komma sieben null Prozent."

„Null Komma sieben null Prozent", brummelte Sauders andächtig an seinem Steuerpult. „Das nenne ich wahrhaft kühn gerundet."

Damit brachte er alle zum Schmunzeln. Die Kara ausgenommen. Mit'Xitlan schien die Amüsiertheit der Menschen nicht zu verstehen. Imnoi dagegen, so versicherte sich Brauer durch einen raschen Blick, nahm Sauders Kommentar gelassen, fast ein wenig nachsichtig hin. Für einen Moment hatte Brauer sogar den Eindruck, in Imnois Augen ein Lächeln aufblitzen zu sehen. Doch noch ehe sie sich darüber vollständig klar werden konnte, kündigte das Piepen der Bordkommunikation einen Ruf an.

„Dr. Tian für Sie, Captain", erklärte Roxana Collet.

„Legen Sie mir das Gespräch in mein Zimmer", bat Brauer und ging hinüber. An der Tür drehte sie sich noch einmal um. „Mr. Boor, wir ändern den Plan. Suchen Sie im Umfeld dieses Energiesignals einen neuen Landeplatz und lassen Sie den Landetrupp sich fertig machen. Sagen Sie Bescheid, wenn Sie für Akakor fertig sind." Dann verschwand sie im Bereitschaftsraum.

„Akakor?", fragte Collet in Boors Richtung.

Boor hob die Schultern. „Sie meint wohl den Planeten."

‚Akakor', dachte Imnoi irritiert und sah Brauer einen Moment lang nach. Dann schaute er zu Mit'Xitlan, doch der reagierte nicht. Entweder hatte er das Wort überhört oder es war ihm so selbstverständlich, dass er Brauers Namenswahl nicht ungewöhnlich fand. Andererseits war es Imnoi eben noch so erschienen, als wäre der Begriff auch Mit'Xitlan bisher unbekannt gewesen. Dann aber hätte er doch jetzt ... Imnoi unterbrach sich. Diese Gedanken mussten jetzt, da er mit Mit'Xitlan nicht offen sprechen konnte, fruchtlos bleiben, es war also nicht sinnvoll, sie weiter zu verfolgen.

Zumal ihn von Mit'Xitlan her ein Gefühl von äußerster Anstrengung anwehte. Offenbar konzentrierte sich der Freund darauf, seine mentalen Kräfte unter Kontrolle zu behalten.

Während Imnoi versuchte, die Daten, die von den Schiffssensoren und der Vorab-Sonde geliefert wurden, nicht aus der Aufmerksamkeit zu verlieren, widmete er den anderen Teil seiner Gedanken dem Freund. Dessen Mühen um Kontrolle nahm immer mehr den Charakter eines Kampfes an, eines Kampfes mit einer schwachen aber hartnäckigen ... Imnoi suchte nach einem Wort ... Struktur. Mit etwas Lebendigem. Lernendem. Suchendem. Eine Art reifender Verstand, der seine fragenden Fühler nach jedem erreichbaren Bewusstsein ausstreckte. Wie ein Kind, das seine Umgebung erkundete. Es war vorsichtiger geworden, vielleicht auch nur durch

Mit'Xitlans Willen jetzt stärker gezähmt. Es drang nicht mehr mit derselben verzehrenden Intensität in die Erinnerungen der Menschen ein, doch noch immer formte es in den Köpfen der Terraner Fragen …

Imnoi spürte Mit'Xitlans Aufmerksamkeit. Er sah sich nach ihm um. In Mit'Xitlans Augen spiegelte sich Irritation: ‚Ein Kind?'

Imnoi nickte kaum sichtbar. Nein, er konnte dem Freund auch nicht erklären, woher dieses kindliche Wesen stammte, ob Mit'Xitlan Träger jenes Aurawesens war oder ob nur das Bewusstsein, die Psi-Kraft eines stofflichen Organismus in ihm widerhallte. Und wie die Zukunft aussehen würde. Von dem Zweck der Erkundungen, dem Ziel des Wesens, konnte Imnoi nicht einmal etwas erahnen.

Die Realität der Zentrale forderte Aufmerksamkeit. Der Erste Offizier verkündete die Mitglieder des Landeteams: Roxana Collet. Imnoi wusste plötzlich, dass Boor sie wegen ihrer Mitarbeit auf den Grabungsstellen von FaceCity auf dem Mars ausgewählt hatte. Sergej Walter, einer der Sicherheitsleute, den Boor noch von der GS1 her kannte. Der Chefbiologe Karol Knazovicky. ‚Wozu einen Biologen da unten?', fragte sich Imnoi und wusste zugleich, dass es Brauers Wunsch gewesen war.

„Warum nimmst du nicht einen unserer warénischen Freunde mit?", hörte Imnoi Sauders fragen. „Mit ihren übersinnlichen Fähigkeiten wären sie die idealen Erkunder."

Die Kara erstarrten. Nichts wäre ihnen jetzt ungelegener gekommen, als für das Außenteam bestimmt zu werden. Sicher, sie könnten sich entschuldigen, doch das hätte einer Erklärung bedurft, die Imnoi nicht abzugeben bereit war.

Boor wiegte bedächtig den Kopf. „Ich werde es dem Captain vorschlagen", brummte er.

Sauders drehte sich von seinem Pult zu ihm um und sagte: „Ich meinte das eigentlich ernst."

Boor stutzte. „Ich auch, Zac", versicherte er. „Aber Mit'Xitlan und Imnoi sind noch in der Ausbildung, und ich kann sie nicht so ohne weiteres einem Erkundungstrupp zuordnen."

Sauders verzog das Gesicht.

„Mr. Boor muss die Vorschriften beachten!", mischte sich Solana ein.

„Was denn für Vorschriften?", fuhr Sauders sie an. „Soweit ich weiß, bestimmt allein der Captain beziehungsweise der von ihm beauftragte Offizier über die Zusammensetzung von Außenteams!"

„Es sind schließlich keine Menschen", konterte Solana. „Und sie gehören nicht zur Besatzung!"

„Gehören sie wohl!", behauptete Sauders. „Sie befinden sich nur offiziell noch in der Ausbildung. Ihre Fähigkeiten sind aber …"

„Zac!", unterbrach ihn Boor. „Ich schlage es dem Captain vor, einverstanden?"

Sauders murmelte etwas Unverständliches.

Imnoi fiel auf, dass niemand davon gesprochen hatte, ob er oder Mit'Xitlan überhaupt an der Erkundungsmission teilnehmen wollten. Und er war in gewisser Weise sogar dankbar dafür. Denn er machte sich wirklich Sorgen um Mit'Xitlan. Aber es war nicht nur sein Gefühl, das ihn im Moment beschäftigte. Da war auch die Unsicherheit von Mit'Xitlan, der sich selbst eine Gefahr werden sah. Und da war noch etwas: fremde Gedanken, die sich um Mit'Xitlan drehten. Gedanken, die Imnois Sorge teilten. Die Gedanken des Captains.

Imnoi schauderte. So stark hatte er die Gedankenmuster der Frau zum letzten Mal auf Warén empfangen. Aber damals waren die Bewusstseinsschilde der Menschen geschwächt. Und Michaela war reifer geworden seitdem, stärker, auch mental. Imnoi hatte plötzlich das Gefühl, in den Captainsraum gehen zu müssen, um die Frau zu sehen. Dieser Wunsch war stark, irritierend stark. Er schaffte es trotzdem, ihn abzuschütteln.

Brauer starrte auf den erloschenen Bildschirm. Tian hatte ziemlich abrupt abgebrochen. Wahrscheinlich passte es ihm nicht, daran erinnert zu werden, dass Cohen als der Kara-Experte an Bord war. Mitunter hatte Brauer das Gefühl, dass der Chefarzt sogar den Captain nur ungern als ranghöher akzeptierte. Während der ersten Reise hatte sie über diesen Tick noch lächeln können, jetzt führte er unaufhaltsam zu Problemen. Tian fühlte sich offensichtlich von Cohen bedroht. Das war albern. Jedenfalls soweit es Leo anging. Er hatte sicher nicht die Absicht, Tian von seinem Posten zu verdrängen. Allerdings wäre mit Leo ein besseres Auskommen.

Oder auch nicht.

Auf jeden Fall war Mit'Xitlan in seiner Obhut besser aufgehoben als bei Tian, und das war im Moment wohl am wichtigsten.

Brauer seufzte und verband ihr Terminal mit dem Sensorpult der Zentrale. Wahrscheinlich hatte Imnoi recht mit seiner Annahme, dass es trotz jener Energiequelle kein Leben mehr in den zerstörten Städten gab. Der Kara hatte ja meistens recht. Normalerweise schätzte Brauer Leute, die Fakten mit solcher Sicherheit logisch verknüpfen konnten und Spekulationen vermieden oder sie wenigstens als solche formulierten. Und normalerweise kam sie auch ganz gut mit Leuten klar, die ihre Gefühle nicht zur Schau trugen. Aber Imnoi? Da war es anders. Bei ihm fühlte sie sich immer von etwas ausgeschlossen. Schon damals auf Warén hatte sie sich gefragt, was hinter diesem Schild aus Kraft, Ruhe und Weisheit wohl verborgen sein mochte. Wie er in der Umarmung Tnoms gewesen sein mochte. Etwas von der Wärme, die Tnom wohl bei ihm gefunden hatte, schimmerte damals in seinen Blicken. Aber das war lange her ...

Brauer versuchte, sich auf die Anzeigen ihres Terminals zu konzentrieren. Zahlen, Diagramme ... irgendwie fügte es sich nicht zu einem Bild. Statt dessen blitzte in ihr die Vorstellung von Tnom und Imnoi beim Liebespiel auf, die nahtlos in die Idee von Jake Kenny und ihr überging. Sie schüttelte die Bilder ab und deaktivierte das Terminal. Im Aufstehen dachte sie plötzlich an Leonard Cohen, und dass er sie wahrscheinlich liebte, auch wenn er es nie angedeutet hatte. Sie verwarf auch das Nachdenken darüber als rein spekulativ, obwohl es das nicht war, und ging in die Steuerzentrale.

Kühle empfing sie und Stille. Einen Augenblick lang hatte sie den Eindruck, alles um sie herum wäre erstarrt und erloschen. Und leer. Die Bewegungen der Crew wirkten wie schlecht animierte Hologramme, nur allmählich gewann die Szenerie an Realität. Als Brauer sich setzte, war fast alles wieder normal, nur so ein Gefühl, als fehle etwas, war noch da. Um sich abzulenken, aktivierte Brauer auf ihrem Terminal das Lexikon des Schiffscomputers und tippte den Begriff Akakor ein. Sie erwartete nicht, etwas zu finden, stieß jedoch auf einen seltsamen Eintrag über einen Betrüger namens Günther Hauck und versank rasch in dessen Lektüre.

Jason Boor schaltete das Terminal aus und stand mit dem Gefühl auf, optimal auf den Planeten vorbereitet zu sein. Er hatte das Landegebiet und den Weg zu den Ruinen ausgiebig studiert. Sie würden auf einem kleinen Plateau am Rande des Eises landen und dann den kurzen Weg zu den Ruinen hinauf steigen. Boor kannte jeden Stein auf diesem Weg, jede Eis- und Felsspalte und jeden Zentimeter des Bodens. Überraschungen konnte es eigentlich nur innerhalb der Gebäude geben. Versperrte Durchgänge, morsche Decken. Und vielleicht sogar Lebewesen. Mikroben oder irgendetwas anderes dieser Größenordnung, das den Scannern entgangen sein mochte.

In diesem Moment fiel Boor der Lebensformenkatalog der Interplanetaren Föderation ein, den ihnen die Imte Rish damals nach dem Hope-Desaster übermittelt hatte. Von extrem kriegerischen humanoiden Zivilisationen bis hin zu insektoiden Kreaturen wie den Hirnbohrern von Nstlr hatten die Bilder und Texte so ziemlich alles enthalten, was man sich an unerfreulichen Dingen in der Tier- und Pflanzenwelt eines Planeten vorstellen konnte. Der Erste Offizier musste sich in Erinnerung rufen, dass das Gebiet der Föderation praktisch auf der anderen Seite der Galaxis lag, ehe er sich von diesen Überlegungen lösen konnte.

Boor ging zum Hangar. An der Schleuse holte ihn Isaac Sauders ein. Der Ire war offensichtlich gerannt, sein Atem ging schnell.

„Hast du's eilig, Zac?", erkundigte sich Boor schmunzelnd.

Sauders nickte. „Ja, ich … Hu! Ich sollte mal wieder trainieren! … Also ich wollte dich unbedingt warnen."

„Warnen? Wovor?"

Sauders holte tief Luft und sagte: „Ich habe einen schlimmen Traum gehabt, Jason."

Boor lächelte erleichtert und ein wenig nachsichtig. „Zac!"

Sauders blieb vollkommen ernst. Er sah den Freund eindringlich an. „JB! Du weißt, dass ich recht habe! Auch wenn du es nicht zugeben willst, du weißt, dass was dran ist an meinen Träumen! So wie ich damals von diesem blöden alten Film geträumt habe und wir dann plötzlich tatsächlich einer Föderation begegneten."

„… und die Nugroma waren das Gegenstück zu den Klingonen, ich erinnere mich an deine Auslegung. Zac, du hattest am Abend vorher einfach nur eins deiner Star-Trek-Bücher gelesen!"

„Und die Sache während des Praktikums? Welchen Büchern hab ich das entnommen? Und die Havarie auf der letzten Reise?"

„Es war ein winziges Leck im Schutzschirm", korrigierte Boor.

„… das wir nie entdeckt hätten, hätte ich dir nicht von meinem Traum mit dem kaputten Regenschirm erzählt!"

„Zac!" Boor seufzte. „Also gut: Was hast du diesmal geträumt?"

„Du und die anderen des Landeteams sind alle der Länge nach in der Mitte durchgesägt worden."

„Durchgesägt", echote Jason Boor und strich sich über den Schädel, mühsam ein Lächeln verbergend.

„Du brauchst dir gar nicht deine Glatze zu kraulen!", knurrte Sauders. „Ihr seid als halbe Menschen ganz schön hilflos in der Gegend rumgestolpert! Bei einigen von euch ist die eine Hälfte auch noch gestorben, so dass diese Leute nicht mehr vollständig waren."

„Und was soll das bitte bedeuten, Isaac?"

Der Pilot hob die Schultern. „Keine Ahnung."

„Hast du wenigstens eine Ahnung, wo dieses Unglück passiert? An welchem Ort? Vielleicht im Zusammenhang mit einem speziellen Gegenstand?"

Sauders schüttelte den Kopf. „Ich weiß nur noch, dass ihr in einem Zimmer gewesen seid. Als die Tür wieder aufging, war nur noch die eine Hälfte von euch drin."

„Also werden wir keine Türen hinter uns zumachen", versprach Boor.

„Du nimmst mich nicht ernst", stellte Sauders fest.

„Ich nehm dich so ernst, wie es im Moment möglich ist."

Sauders gab sich zufrieden oder tat zumindest so. Boor holte einen der Raumanzüge aus dem Schleusenschrank und streifte ihn über den Overall. Mit geübten Handgriffen kontrollierte er Luft- und Temperaturregler, passte den Helm an und überprüfte den Füllstand des Sauerstoffdepots.

„Blöd, dass man den Sauerstoff da unten nicht nutzen kann", bemerkte Sauders.

„Später vielleicht", erwiderte Boor. „Vielleicht, wenn wir irgendwann mal …", er stockte, „… einen Außenposten hier haben."

Sauders drehte sich nach dem um, was Boor abgelenkt hatte. Es war Lorena Solana. „Die schon wieder", murmelte er.

„Was hast du gegen sie?", flüsterte Boor zurück.

„Sie ist zickig."

„Zickig? Wie kommst du darauf?"

Sauders sah ihn eine Sekunde lang wie verzweifelt an. Dann sagte er: „Ich lass dich mal lieber mit ihr allein", und ging.

Boor runzelte flüchtig die Stirn. Er sah der jungen Frau entgegen. Solana lächelte, als sie herantrat. „Ich wollte Ihnen viel Erfolg wünschen, Sir."

Boor erwiderte das Lächeln und bedankte sich.

„Ich schließe mich den Wünschen an", ertönte es hinter ihm.

Boor fuhr herum. „Captain!"

„Habe ich Sie erschreckt? Tut mir leid", versicherte Brauer. „Ich lasse Sie auch gleich wieder allein. Ich wollte Sie nur bitten, mit Mr. Kenny zu sprechen, bevor Sie starten. Er hat etwas an der Steuerung des Landers verbessert und will es Ihnen noch vorführen."

„Die Wirbeltrimmung?", vermutete Boor.

Brauer nickte. „Unter anderem. Wenn Sie soweit sind, testen Sie bitte noch mal die automatische Datenübernahme. McCullogh wird die Feinabstimmung in der Zentrale übernehmen."

„Aye, Sir."

„Also dann!" Brauer reichte ihm die Hand. „Viel Glück, Mr. Boor!"

„Danke, Sir! Hoffentlich werden wir es nicht brauchen."

„Hoffentlich", stimmte der Captain zu, schon halb im Gehen.

Wenig später betrat Brauer den Hangar-Kontrollraum. Sie warf einen prüfenden Blick auf die Pulte und wandte sich dann Leonard Cohen zu, der auf Brauer gewartet hatte.

„Alles in Ordnung?", fragte sie.

„Mit dem Landeteam? Gesundheitlich ja."

Brauer sah ihn an. „Aber?"

Cohen blickte zu den beiden Sicherheitstechnikern, die an den Kontrollen arbeiteten. Brauer trat in den Gang hinaus, Cohen folgte ihr. „Du hast keinen Waréner in das Team gesteckt", sagte er.

Sie hob die Brauen. „Und?"

„Ist das nicht unlogisch? Ich weiß, du magst die Kara nicht gerade, aber Imnois Psi-Kräfte könnten ganz nützlich sein in so unübersichtlichen Ruinen."

Brauer nickte, ohne stehenzubleiben. „Stimmt. Und bei aller Abneigung – die im Übrigen nicht so groß ist, wie du behauptest – entscheide ich als Captain immer logisch. Oder ich versuche es zumindest", schränkte sie grinsend ein. Ernst fuhr sie fort: „Solange ich nicht weiß, was mit Mit'Xitlan los ist und ob es Imnoi auch treffen kann, gehe ich nicht das Risiko ein, ihn mit nach Akakor zu schicken."

„Nach Akakor?", wiederholte Cohen, bemüht, mit dem Captain Schritt zu halten.

„Auf den Planeten. Ich nenne ihn so, weil die meisten Ruinen sozusagen unter der Oberfläche sind."

„Versteh ich nicht."

Sie winkte ab. „Ach, eine alte Legende von Höhlenpalästen Außerirdischer."

„Nie davon gehört. Würdest du verdammt noch mal nicht so rennen?! – Danke! – Also wegen der Kara: Das Risiko ist nicht sehr hoch, Micha. Mit'Xitlan fühlt sich nicht besonders, das ist alles."

Brauer blieb stehen und wandte sich zu Cohen. „Ein Kara, der sich so wenig wohl fühlt, dass er zu einem Arzt geht, zu einem menschlichen Arzt zudem, der ist ernsthaft krank. Glaub mir! Und noch was, Leo: Ich werde das verdammte Gefühl nicht los, dass Mit'Xitlans Unwohlsein sich irgendwie auf seine Psyche bezieht. Frag mich bitte nicht, wie ich darauf komme."

„Wollte ich aber gerade tun."

„Nenn es Intuition! Oder es hat mit meinem erhöhten Psi-Quotienten zu tun. Oder schlicht und einfach mit der Tatsache, dass sich die beiden ziemlich heimlichtuerisch aufführen."

„Tun sie das nicht immer? Gut, vielleicht hast du recht", räumte Cohen ein. „Aber selbst wenn Mit'Xitlan mit seinem mentalen Gleichgewicht zu tun hat – wo steckt da die Gefahr?"

Sie sah ihn groß an. „Ich denke, du bist Kara-Experte?"

Cohen setzte eine Denkermiene auf. „Du fürchtest, er könnte unsere Leute beeinflussen?"

„Ich fürchte, er könnte unsere Technik beeinflussen!"

Er riss die Augen auf. „Unsere was? Die Technik? Wieso? Die Psi-Kräfte wirken im Mikro- und Nano-Kosmos, nicht auf … Der Computer!", fiel es ihm endlich ein.

„Du hast es erfasst."

„Scheiße", kommentierte Cohen. „Wieso hat das Flottenkommando so gefährliche Leute an Bord gelassen?"

„Warum habe ich so gefährliche Leute an Bord gelassen? Weil ein Kara als solcher nicht gefährlich ist. Solange er gesund und im Vollbesitz seiner geistigen Kräfte ist. Oder jemanden hat, der ihn auf mentalem Wege stützen kann."

„Wie Imnoi."

„Wie Imnoi", bestätigte sie. „Deshalb will ich ihn auch nicht nach Akakor schicken. Mit'Xitlan braucht vielleicht seinen Beistand."

„Dann werde ich am besten beide Kara vom Dienst befreien", schlug der Arzt vor.

„Tu das! Dann sind sie auch endlich aus der Zentrale raus."

Cohen musterte sie. „Du hältst sie doch für gefährlich?"

Brauer antwortete nicht. Sie erwiderte den Gruß von Jake Kenny, der eben vorbeikam, und sah ihm nach. Dann wischte sie sich mit der Hand über die Augen.

„Was ist?", fragte Cohen alarmiert.

„Ich bin bloß müde", winkte sie ab. „Der Tag war einfach viel zu lang für mich."

„Ich dachte, du hättest heute Nachmittag ein paar Stunden ausgespannt."

Sie schüttelte gähnend den Kopf. „Nee. Ich habe Boor eine Vorbereitungspause inklusive Schlaf verordnet, damit er jetzt fit ist für den Akakor-Trip. Und irgendjemand musste für diese Zeit das Kommando übernehmen."

„Das hätte Aslan machen können", erwiderte Cohen vorwurfsvoll. „Dafür ist er Zweiter Offizier."

Brauer gähnte noch einmal. „Du hast recht. Und ich geh jetzt 'ne Runde schlafen. Bis der Erkunder gelandet ist."

„Das sind höchstens fünfundvierzig Minuten!"

„Genau. Und ich werde jede einzelne davon nutzen. Tschüss, Leo! Bis dahin!" Sie ließ ihn einfach stehen und ging.


Das Öllicht flackerte unruhig. Imnoi schaute in die Flammen und sah ein Gesicht. Es trug die Züge eines terranischen Kleinkindes, lachte. Doch seine gelben Augen blickten weise fragend.

Imnoi sah auch Mit'Xitlan in der warm erleuchteten Zwischen-sphäre und der Freund betrachtete das Wunder nicht weniger er-staunt.

‚Ein Wahrer Herrscher', sagte Mit'Xitlans Mentalstimme.

‚Ein Kind. Es ist in dir.'

‚Es war noch nicht da, als wir Warén verließen.'

Die Frage, woher das Kind gekommen war, stellte keiner der bei-den. Sie würden sie ohne die Hilfe eines erwachsenen Herrschers ohnehin nicht beantworten können. Und das Kind selbst? Noch sprach es nicht.

‚Akakor?', dachte Mit'Xitlan und wandte sich zu Imnoi um.

‚Akakor?', wiederholte Imnoi. ‚Was meinst du damit?'

‚Ich? Du dachtest doch gerade …'

„Nein!", sagte Imnoi und für einen Moment wurde seine Wahr-nehmung der Zwischensphäre blasser. ‚Ich weiß nicht einmal, was das ist', sprach er lautlos. ‚Irgendwelche Höhlenpaläste auf der Erde.'

‚Mit Herrschern?'

Imnoi merkte, dass er die Stirn gerunzelt hatte. Er bemühte sich, sie zu entspannen. Dabei fiel ihm auf, dass das Kind ihn musterte. ‚Nein', dachte er, den Blick des Kindes erwidernd. ‚Dort sollen ex-traterrestrische Intelligenzen gelebt haben, während sie die mensch-liche Bevölkerung beim Aufbau ihrer Zivilisation unterstützten.'

‚Sagtest du nicht gerade, du wüsstest nicht, was Akakor ist?', wunderte sich Mit'Xitlan.

Das Kind wandte sich ab und begann, einen nicht sichtbaren Ge-genstand hochzuwerfen und wieder aufzufangen.

Mit'Xitlan und Imnoi sahen ihm eine Weile dabei zu. Dann dach-te Mit'Xitlan: ‚Ich versuchte vor zwei Jahren die Verschmelzung. Ein Herrscher war bereit, mit mir die Symbiose einzugehen, doch er konnte in meinem Körper nicht leben.'

‚Dieses Kind kann es', antwortete Imnoi. ‚Ist es möglich, dass es der Nachkomme jenes Herrschers …?'

‚Von Srta? Denkbar. Sie hatte grüne Augen.'

‚Ich kenne Srta', erinnerte sich Imnoi an die Herrscherfrau. ‚Srta wollte die Symbiose, um die Stadt, den Planeten verlassen zu kön-nen.'

Mit'Xitlan lächelte. ‚Ja. Sie war von den Menschen fasziniert. Ich musste ihr alles berichten, was ich wusste. Ihre Neugier hat die meine geweckt.' Er versank in Erinnerungen.

Das Kind sah von seinem Spiel auf. Verschmitztes Blinzeln gelber Herrscheraugen traf auf Blicke aus schwarzen Karaaugen. Mit'Xitlan streichelte das Kind, dessen Gesicht sich in die Hand des Mannes schmiegte.

Leise zog sich Imnoi zurück. Die Flamme des Öllichtes brannte stetig und hoch. Ein grünes Schimmern ging von ihr aus, der Duft hatte viel von seiner üblichen Schwere verloren. Und ein Lächeln lag über allem.


Jason Boor übergab Sergej Walter die Steuerung des Landers und lehnte sich zurück. In dreißig Minuten würde er den ersten Planeten dieser Expedition ins Unbekannte betreten. Es würde nicht so spektakulär sein wie die Begegnung der „Hope" mit den beiden Sternenreichen. Aber es würde auch nicht so tragisch enden. Hoffentlich.

Manchmal fragte sich Jason Boor, ob der Terranische Bund nicht nur eine Spielerei war, der Eitelkeit der Menschen geschuldet. Terra und Mars mochten ja über einiges Potential verfügen, aber sich mit der Föderation oder den Nugroma zu messen, wären sie nie imstande. Vom ominösen Shlk-Imperium im Zentrum der Milchstraße ganz zu schweigen. Warén steuerte zum Bund zwar gewissermaßen die übersinnliche Ebene bei, war aber durch seine komplizierte symbiotische Herrscher-Kara-Gesellschaft sehr verletzlich. Und Wöltu bestand bei Lichte besehen aus kaum mehr als einer kleinen Stadt und ein paar Dörfern, deren Bewohner sich nur langsam aus mittelalterlichen Herrschafts- und Arbeitsstrukturen zu lösen begannen. Was also hatte sich das Flottenkommando gedacht, als es den Zusammenschluss dieser vier Planeten unterstützte und beschleunigte?

„Sir?", unterbrach Roxana Collet Boors Grübeleien.

Er drehte sich zu ihr. „Ja?"

„Glauben Sie, die Zivilisation dieses Planeten könnte irgendwas mit den Erbauern von FaceCity zu tun haben?"

„Darauf würde ich zwar jetzt noch keine Antwort wagen, aber da die Föderation nie auf dem Mars gewesen ist, und die Nugroma zum Glück auch nicht …"

Karol Knazovicky beugte sich zwischen Boors und Collets Sitz nach vorn. Er sah die Frau an. „Kennen Sie sich mit FaceCity aus?"

„Ich bin praktisch dort aufgewachsen. Auch wenn ich schwarz bin und Marsianer angeblich alle grün aussehen. Ich habe selbst im Tempelbezirk gegraben. Wir haben fast jede Woche etwas Neues gefunden, es war richtig aufregend."

„Warum sind Sie dann von dort weggegangen?"

„Weil ich wissen wollte, wer die Stadt gebaut hat", antwortete Roxana Collet. „Und das Einzige, was die Archäologen dazu sagen können, ist, dass es sich um eine Kolonie extrasolarer Raumfahrer gehandelt haben musste. Also ging ich zur Raumfahrt, um hier draußen weiterzusuchen."

„Na dann viel Erfolg!", grinste der Biologe.

„Was halten Sie von der Wanderer-These?", fragte Walter nach hinten zu Collet, ohne das Steuerpult aus den Augen zu lassen.

„Dass die Erbauer von Face-City und die Vorfahren der Kara zum selben Volk gehörten?" Collet zuckte die Achseln. „Könnte sein. Warén ist ja erwiesenermaßen eine ehemalige Kolonie von Raumfahrern. Sie könnten auch auf der Erde gewesen sein, das würde einige Sagen der Kara erklären."

„Glauben Sie das ernsthaft?", wunderte sich Knazovicky.

Collet runzelte die Stirn. „Wieso nicht?"

„Ich halte diesen ganzen Die-Außerirdischen-waren-da-Kram für Unsinn. Ich bin Biologe, und ich kann mich nun mal nicht mit der Idee anfreunden, wir Menschen würden von Außerirdischen abstammen."

„Das besagt die These ja auch gar nicht."

„Und was besagt sie dann?"

„Dass die Außerirdischen sowas wie Lehrmeister für die ersten Menschen waren."

„Was sollen die Typen davon gehabt haben?"

„Kolonisierung?", mischte sich Walter ein.

Knazovicky hatte sich in Rage geredet. „Und wieso sind wir dann keine Kolonie? Wieso sind die Typen einfach abgehauen?"

Boor versuchte, das Thema zu wechseln: „Hat jemand eine Ahnung, wie der Captain auf den Namen Akakor gekommen sein könnte?"

„Hat sie vielleicht von Jake", mutmaßte Walter.

„Jake Kenny? Was hat der damit zu tun?"

„Der hat so'n Buch – irgendwas über eine geheime Ruinenstadt oder so."

Knazovicky grinste. „Kenny und der Captain? Nie im Leben!"

Boor verstand nicht.

„Also ehrlich, könnt ihr euch die beiden in trauter Zweisamkeit über ein altes Buch gebeugt vorstellen? Micha vielleicht – aber Jake?" Er lachte. „Obwohl sie 'n hübsches Paar wären."

Boor fühlte sich unbehaglich, derartige Spekulationen erschienen ihm unpassend.

Walter sagte: „Ich dachte, Brauer und der Doktor ..." Er ließ den Satz in der Schwebe.

„Ach was", erwiderte Knazovicky. „Micha mag den Doc, aber sie sind nur Freunde. Oder hab ich was nicht mitgekriegt?", fragte er in Boors Richtung.

„Das Privatleben des Captains geht mich nichts an", brummte dieser unfreundlicher, als er beabsichtigt hatte. „Sie spricht darüber nicht."

„Ach nein? Also wenn sie bei uns ist, dann ..." Dem Biologen fiel offenbar etwas ein.

„Was dann?"

„Sie haben recht." Knazovicky wirkte verwundert. „Sie spricht nie darüber. Komisch, ist mir nie aufgefallen."

„Wie meinen Sie das?"

„Naja, wir sind alle ziemlich locker miteinander. Sie wissen schon, nicht so förmlich wie die Offiziere. Nichts für ungut, aber ist doch so, dieses ständige ‚Sir' ist doch ... naja. Jedenfalls wenn Micha ins Biolabor kommt, dann ist sie auch ziemlich locker drauf und ..." Er bemerkte die Blicke, die Boor und Collet wechselten, und unterbrach sich. „Was?"

Collet wandte sich zu ihm um. „Sie sprechen den Captain doch nicht etwa tatsächlich mit dem Kurznamen an, oder?"

„Warum denn nicht? Wir nennen uns alle beim Vornamen. Außerdem kennen wir uns ja noch vom Studium her. Sie ist ziemlich gut auf dem Terraforming-Gebiet. Wir dachten ja damals, dass sie deshalb zur Raumflotte ..."

„Nähern uns Eintrittspunkt", unterbrach Walter den Wortschwall des Biologen.

Boor war ihm beinahe dankbar dafür. Er setzte sich aufrecht hin und wandte sich der Konsole zu. „Hitzeschirm eingeschaltet, Sensoren auf Atmosphärenmodus, Oberflächennavigation ein. Also dann – Schauen wir uns Akakor aus der Nähe an!"

Michaela Brauer schlief unruhig. Sie kämpfte im Traum mit einem toten Kara. Als sie begriff, dass es der erstochene Lantrt war, veränderte sich dessen Gesicht zu dem Imnois, der die Kalte Frau vom Mordverdacht freisprach und dafür ihre Seele verlangte. Michaela erkannte in der Frau ihre Mentorin Ines Braun. Sie hörte die immer ernste Biologin lauthals lachen und floh vor dem teuflischen Lärm. Ein warmer Hauch ließ sie sich umdrehen. Sie sah Tränen in Ines' Augen und hörte sich „Mutter!" sagen. Aus den Tränen trat Imnoi, gelbäugig, und griff nach ihr und Michaela entwand sich ihm …

… und erwachte davon, dass sie aus dem Bett fiel. Sekundenlang sah sie sich benommen um, überlegte ernsthaft, in welchem Quartier der Warénischen Stadt sie sein mochte. Erst als der Rufton der Bordkommunikation ertönte, fand sich die Frau zurecht.

Sie rappelte sich auf und meldete sich. „Ja? – Ach Leo! Wieso weckst du mich? Ist was passiert?"

„Ich dachte, du bist schon auf", entschuldigte sich der Arzt.

„Ich hab doch gesagt, ich schlafe, bis der Lander unten ist."

„Ist er doch jeden Moment."

„Was?" Michaela Brauer sah zur Uhr. „Gott! Ich hab echt verschlafen! Ich muss machen, dass ich in die Zentrale komme! Ende."

„Warte einen Moment!", rief Leonard Cohen.

Brauer zog ihre Hand vom Pult zurück. „Was gibt es denn Wichtiges? Kannst du nicht in der Zentrale vorbeikommen?"

„Okay", lenkte Cohen ein. „Bis gleich also."

„Bis gleich!", erwiderte Brauer, schaltete die Anlage ab und verließ eilig ihr Quartier.

Als die Frau die Zentrale betrat, hatte sie das Gefühl, dass irgend etwas nicht stimmte. Wildor Aslan starrte angestrengt auf das Kleine Pult und bemerkte Brauer erst, als sie ihn ansprach. Er schreckte auf und sprang aus dem Captainssessel auf.

„Was ist denn los?", wollte Brauer wissen.

Antwort bekam sie von Jason Boors Stimme aus dem Lautsprecher. „Wir mussten nur einen neuen Landeplatz suchen, Sir. Der, den wir vom Schiff aus angepeilt hatten, sieht von hier unten nicht sehr vertrauenerweckend aus. Wir versuchen es jetzt an der anderen Seite der Stadt, direkt am Hang."

„Ah ja, ich seh schon", erwiderte Brauer nach einem Blick auf den Monitor des Kleinen Pultes. „Es wird ein bisschen eng dort werden, aber Sie kriegen das schon hin, Mr. Boor."

„Sicher tut er das", bestätigte Sergej Walters Stimme.

Hinter Michaela Brauer ging die Zentralentür. Die Frau drehte sich um, nickte Leonard Cohen zu und bedeutete ihm mit einer Handbewegung, einen Moment zu warten.

„Karol?", wandte sie sich an den Biologen im Landeteam. „Von dem Plateau aus werdet ihr vermutlich zuerst zu dem einzeln stehenden Gebäude kommen. Der Anlage und der großen Freiflächen rundum nach zu urteilen, könnte es eine Gärtnerei oder ein Park am Rande der Stadt gewesen sein."

„Freiflächen?", staunte Knazovicky. „Soweit ich das sehe, liegen überall Trümmer!"

„Nur in einer relativ dünnen Schicht", ergänzte Boor. „Drunter ist ebener, aber lockerer Boden."

„Locker?", fragte der Biologe.

„Nicht felsig oder lagerungsbedingt verdichtet, meinte ich. Er wäre locker, wenn er nicht vereist wäre. Könnte wirklich bewachsen gewesen sein, früher."

„Na gut, ich werde darauf achten."

„Tu das!", stimmte Brauer zu. „Vielleicht findest du organische Reste, die uns helfen rauszufinden, wodurch der Planet gestorben ist. Mr. Boor? Bevor Sie dieses Gebäude betreten, oder das, was davon übrig ist: Wir sehen von hier oben außer Strukturen, die auf Zimmer hindeuten, so etwas wie einen Gang im Innern. Jedenfalls ein Stück davon, so als wäre der Rest abgeschirmt. Und da die ominöse Energiequelle nicht sonderlich weit weg ist von diesem

67

Gebäude, sehen Sie lieber gründlich nach, ob es nicht irgendeine Verbindung dazu gibt."

„Wird gemacht, Chef!", versprach Sergej Walter.

„Gut. Melden Sie sich, wenn Sie soweit sind, das Haus zu betreten."

„Aye, Captain."

„Bis dann", verabschiedete sich Brauer und wandte sich Leonard Cohen zu. „Also was gibt es so Eiliges?"

„Können wir in deinen Raum gehen?"

„Sicher." Sie stand auf. „Mr. Aslan, Sie haben das Kommando."

Der Zweite Offizier nickte knapp. Brauer stellte noch fest, dass Aslan nicht wieder im Captainssessel Platz nahm, dann schloss sich die Tür hinter ihr.

„So. Schieß los!", forderte sie Cohen auf.

„Darf ich mich setzen?"

„Klar. Also ist es was Schlimmes."

Cohen nahm umständlich Platz. „Wie kommst du darauf?"

„Weil du rumeierst, Leo."

„Tu ich das? Stimmt. Ich weiß nicht, ob es schlimm ist. – Wieso hast du zugestimmt, Imnoi und Mit'Xitlan auf der Explorer mitzunehmen?"

Sie hob die Brauen. „Wieso? Hätte ich den Befehl verweigern sollen?"

„Es war doch gar kein Befehl", widersprach er. „Jedenfalls nicht laut Logbuch."

„Kann schon sein", räumte Brauer ein und lehnte sich gegen das Fenster. „Aber ich habe es damals so aufgefasst. Niemand hat mich gefragt, ob ich will. Der Admiral erkundigte sich nur, ob ich einen Grund wüsste, warum man Kara nicht mit auf eine G-Schiff-Reise mitnehmen sollte."

„Hast du von deinen Bedenken wegen der Psi-Kräfte erzählt?"

„Was soll das, Leo? Ich hatte keine Bedenken. Nicht bei normalen, gesunden Kara. Ich konnte doch nicht ahnen, dass einer davon krank werden würde!"

„Aber dass es um Imnoi und Mit'Xitlan ging, hast du gewusst."

„Ja. Soweit ich mich erinnere, schon. Aber ich wusste nicht, dass es um mein Schiff ging."

„Das stand aber im Antrag der beiden."

Brauer fuhr auf. „Den hab ich nie zu Gesicht gekriegt! Das hab ich dir schon mal gesagt! Außerdem", fuhr sie fort und setzte sich hinter den Schreibtisch, „hab ich nie vermutet, dass sie ausgerechnet auf die Explorer wollten. Warum auch? Imnoi hat sich immer mit Mutter besser verstanden. Ich dachte, die beiden würden bei ihr mitfliegen."

Cohen schwieg und starrte vor sich hin.

„Sagst du mir jetzt endlich, worum es überhaupt geht?"

Der Mann sah auf. „Ich habe das dumpfe Gefühl, dass sich da was zusammenbraut. Warum hast du mir nie gesagt, dass Mit'Xitlan Symbiont ist?"

„Symbiont?", staunte Brauer. „Wie zum Teufel kommst du auf diese Idee?"

Jetzt staunte der Arzt: „Du ... hast das gar nicht in seine Akte geschrieben?"

„Warum hätte ich das tun sollen?!"

„Weiß ich doch nicht!", pulverte Cohen. „Es steht jedenfalls drin. Groß und deutlich."

„Seit wann? Als ich die Akte in der Hand hatte, stand es noch nicht drin!"

Cohen lehnte sich zurück und sagte: „Ach nein?"

„Nein!", antwortete Brauer wütend. „Denkst du, ich lüge?!"

„Natürlich denke ich das nicht. Aber wenn es nicht von offizieller Seite zu Beginn der Reise eingetragen wurde – und das wurde es nicht, denn dann hätte ich es früher bemerkt – und du es nicht in den letzten paar Tagen reingeschrieben hast: Wer hat es dann getan?"

„Das ist eine verdammt gute Frage. Und eine noch bessere ist: Stimmt es denn? Wenn es stimmt und Mit'Xitlans Schwierigkeiten damit zu tun haben ..."

„... wird er vielleicht zu einer akuten Gefahr für das Schiff", ergänzte Cohen. „Richtig?"

„Richtig", bestätigte Brauer. „Verdammt richtig."

„Wer immer den Eintrag vorgenommen hat", überlegte Cohen, „muss es zumindest gewusst haben. Und bis jetzt geschwiegen haben. Warum?"

„Das Ganze ist unlogisch, Leo", erwiderte Brauer statt einer Antwort. „Absolut unlogisch. Erstens würde kein Symbiont den Schutz Waréns verlassen, zweitens wissen die Herrscher, dass sie mit ihren hohen Psi-Potentialen unsere Elektronik empfindlich stören können …"

„Vielleicht will er das ja sogar", fiel ihr Cohen ins Wort. „Und vielleicht wollte er deshalb auch auf dein Schiff, weil du ebenfalls sehr psi-empfindlich bist."

Sie sah ihn sprachlos an.

„Na ja", meinte Leonard Cohen und hob die Schultern. „Man wird ja wohl mal so Gedanken äußern dürfen."

„Das sind verdammt unschöne Gedanken", sagte Brauer und stand auf. Sie ging um den Tisch herum und baute sich vor Cohen auf. „Hast du aus deiner Info-Zentrale irgendwelche Anhaltspunkte, die auf so eine Verschwörung schließen lassen?"

Der Arzt erhob sich ebenfalls. „Nun mach mal halblang, Micha! Verschwörung ist ja wohl ein zu großes Wort. Wenn oder besser falls die Kara die Absicht haben, dich zu beeinflussen oder unseren Computer zu manipulieren, bräuchten sie dazu niemanden außer sich selbst und ihre Fähigkeiten."

„Stimmt auch wieder", gab die Frau zu und setzte sich auf die Tischkante.

Cohen begann, im Zimmer hin und her zu wandern. „Gesetzt den Fall, da ist was dran an unserer Theorie – was könnten die Waréner mit dem Schiff vorhaben? Und wie können wir es vereiteln?"

„Wie können wir es erst mal beweisen?", ergänzte Michaela. „Wenn ich beweisen kann, dass Mit'Xitlan irgendeinen Einfluss ausüben will, stehen mir ein paar Mittel zur Verfügung, ihn abzuschirmen oder so."

Cohen blieb stehen und sah Brauer an. „Wieso nur Mit'Xitlan? Was ist mit Imnoi? Hältst du den für loyal?"

„Absolut", antwortete sie, ohne zu überlegen.

„Wieso?"

Sie hob die Brauen. „Ich weiß nicht", zögert sie. „Ich fühle …"

„Was?", fragte er lauernd.

Sie schüttelte den Kopf. „Nein, ich … Dieses Vertrauen kommt nicht von außen, es ist echt. Vielleicht stammt es noch aus der Zeit auf Warén. Imnoi war damals schon … irgendwie … eben sehr menschenfreundlich. Im Gegensatz zu anderen Kara, die in uns den Auslöser der Katastrophe gesehen haben. Oder uns einfach ablehnten, weil wir so anders waren als sie mit ihrer unbedingten Logik und Kühle. Nein, Leo: Wenn etwas im Gange ist, wovon Imnoi weiß, und er uns nicht warnt, dann ist es auch nichts, wovor er uns warnen müsste."

„Na, dein Wort in Gottes Gehörgang!", seufzte Cohen. „Trotzdem interessiert mich, wer den Eintrag in Mit'Xitlans Akte gemacht hat. Er muss jedenfalls den Zugangs- und den Schreibcode kennen, denn im Sicherheitslogbuch ist keine Manipulation an der Aktensicherung aufgezeichnet worden."

„Und wer kennt die Codes?", fragte Brauer. „Ich meine außer dir und mir."

„Bo natürlich."

„Tian? Der würde wohl kaum einen solch wichtigen Fakt ohne großes Brimborium preisgeben. Es sei denn, er arbeitet an seiner eigenen Verschwörung gegen die Waréner."

„Hältst du das für möglich?"

„Eigentlich nicht, nein. Alles, was den Mann interessiert, ist seine Karriere, sein Ruhm. Politische Ziele oder so was hat der mit Sicherheit nicht."

„Materielle Gründe?"

„Leo, der Mann ist so eine Berühmtheit, dass ihm jedes Institut der Welt alle Mittel zur Verfügung stellen würde, nur um einen Schimmer dieses Rufes abzubekommen! Jedenfalls jedes medizinische Institut."

„Was ist mit Macht?", fragte Cohen und antwortete gleich selbst: „Das könnte ein Beweggrund für Tian sein. Er besteht darauf, dass alles nach seinem Kopf geht. Allerdings hat er außerhalb seiner Arbeit kaum Vorstellungen, wie etwas zu sein hat. Schon ein einzelnes Schiff zu kontrollieren, würde ihn nicht reizen. Es wäre mit all dem technischen und organisatorischen Kram eher ein Klotz an seinem Bein."

„Also hat er den Eintrag nicht vorgenommen", resümierte Brauer. „Aber wer an Bord ist fähig, die Sperren ohne Spuren im Sicherheitslog zu umgehen?"

Cohen zuckte die Achseln. „Du kennst die Crew da besser als ich."

„Mir fallen auf Anhieb eigentlich nur die Waréner selbst und zwei, drei Techniker ein. Und Boor und Aslan natürlich. Sie haben Zugang zu den Codes, aber für beide lege ich meine Hand ins Feuer."

„Die Kara werden es wohl auch nicht gewesen sein", vermutete Cohen. „Bleiben also die Techniker. Was wirst du tun?"

„Ich werde jemanden einsetzen, der nach Spuren sucht. Vielleicht hat der Schreiber ja den Sicherheitseintrag nicht verhindert, sondern gelöscht. Dann müsste man noch Echos oder so finden."

„Dafür brauchst du aber einen sehr versierten Computer-Techniker. Und wer sagt dir, dass du da nicht den Bock zum Gärtner machst?"

„Ich beauftrage einfach Richards!"

„Wil? Ist der nicht ein bisschen zu jung?"

„Zu jung wofür? Er hat eine abgeschlossene Ausbildung, ist nach meinem Dafürhalten nicht der Typ für Verschwörungen und kennt sich im Computer aus wie in seiner Hosentasche."

Cohen wiegte den Kopf. „Ich weiß nicht. Was ist mit Kenny? Der ist Computerspezialist und für den leg ich nun wieder meine Hand ins Feuer."

Brauer dachte einen Moment nach. „Nein", beschloss sie, „das ist keine so gute Idee. Wil ist mehr in meiner Reichweite und als Copilot kann ich ihn öfter mal zum Zwischenbericht hereinholen, ohne dass es auffällt und den Schreiberling warnt. Außerdem kann ich mit ihm besser arbeiten als mit Kenny."

„Wieso das denn?", wunderte sich Cohen. „Hast du was gegen Jake?"

Brauer grinste schief. „Im Gegenteil." Sie stand auf. „Ich muss mal wieder nach dem Landeteam sehen, Leo. Vermutlich ist es inzwischen längst unten. Ich rede mit Wil und du behältst mir die Kara etwas im Auge, okay?"

„Okay", antwortete Cohen. Michaela Brauer ging in die Zentrale. Cohen sah ihr nach und überlegte, wie er ihre Bemerkung über Jake Kenny auffassen sollte.

Sergej Walter schloss die Luke des Landers hinter sich und drehte sich zu den anderen um.

Karol Knazovicky kauerte neben einem Trümmerstück, aus dem rostiges Metall spießte, und nahm irgendwelche Proben. Roxana Collet eilte schon zu dem Gebäude, vor dem der Lander aufgesetzt hatte. Jason Boor wartete noch auf Walter.

„Es ist größer, als es von oben aussah", stellte Knazovicky fest und holte mit Walter zu Boor auf. „Und warum ist es eigentlich nicht vereist?"

Bevor Boor antworten konnte, rief Collet ihnen zu: „Sehen Sie sich das an! Kacheln. Das ganze Haus ist damit verkleidet. Und sie sind alle noch dran!"

Boor sah an der fensterlosen Fassade nach oben. „Nach menschlichen Maßstäben müssen das mindestens drei, vier Stockwerke sein."

Walter nickte bestätigend und trat näher an die gelbliche Wand.

Collet zeigte mit behandschuhtem Finger auf einen Riss, der vom Boden aus bis weit über die Köpfe der Menschen reichte. „Können Sie sich eine Kraft vorstellen, die so was zustande bringt?"

Der Sicherheitsmann nickte erneut.

„Und das da", fuhr die Frau fort und wies auf die Trümmer, die um das Gebäude herum verstreut lagen. „Es muss eine extrem große Kraft gewesen sein."

Boor hob die Hand, um sich über den Schädel zu streichen. Er stieß dabei an den Helm und tat so, als müsse er seine Augen vor dem Licht der Helmlampe Collets schützen. „Was meinen Sie damit?", fragte er die Frau.

„Ich meine, bei einer so gewaltigen Zerstörung rundrum sollten die Kacheln hier doch mindestens etwas beschädigt sein."

„Und wenn es gar keine Kacheln sind?", warf Knazovicky ein. „Vielleicht ist das Haus aus solchen Steinen gebaut und die Dinger sind massiv. Die Fugen sind wie bei einer Mauer."

Collet schüttelte den Kopf. „Ich kenne solche Wände", erklärte sie. „In FaceCity sind fast alle Gebäude gekachelt gewesen. Es sah genauso aus wie hier."

Der Rufton vom Schiff enthob Boor einer Antwort. Er meldete sich.

„Sir", erklang die Stimme des Zweiten Offiziers. „Mr. Imnoi macht mich gerade darauf aufmerksam, dass Ihr Team vor einem Eingang steht. Können Sie das bestätigen?"

Boor musterte die Wand. „Nein", erwiderte er. „Jedenfalls ist nichts zu sehen."

„Mr. Imnoi sagt, der Gang, von dem wir Sie bereits informierten, hätte seinen Anfang etwas rechts von ihrer gegenwärtigen Position, Sir."

Sergej Walter nickte Boor zu und richtete seinen Handsensor auf die gekachelte Fläche. „Ich hab den Eingang", verkündete er. „Jetzt müssen wir nur noch die Türklinke finden."

Aslans Stimme sagte: „Denken Sie daran, dass wir Schwierigkeiten haben, den Gang bis zu seinem Ende zu orten! Es kann sein, dass der Funkkontakt abbricht, wenn Sie den Gang betreten."

„Lassen Sie uns erst mal das Tor öffnen", beschwichtigte Boor.

Walter tastete die Kacheln ab. Collet untersuchte die gleiche Fläche mit dem Handsensor. Boor und Knazovicky sahen sich das ein paar Sekunden mit an. Dann trat der Biologe näher und schlug mit der Faust gegen die anscheinend kompakte Mauer. „Hey!", rief er dabei. „Wir wollen hier rein!"

Wie auf Kommando gab die Mauer nach. Ein schmales, etwa zwei Meter hohes Stück schwenkte lautlos nach innen auf. „Na bitte!", sagte Knazovicky forsch, trat aber einen Schritt zurück.

Walter ging näher und warf einen Blick in den Gang. „Sieht leer aus."

„Haben Sie ihn gefunden?", fragte Aslans Stimme.

„Ja", informierte Boor. „Danke. Wir melden uns, wenn es was Neues gibt." Er langte nach dem Abstellknopf.

Die Stimme des Captains kam ihm zuvor. „Jason! Halten Sie die Verbindung aufrecht! Ich möchte über jeden Schritt Bescheid wissen, den Sie da unten tun."

„Aye, Sir. Sergej geht jetzt gerade in den Gang rein. Haben Sie ihn noch in der Ortung?"

„Haben wir", bestätigte jemand vom Schiff. Es klang nach David Seton. „Können wir auch eine Sprechprobe haben?"

„Kommst du gerade aus dem Radiostudio?", witzelte Walter. „Oder sind wir auf dem Sender, als Vor-Ort-Reportage sozusagen?"

„Weder noch", antwortete Seton ernsthaft. „Aber du bringst mich da auf eine Idee ..."

„Meine Herren!", unterbrach Brauer das Geplänkel. „Das Landeteam bewegt sich auf unbekanntem Gelände und das fordert konzentrierte Aufmerksamkeit. Also, Mr. Walter, was ist in dem Gang?"

„Nun ...", begann der Sicherheitsmann und tauchte langsam in das Dämmern des Ganges ein. „Er ist leer, wie ich schon sagte. Und der Boden scheint gefliest zu sein. Es ist wohl so eine Marotte der Akaraner, alles mit Fliesen und Kacheln zu belegen."

„Akaraner", murmelte Knazovicky vor sich hin und sah dem Widerschein von Walters Lampe hinterher, der sich nach und nach verlor.

„Von Akakor. War die Idee des Captains", erklärte jemand auf dem Schiff.

„Ich weiß."

„Also ich finde die Idee gut", warf Collet ein. „Wir sollten es offiziell machen."

„Ganz meine Meinung", sagte Walters Stimme. Sie klang hohl. Gespenstisch hallten auch seine Schritte über die Lautsprecher. „Die Wände hier drin sind übrigens nicht gekachelt. Aber sie sind ganz glatt. Und weiß. Es gibt keine Unebenheiten, mein Helmlicht wirft keinerlei Schatten an der Wand."

„Wirken sie metallisch?", fragte Boor.

Walter verneinte. „Eher wie gekalkt. Irgendwie ... samten."

„Samten?", echote der Biologe. „Wollen Sie damit sagen, sie ist mit kurzem Pelz besetzt?"

„Nein. Sie hat nur so einen seltsamen Schimmer. Kommen Sie doch her und sehen Sie sich das selbst an!"

Knazovicky sah fragend zu Boor. Der erkundigte sich bei Brauer, ob es Schwierigkeiten mit der Verbindung zu Walter gäbe. Als der Captain verneinte, nickte Boor dem Biologen und Collet zu, und die drei betraten ebenfalls das Gebäude.

Michaela Brauer drehte ihren Sessel ein Stück herum und setzte sich auf die Lehne. Sie sah zu den Warénern, die nebeneinander an den Sensorpulten arbeiteten.

Mit'Xitlan wirkte angespannt und fahrig. Als kämpfe er gegen einen Zwang, sich umzudrehen, blickte er starr auf die Monitore vor sich und hantierte an den Schaltern. Brauer hatte das Gefühl, Mit'Xitlan wäre am liebsten vor ihr davongelaufen. Das irritierte sie. Was um alles in der Welt mochte einen Kara dazu bringen, vor einem Menschen fliehen zu wollen? Noch dazu vor ihr, die sich immer für die phantastischen Fähigkeiten der Waréner interessiert hatte? Die sich magisch von der brillanten Logik der Kara angezogen fühlte ...

,Blödsinn!', schalt sich die Frau. Was war an dieser Kälte schon anziehend? Dann sah sie einen Augenaufschlag und fühlte sich gemustert. Aus gelben Augen und nur den Bruchteil einer Sekunde lang. Dann geisterte für einen Moment Jake Kennys Gesicht durch ihr Hirn und dann war sie wieder zurück in der Realität der Steuerzentrale.

Imnoi sah Mit'Xitlan besorgt an. Brauer ertappte Imnoi bei einem falschen Handgriff, den der Kara schnell korrigierte. Und sie dachte plötzlich, dass die gelben Augen von ihr doch nur wissen wollten, warum sie Imnoi diesen Schmerz zufügte ...

Eine Berührung ließ Brauer aufschrecken.

Wildor Aslan sah Brauer fragend an. „Ist alles in Ordnung mit Ihnen, Captain?"

Sie lächelte beruhigend. „Alles okay, Mr. Aslan. Was gibt es denn?"

Der Zweite Offizier machte eine Kopfbewegung zur Tür hin.

Brauer folgte dem Blick. „Ah, Mr. Richards!"

„Sie haben mich rufen lassen, Sir?"

Brauer nickte. „Ja, ich möchte mit Ihnen sprechen. Kommen Sie mit in meinen Raum!"


Irgendwie fühlte sich Boor unwohl. Er hatte den Eindruck, schon stundenlang in dem weißen Tunnel unterwegs zu sein. Die Wände waren makellos glatt und gingen in knapp zwei Metern Höhe in ein perfekt halbrundes Gewölbe über. Der Erste Offizier drehte sich um.

Collet an seiner Seite reagierte und schaute ebenfalls nach hinten. „Die Wände leuchten nach!", stellte sie verblüfft fest.

Boors Antwort wurde von Aslans Meldung überlagert, dass der Captain in der Zentrale zurück sei und die Umrisse des Tunnels nun absolut nicht mehr zu orten waren. Gleichzeitig rief Walter von der Spitze der Gruppe her, dass er das Ende des Ganges sah und seine Geräte behaupteten, hinter der Wand sei ein weiterer Hohlraum.

Die anderen schlossen zu dem Sicherheitsmann auf. Der Tunnel endete wie abgeschnitten an einer silbrig schimmernden Wand. Als Boor dagegen schlug, klang es hölzern.

„Seien Sie vorsichtig!", mahnte die Stimme des Captains.

„Natürlich, Sir", versprach Boor, während er Walter beobachtete, der die Wand nach eventuellen Mechanismen absuchte.

Und dann schwang die Tür einfach nach innen weg. Dahinter herrschte diffuse Helle, die fast wie Nebel wirkte. Walter trat in das seltsame Weiß hinein. Er sah sofort blass und kränklich aus. Er schaute sichtlich verblüfft auf eine Stelle neben der Tür. Ein Geräusch, als würge Walter an etwas, tönte über die Helmkommunikatoren.

„Was ist denn los?", fragte Knazovicky.

Walter antwortete lediglich mit einer Geste, die die anderen hereinwinkte.

Boor machte ein paar Schritte und erstarrte. Der kleine halbrunde Raum, in dem er sich wiederfand, war bis zur Decke hoch mit Bildern verziert. Besser gesagt mit einem fortlaufenden Bild. Es war derart plastisch und mit so klaren Farben gemalt worden, dass Jason Boor ein paar Augenblicke benötigte, um die Landschaft um sich herum als zweidimensionale Darstellung zu erkennen.

„Das ist phantastisch", hauchte Collet.

Knazovicky war ganz nah an das Fries herangetreten. Seine Nasenspitze stieß beinahe an das Abbild eines üppig grünenden Strauches. „Unglaublich", murmelte der Biologe und berührte das Bild mit den behandschuhten Fingern. „Es ist gemalt", sagte er, ohne sich von dem Strauch abzuwenden, „aber man sieht jede Blattader. Und man kann sogar das Gespinst eines Schmarotzers erkennen."

„Das ist vielleicht nur ein Fehler im Bild", mutmaßte Walter obenhin. „Oder ein Schimmelfleck."

„Nein!", rief Knazovicky und zerrte Walter an die Wand heran. „Sehen Sie doch! Es ist gemalt! Ganz und gar naturgetreu gemalt!" Er schüttelte den Kopf. „Unglaublich. Einfach unglaublich."

„Mr. Boor?", erinnerte Brauers Stimme daran, dass das Landeteam noch immer direkt mit der „Explorer" verbunden war. „Könnten Sie uns mal erklären, was Ihre Leute da unten so Tolles entdeckt haben?"

„Nur oberflächlich", erwiderte Boor, noch immer um Fassung bemüht. „Wir sind in einer Art Vorraum, der mit Wandmalereien verziert ist. Es sind Naturdarstellungen, Sir, unglaublich realistisch."

„Auf der Erde hat man auch mal sehr naturnah gemalt", warf Brauer ein.

„Aber nicht so, Sir, glauben Sie mir!"

„Echt jetzt, Micha", mischte sich Knazovicky in das Gespräch, „wenn das Abbilder von echten Pflanzen und Tieren sind, kann ich allein aus diesem Bild hier etliche Arten und Artengruppen bestimmen. Die hiesige Flora folgte offensichtlich nahezu allen Bauprinzipien, wie sie von irdischen Pflanzen bekannt sind. Zumindest makroskopisch. Und ..."

„Könnt ihr uns Aufnahmen davon übermitteln?", fiel Brauer dem Biologen ins Wort.

„Natürlich", antwortete Walter und hantierte bereits mit der Kamera. „Kommen die Signale durch?"

„Nur verstümmelt", erwiderte David Seton. „Ändern Sie den Sendebereich!"

Walter kam der Forderung nach.

„Wird auch nicht besser", gab Brauer zu verstehen. „Versuchen Sie es mal mit einfacher Schwarz-Weiß-Übermittlung!"

Der Sicherheitsmann tat auch dieses.

„Gut", erklärte Brauer. „Sichtbar und auch halbwegs scharf. Es sieht tatsächlich ganz interessant aus. Obwohl durch die fehlende Farbe sicher einiges verlorengeht."

„Worauf du Gift nehmen kannst!", bestätigte Knazovicky. „Wenn wir zurück sind und du erst mal die Farbaufnahmen siehst ..."

„Ich freu mich schon darauf", unterbrach ihn die Frau.

„Jason?" Walter stand in einer Ecke und winkte den Ersten Offizier heran. Er zeigte Boor einen kaum wahrnehmbaren Riss im Bild, der senkrecht vom Boden durch ein echsenähnliches Wesen mit Raubtiergebiss verlief, sich bis in die halbe Höhe des Zimmers fortsetzte, von dort waagerecht bis zur Rückwand des Raumes weiterlief.

„Eine Tür?", fragte Boor.

Walter hob die Schultern. Boor tastete den schmalen Spalt ab, ohne einen Öffnungsmechanismus zu finden. Er klopfte an der vermeintlichen Tür. Sie reagierte sofort, schwang auf und gab den Weg in einen erleuchteten Gang frei.

„Vorsicht, Jason!", rief die Stimme des Captains, und Boor zuckte unwillkürlich zusammen. „Wir registrieren einen schwachen Energiefluss von der Quelle in Ihre Richtung."

Boor atmete erleichtert auf. „Hier ist nur eben das Licht angegangen", erklärte er. „Wir haben die Tür zu einem Korridor geöffnet und vermutlich gleichzeitig den Lichtschalter betätigt."

Jemand in der Zentrale kicherte. Boor glaubte, Lorena Solana zu erkennen. Dann fiel ihm ein, dass die Pilotin zur Zeit nachtfrei hatte und wahrscheinlich tief und fest schlief.

„Na gut", sagte Brauer. „Und? Wohin führt der Gang?"

„Er liegt parallel zur Außenmauer des Gebäudes", verkündete Walter und betrat den Korridor. „Die Malerei geht hier drin weiter."

Collet und der Biologe folgten Walter. Boor zögerte. Was, wenn sich die Tür hinter ihnen schloss? Würde sie sich von innen genauso leicht öffnen lassen wie von draußen? Sergej schien sich darum keine Sorgen zu machen – aus Unvorsichtigkeit oder weil er die Situation analysiert und als unbedenklich eingestuft hatte?

Collet drehte sich fragend zu Boor um. Der scheuchte seine Unsicherheit mit einem Achselzucken fort und folgte der Gruppe.

Das Naturbild setzte sich in der Tat an den Wänden des Korridors fort. Tierdarstellungen häuften sich. Meist waren es echsenähnliche Kreaturen mit bizarren Panzerungen und wilden Gesichtern. Jason Boor erschauderte innerlich. Knazovicky dagegen schien begeistert. Zumindest klang seine Stimme so, als er dem Captain die Drachengestalten beschrieb. Da er sich dabei auf die Bilder konzentrierte, wurde der Biologe immer langsamer, so dass sich die kleine Gruppe weit auseinanderzog. Sergej Walter war von Boors Platz aus nur noch als kleines Männchen mit Ballonkopf zu erkennen.

Das Männchen Sergej drehte sich um und winkte. „Hier ist eine Kurve!", rief Walter und vergaß dabei, dass für die Helmfunkanlage planetare Entfernungen völlig irrelevant waren. Seine simple Bemerkung traf die anderen wie ein Donnerschlag.

„'tschuldigung!", bat Walter zerknirscht. Boors Trommelfelle vibrierten nach.

Imnoi nutzte die Betäubung der Menschen, um nach Mit'Xitlans Hand zu fassen. Der Freund schreckte auf und sah verwirrt herüber. Imnoi konnte das Leben in Mit'Xitlans Augen zurückkehren sehen.

,Das Kind ist zu stark?', sandte er seine stumme Frage.

Mit'Xitlan nickt kaum merkbar. ,Es war auf dem Planeten', erklärte er wortlos. ,Und ich sehe den Captain durch seine Augen und sehe dich durch seine Augen. Ohne einen von euch zu verstehen.'

,Lass uns die Zentrale verlassen!', forderte Imnoi den Freund auf, und Mit'Xitlan stimmte lautlos zu.

Imnoi überlegte, wie er dem Captain die Bitte um Beurlaubung erklären sollte. Er wollte sie nicht beunruhigen mit Dingen, die sie nicht ändern, vermutlich nicht einmal richtig verstehen konnte. Andererseits widerstrebte es ihm, die Frau zu belügen. Allein schon den Gedanken, es zu tun, empfand er als Verrat, ohne zu wissen, was er eigentlich damit verriet.

,Ist es eine Gefahr für das Schiff?', dachte Imnoi einen fremden Gedanken und drehte sich überrascht um. Er begegnete Brauers aufmerksamem Blick. Etwas Gelbes lag darin, sekundenlang, bevor es durch einen Lidschlag fortgewischt wurde.

„Sir?", sprach Imnoi den Captain an.

„Ja?", fragte Brauer und ihre Stimme klang unbewegt sachlich.

„Gestatten Sie, dass Mit'Xitlan und ich uns zurückziehen?"

Der Captain hob eine Braue. Seton fuhr an seinem Pult herum und starrte den Kara an. Wildor Aslan hatte die Stirn in tiefe Falten gelegt und fragte: „Haben Sie ein Problem?"

Imnoi sagte in Brauers Richtung: „Mit'Xitlan benötigt etwas Ruhe, Sir."

Brauer atmete tief durch.

Imnoi hielt dem Schweigen stand.

„Gut", sagte der Captain schließlich.

Imnoi dankte mit einer Kopfbewegung, und die Waréner verließen die Zentrale.

Andreas McCullogh sagte: „Er benötigt Ruhe? Toller Grund, um zu gehen. Muss ich mir merken."

Brauer reagierte nicht auf die Bemerkung des Copiloten, sie setzte sich in ihren Sessel. Sie hatte die Kara beobachtet und Imnoi hatte es nicht bemerkt. Mit'Xitlan mochte im Moment zu sehr mit sich selbst zu tun haben, aber Imnoi hätte die konzentrierte Aufmerksamkeit spüren müssen. War er krank? Oder durch etwas abgelenkt? Wodurch? Was wusste Imnoi über Mit'Xitlan, über die Symbiose, über den Herrscher in Mit'Xitlan? Gab es den überhaupt? Hatte das Ganze möglicherweise mit dem Planeten zu tun? Und was in drei Teufels Namen meinten die gelben Augen mit der Behauptung, Michaela bereite Imnoi Schmerzen?

Die Frau rieb sich die Schläfen. Sie fühlte sich überfordert.

Die Menschen waren still geworden. Ihre Schritte hallten leise im leeren Korridor nach, dem sie nun schon seit einigen Minuten um Ecken und Kurven herum folgten. Auch die Wände dieses Ganges waren mit Tier- und Pflanzenbildern überzogen, allerdings hatte der paradiesische Eindruck einer Art Gruselkabinett Platz gemacht. Am wenigsten schien der Biologe sich von dieser Stimmung beeinflussen zu lassen: Knazovicky blieb immer wieder stehen, um Details in Augenschein zu nehmen. Auch Walter schien eher neugierig, er hielt unbeirrt die Kamera auf die Bilder, obwohl ihre Daten längst nicht mehr bis zum Schiff durchdrangen. Collet zuckte gelegentlich schaudernd zusammen und rückte dabei immer näher an Boor heran.

„Mr. Boor?", drängte sich Brauers Stimme in die Stille.

Er räuspert sich erschrocken. „Ja, Sir?"

„Sie sind so schweigsam."

„Ja, Sir. Es ist … etwas unheimlich hier."

„Wie meinen Sie das?"

„Na ja, Sir, die … Bilder sind … bizarr, um es mal ganz vorsichtig auszudrücken."

„Versuchen Sie noch mal, uns Aufnahmen zu schicken!"

„Ich sende immer noch", erklärte Walter. „Parallel zum Aufnehmen natürlich."

„Die Signale kommen nicht durch, Captain", hörte Boor Seton antworten. „Ich kann es nicht erklären. Die Komm-Verbindung funktioniert verlustlos, aber die Videosignale …"

„Können Sie die Bilder beschreiben?", wandte sich Brauer wieder an Boor.

„Nur ungenügend, fürchte ich", bedauerte Boor. „Die Wesen sehen abstoßend aus. Wie ... Ja: wie Drachen."

„Drachen?", wiederholte Brauer. „Karol?"

Knazovicky trat einen Schritt von der Wand zurück und ließ den Blick schweifen. „Irgendwie kommt das schon hin. Ich dachte erst, es sind Echsen oder sowas, aber inzwischen ..."

„Inzwischen was?"

„Wenn du mich fragst: Die Dinger sind nicht echt."

„Wie meinst du das?"

„Die meisten der Gebisse sehen zwar gefährlich aus, würden in natura aber nie funktionieren. Mancher von diesen Drachen hätte nie im Leben sein Maul schließen können bei solchen Zähnen. Oder diese extremen Farben. Obwohl es sowas ja auch auf der Erde gibt. Aber nicht so gehäuft. Und so chaotisch."

„Wenn das stimmt", überlegte Boor laut, „dann frag ich mich, was das soll. Vorher die exakten Naturstudien und jetzt dieses Gruselkabinett."

„Vielleicht waren das in dem Vorzimmer auch nur Fantasie-Bilder, eben nur schöne. Ich glaube, das hier ist pure Dekoration."

„Wer schmückt denn sein Haus mit Gruselbildern?", wunderte sich Walter und ließ die Kamera sinken.

„Ach, ich kenn da einige", antwortete Knazovicky. „Weißt du noch, Micha, die Weißhaarige aus dem Studium? Die hatte ihre Bude schwarz gemalert und ..."

„Ja, ich erinnere mich. Aber das sah nicht wirklich gruselig aus."

„Für uns nicht. Die Akaraner hätten sich vielleicht zu Tode erschreckt. So wie wir jetzt."

Collet nickte. „Ja, es ist, als ob irgendeine Gefahr hinter den Bildern auf uns lauert."

„Vielleicht ist das ja die Funktion der Bilder", vermutete Walter. „Eine Art Warnung. Das würde auch die grellen Alarm-Farben erklären."

„Unlogisch", erwiderte Brauer vom Schiff aus. „Eine technisch halbwegs entwickelte Zivilisation würde für solche Zwecke Warnschilder aufstellen. Mit abstrakten aber eindeutigen Symbolen."

„Ja wahrscheinlich, Captain", meinte Boor. „Wir werden trotzdem die Augen offenhalten." Er sah Walter an der Spitze der Gruppe um eine weitere Ecke biegen und bedeutete Collet, zu ihm aufzuschließen. Als er selbst den neuen Gangabschnitt betrat, waren Walter und Knazovicky schon zehn Meter weiter und um die nächste Biegung verschwunden. Boor seufzte, sagte zu Brauer „Ich melde mich dann wieder." und ging einen Schritt schneller.

Sekunden später stieß er beinahe mit den anderen zusammen, die auf ihn gewartet hatten. Boor folgte ihren Blicken und stieß überrascht die Luft aus. Die Bilder hier unterschieden sich grundlegend von den eben gesehenen. Pastell beherrschte die Stimmung. Zusammengerollte Kuscheltiere schliefen friedlich unter sich sanft wiegenden Pflanzen mit filigranen Blättern und handtellergroßen, rosigen Blüten. Selbst das Licht wirkte sanfter als in den anderen Teilen des Gebäudes. Alles schien tiefe Ruhe und Frieden zu atmen.

Unwillkürlich entspannte sich Jason Boor. Er sah Roxana Collet lächeln und nickte ihr zu. Karol Knazovicky strich sanft über einen der himmelblauen Blütenkelche und Sergej Walter war fasziniert von einem Tier, das an die Stofftiervariante eines großäugigen grinsenden Löwen erinnerte.

Krachend fiel ein Schott. Boor fuhr zusammen. Gleichzeitig hörte er ein zweites Tor herabrasseln, wirbelte herum und sah den Landetrupp zwischen zwei weißen Wänden eingeschlossen.

Sekundenlang war es totenstill.

Dann klickte etwas. Boor sah einen Strahler in Walters Hand und zog langsam seine eigene Waffe.

Etwas knirschte. Der Boden setzte sich in Bewegung. Boor korrigierte sich: Der gesamte Gangabschnitt glitt sacht schuckelnd vorwärts. Nach anscheinend nur wenigen Metern hielt er rucklos und die vordere Tür öffnete sich.

Während Brauer darauf wartete, dass Boor sich wieder meldete, starrt sie auf den Hauptbildschirm der Zentrale. Sie nahm den Anblick Akakors allerdings nur halb wahr, ein Teil ihrer Gedanken war bei einem alten Buch. Auf einem Bild darin hatte jemand dargestellt, wie er sich außerirdisches Leben vorstellte. Zwischen zwei uniformierten Terranern ging ein Wesen, das man für ein zehnjähriges Menschenkind halten konnte, wenn da nicht der überdimensional große Kopf mit dem winzigen Mund und den riesigen schwarzen Augen gewesen wäre. Brauer versuchte sich zu erinnern, was für ein Buch das gewesen war. Ein Roman? Eines dieser obskuren UFO-Sachbücher? Die Akakor-Chronik?

Imnoi gab es auf, nach dem Geist von Will Richards zu suchen. Auch Brauer war mit den Gedanken bei allem möglichen, nur nicht bei den Kara. Was immer der Captain mit ihm besprochen hatte, würde er anders herausbekommen müssen. Jetzt gab es ohnehin etwas anderes zu tun …

Mit'Xitlan streckte sich auf der Liege aus und schloss die Augen.

Imnoi zog einen Schemel heran und setzte sich zu ihm. „Lass mich Kontakt zu dem Kind aufnehmen", bat er. „Wir müssen einen Weg finden, ihm zu zeigen, dass das, was es tut, gefährlich ist. Sowohl für dich als seinen Träger und möglicherweise auch für das Schiff."

Mit'Xitlan nickte matt. „Aber lass es nicht Besitz von dir ergreifen."

Imnoi lächelte schwach. „Das tut es doch bereits." Er nahm die Hand Mit'Xitlans. Sie war heiß. „Öffne mir deinen Geist", sprach er die Eingangsformel und tauchte behutsam in die Zwischensphäre.

Brauer schüttelte den Kopf. Sie hatte weiß Gott Wichtigeres zu tun, als jetzt über alte Bücher und UFOs nachzudenken. „Wie sieht es aus bei Ihnen, Mr. Boor?", fragte sie. „Irgendwelche …?"

„Die Verbindung ist weg", unterbrach David Seton die Frau.

„Weg? Sie meinen, jetzt kommen auch keine Audiosignale mehr durch?"

„Schlimmer, Sir. Wir können das Team auch nicht mehr orten. Mit gar nichts. Wir haben keine Ahnung, wo sie sind. Ob sie … überhaupt noch sind."

# KAPITEL 2

Als Imnoi in die Zwischensphäre trat, schlug ihm Chaos entgegen. Wilde Farbwirbel waberten durch den Raum, große und kleine Brocken von irgendwas flogen umher, schmerzhafte Dissonanzen bohrten sich in sein Hirn und rasch wechselnde absonderliche Gerüche erzeugten Übelkeit in ihm. Und jemand lachte ausglassen.

‚Mit'Xitlan?‘, fragte Imnoi.

Das Lachen verstummte und wich Aufmerksamkeit.

‚… Kind?‘, fragte Imnoi.

Die Aufmerksamkeit blieb, von wem sie ausging, war nicht zu erkennen. Aber das chaotische Spiel hatte aufgehört: Die Gerüche sanken zu Boden und die umherfliegenden Brocken lösten sich auf.

‚Imnoi?‘, drang Mit'Xitlans Stimme schwach durch die sich verflüchtigenden Farben. ‚Bist du da?‘

‚Ja. Ich bin hier.‘

‚Siehst du es?‘

‚Nein.‘

‚Aber du hast es gezähmt.‘

‚Nein, es hat von selbst aufgehört. Vielleicht versteckt es sich vor m…‘ Das Chaos fegte Imnois Gedanken fort. Er fühlte sich hochgerissen und herumgeschleudert, ihm wurde übel. Ein Schmerz brach in ihn, ein Schmerz, der nicht seiner war. Mit'Xitlan. Er versuchte, das Kind zu stoppen, aber es brach ihm jeden Gedanken, den er nach ihm ausstreckte.

‚Hör auf!‘, dachte Imnoi und versuchte, das Kind zu erreichen, wo immer es war – über ihm, unter ihm, neben ihm. In ihm. ‚Hör auf!‘, wiederholte er und noch einmal ‚Hör auf!!‘

‚Ein schönes Spiel!‘, fühlte das Kind und jauchzte.

Imnoi spürte Mit'Xitlan sich in Agonie krümmen und schrie: ‚Hööööör aaauuf!‘ Er spiegelte die Qual Mit'Xitlans irgendwohin in das Brodeln, hoffend, das Kind zu treffen. Der Rückschlag riss ihn von den Füßen und der Strahl zuckte durch den Raum. ‚Hör auf‘, hauchte Imnoi mit letzter Kraft, bevor er in den Abgrund stürzte …

… und hart aufschlug. Er öffnete die Augen und fand sich auf einem Schemel in seiner und Mit'Xitlans Kabine sitzend. Der Freund lag bleich auf der Liege und atmete kaum. Aber es war still. Das Kind hatte aufgehört.

Imnoi beugte sich zu Mit'Xitlan, um ihn zu wecken. Als er ihn berührte, fühlte er eiskalten Schweiß und eine Schwäche, die ihn wie ein Schlag traf. So hatte sich Tnom angefühlt, kurz bevor sie gestorben war. Damals hatte er nichts tun können, hatte sie gehen lassen müssen. Hier jedoch gab es eine Chance.

Brauer hockte vornüber gebeugt auf ihrem Sessel und fixierte Mc-Colloghs Rücken. Sie hatte das Gefühl, im Zentrum wilder Farbwirbel zu sitzen und jeden Moment von einem der Strudel erfasst zu werden. Sie glaubte, von weit her Kampfgeräusche zu hören und im Nebel jenseits des Chaos die Schemen der verzweifelt um sich schlagenden Mitglieder des Landeteams zu sehen.

„McCullogh!", rief sie. „Haben Sie sie?"

„Nein Sir. Nichts."

„Finden Sie sie, verdammt noch mal!"

„Ich versuche es, Sir, aber es gibt einfach kein Signal."

„Filtern Sie die Störungen raus!"

„Es gibt nicht mal Störungen, Sir. Einfach nur nichts. Ich bin alle möglichen Frequenzen durchgegangen …"

„Dann versuchen Sie es mit den unmöglichen!"

„Hab ich auch schon pro…" Der Rufton der Bordkommunikation unterbrach ihn.

Brauer hieb auf den Empfangsknopf. „Was ist?!"

„Krankenstation. Micha, du solltest herkommen …"

„Ich habe jetzt andere Probleme, Leo!"

„Du solltest aber wirklich …"

„Mit'Xitlan kommt schon durch, okay?! Ich kümmere mich nachher um die beiden."

„… woher …?"

„Jetzt nicht!" Sie unterbrach die Verbindung. „McCullogh?"

Er drehte sich nicht um, schüttelte nur den Kopf und arbeitete offenbar weiter.

Brauer rückte auf dem Sessel zurück, lehnte sich an und versuchte, die innere Spannung etwas zu lösen. Dabei fiel ihr Blick auf

Aslan, der sie fragend musterte. „Was ist? – Entschuldigung, wenn ich etwas laut geworden bin."

„Schon klar, Sir. Es ist nur … woher wussten Sie, dass Cohen wegen dem Kara anrief?"

Jason Boor taumelte. Der rote Schleier vor seinen Augen löste sich nur langsam auf. Als erstes sah Boor die kugelköpfige Silhouette eines Teammitglieds. Dann erkannte er hinter dem Helmglas Walters Gesicht. Es sah grünlich aus.

„Was war das?", fragte Collets Stimme.

Jemand würgte.

Boor konnte jetzt wieder klar sehen. Der Raum, in dem er stand, war nur spärlich erleuchtet. Er erinnerte an jenes Zimmer, das die Menschen von dem beweglichen Gang aus betreten hatten. Es war genauso klein, genauso kahl und hatte die gleichen gläsernen Wände, in denen man sich matt widergespiegelt fand. Doch durch die Wand, in die die Tür eingelassen war, lief hier ein langer Riss.

„Was ist passiert?", fragte Collet noch einmal. „Wie … wie kommen wir hierher?"

Walter sah Boor an und tippte auf sein Armband. „Nach meiner Uhr hat man uns in weniger als zehn Sekunden hierher gebracht. Wo immer dieses hier auch sein mag."

„Wie?", wollte Knazovicky wissen. „Und vor allem: Wer? Es gibt auf dem Planeten niemanden außer uns."

Boor strich sich über den Helm.

„Jason!", rief Walter. „Wir haben den Kontakt zum Schiff verloren!"

„Ein Schaden an den Kommunikatoren?", fragte Boor.

Walter schüttelte den Kopf. „Nicht, wenn meine Anzeigen stimmen."

Boor holte tief Luft. „Na gut. Vielleicht sind wir nur abgeschirmt. Also lasst uns hier so schnell wie möglich verschwinden!"

Er ging zur Tür, innerlich darauf gefasst, dass sie sich nicht öffnen lassen würde. Seine Sorge war jedoch unbegründet. Zumindest, was die Tür anging. Sie stand einen Spalt offen und als Boor sie berührte, kippte sie krachend um.

Boor beugte sich vor, um draußen etwas zu erkennen. Es dauerte ein Weilchen, ehe sich seine Augen an das Dunkel gewöhnt hatten. Boor sah eine kahle Wand wenige Schritte vor sich. Links und rechts herrschte Schwärze, die auch von der Handlampe nicht erhellt wurde.

Boor trat vorsichtig auf die umgestürzte Tür. Nichts geschah. Er machte einen Schritt in den Raum vor sich und glaubte einen Moment, ein Knirschen zu hören. Er drehte sich um. Alles war wieder ruhig. Boor winkte den anderen, ihm zu folgen.

Die Gruppe wandte sich nach links. Durch die gläsernen Wände des Zimmers drang ein rötlicher Schimmer. Er suggerierte, Licht zu haben, doch schon nach wenigen Schritten war auch dieser Eindruck verschwunden. Die Strahlenkegel der Handlampen zeichneten Kreise auf eine Wand, auf die sich der Trupp vorsichtig zu bewegte.

Boor bedeutete den anderen, der Wand zu folgen, und fünf Minuten später standen sie vor einer weiteren Tür. Auch sie war einen Spalt breit offen. Walter zog sie ganz auf. Sofort flammte grelles Licht dahinter auf, blendete die Menschen. Ein ohrenbetäubender Knall hallte durch den Raum, etwas splitterte, rieselte und dann war alles wieder dunkel und still.

Michaela Brauer starrte das Bild des Planeten an. Das ließ sich weder von ihrer verkniffenen Miene noch vom Geräusch ihrer nervös trommelnden Finger beeindrucken. Was Brauer aber richtig wütend machte, war, dass ihr wie ein Endlosband immer wieder Aslans Frage durch den Kopf ging. ‚Woher wussten Sie es?‘ Eigentlich gab es nur eine Antwort: Einer der Kara hatte ihr diese Botschaft gesandt, war in ihren Kopf eingedrungen. Ohne, dass sie es gemerkt hatte. Das war so ungeheuerlich, dass sie sich weigerte, es zu glauben.

„McCullogh?", wandte sich Brauer zum fünften Mal seit zwei Minuten an den Copiloten. „Was Neues vom Landeteam?"

„Nichts, Sir. Kein Ortungssignal und kein Anruf. Der Check unserer Anlage ergibt keinen Defekt. Das Versagen liegt beim Team oder auf dem Übertragungsweg."

„Danke", knurrte Brauer und warf einen Blick auf den Monitor ihres Pultes. Dann ging sie zum Kommunikationspult und sah Seton über die Schulter. Der Mann schaute auf und schüttelte den Kopf.

Brauer ging zurück zu ihrem Sessel, setzte sich und starrte auf das Monitorbild. Die Sensoren erfassten seit dem Funkabbruch nicht nur das Landeteam nicht mehr, sondern lieferten auch kein Bild mehr von dem Gang, in dem das Team verschwunden war. Nur ein paar Meter vom Tor aus wurden noch angezeigt.

Die Stille in der Zentrale wurde unerträglich. Alle schienen den Atem angehalten zu haben, sogar die Maschinen. Das sonst unhörbare Klicken der Schalter und Regler auf den Pulten fiel ohrenbetäubend in dieses Schweigen, jemand bewegte sich und erstarrte sogleich wieder.

Brauer hielt es nicht aus und stand auf. „Versuchen Sie es weiter", sagte sie in McColloghs Richtung. „Ich bin in der Krankenstation."

Boor richtete seine Lampe in das Dunkel vor sich. Der Lichtkegel fiel auf eine Wand aus Schutt.

„Oh, oh", machte Walter und untersuchte das Hindernis mit dem Handscanner. „Das sieht nicht gut aus", kommentierte er. „Ich bin nicht sicher, wie weit der Berg reicht und ob er nicht nachrutscht, wenn wir versuchen, uns vorbeizuschlängeln."

„Haben wir eine andere Wahl?", erkundigte sich Knazovicky von hinten.

Boor drehte sich um. „Wir können zurückgehen und nach einer Tür suchen."

„Gute Idee", meinte Walter. „Jedenfalls besser, als das hier."

Als Brauer die Krankenstation betrat, sagte Cohen gerade zu Imnoi: „Erzählen Sie mir ja nicht, Sie hätten das nicht vorhersehen können!"

Imnoi schwieg. Er wirkte blass im hellen Licht der Krankenstation. Beinahe so blass wie Mit'Xitlan, der erschöpft auf der Liege schlief.

Der Arzt drehte sich zu Brauer um. „Hallo, Micha!" Er wies auf Mit'Xitlan. „Er ist völlig am Boden."

„Was hätte Imnoi vorhersehen sollen?", knüpfte Brauer an Cohens Worte an. Sie bemerkte, dass sie erstaunlich ruhig dabei war.

„Die beiden haben irgend so ein Verbindungsding gemacht, das außer Kontrolle geriet. Als Imnoi mich rief, konnte ich Mit'Xitlan grad noch eine Keranoceptatin-Spritze geben, sonst wär er jetzt hinüber."

Brauer sah Imnoi an. „Stimmt das?"

„Ich nehme es an. Zum Glück kam Dr. Cohen rechtzeitig."

„Das meinte ich nicht." Sie fühlte sich noch immer ruhig. „Ich meinte den Teil, dass Ihrer beider Psi-Aktivitäten außer Kontrolle gerieten."

Imnoi zögerte.

„Also ja", schlussfolgerte sie. „Werden Sie mir sagen, was genau passiert ist?"

Der Kara schüttelte den Kopf.

„Aber Sie haben schon eine Vorstellung davon, was unkontrollierte Psi-Kräfte für Auswirkungen auf die elektronischen Komponenten der Schiffstechnik haben können …"

„Ja Sir."

„Dann ist Ihnen auch klar, dass ich eine Gefährdung des Schiffes nicht ignorieren kann."

„Natürlich. – Wenn Sie gestatten, Sir, würde ich gern bei Mit'Xitlan bleiben, um seinen mentalen Heilungsprozess zu unterstützen."

„Nein, das gestatte ich nicht."

„Sir?"

Cohen polterte: „Sie denken doch nicht wirklich, dass wir Ihnen noch mehr solches Verbindungszeug erlauben?!"

Brauer legte ihm die Hand auf den Arm. „Das tun wir durchaus. Nur nicht jetzt. Mit'Xitlan ist gut aufgehoben hier in der Krankenstation. Und Sie werden in Ihr Quartier gehen und sich etwas ausruhen."

„Aye, Sir", erwiderte Imnoi zum Brauers Überraschung bereitwillig. Er ging.

Als sich die Tür hinter ihm geschlossen hatte, fragte Cohen: „Wieso lässt du ihn einfach gehen? Micha, er weiß etwas!"

„Ja, das tut er." Sie sah nachdenklich auf Mit'Xitlan.

„Und?", bohrte Cohen.

Brauer reagierte nicht.

„Hallo! Doktor an Captain!"

Sie schaut auf. „Entschuldige, Leo, aber ich habe im Moment andere Sorgen. Wir vermissen das Landeteam und ich werde wohl oder übel einen Suchtrupp runterschicken müssen. Ich will Imnoi dabeihaben, weil seine Fähigkeiten da unten gebraucht werden."

„Was?" Cohen starrte sie an. „Bist du jetzt völlig verrückt geworden? Der Typ hätte beinahe das Schiff …"

„Übertreib nicht!", unterbrach sie ihn. „Ich denke nicht, dass die beiden ahnten, was passieren würde."

„Und wenn doch?"

„Hatten sie gute Gründe, dieses Risiko einzugehen."

„Oder unser unbekannter Warner hat recht und die Jungs werden fremdgesteuert! Ich traue den Wahren Herrschern nicht."

„Du kennst sie doch gar nicht."

„Eben deshalb."

Brauer ersparte sich eine Antwort. Sie betrachtete Mit'Xitlan. Wenn er wirklich ein Symbiont war …

„Was wird mit ihm?", fragte Cohen.

„Mit'Xitlan?" Sie sah auf. „Warum, was soll mit ihm werden?"

„Wenn so ein Typ, so ein Herrscher in ihm steckt und Imnoi ist nicht da …"

„Ich kümmere mich darum, solange Imnoi weg ist.

„Du. Aha. Und wie, wenn ich fragen darf?"

„Mein Psi-Quotient reicht dafür aus."

„Bei aller Liebe, Micha, aber überschätzt du dich da nicht etwas? Wenn wirklich ein Herrscher in ihm steckt, der die Kontrolle über das Schiff …"

„Ach was, was sollte er davon haben? Das größere Problem ist wohl, dass Mit'Xitlan die mentale Belastung so einer Anwesenheit nicht ganz verkraften würde. Er ist jetzt schon schwach."

„Ja, körperlich."

„Psi-induziert. Ihm dabei zu helfen, dafür reichen meine Fähigkeiten. Wie ich schon sagte: Ich brauche Imnoi da unten auf Akakor. Nein!", unterbrach sie Cohens Einwand. „Meine Entscheidung steht fest." Sie ging und ließ Cohen einfach stehen. Auf dem Weg zur Zentrale rief sie Wildor Aslan.

„Tja", sagte Boor gedehnt. „Das war wohl nichts. Wir haben nur die Wahl zwischen dem Trümmerhaufen vor uns und dem Trümmerhaufen des Glaszimmers hinter uns."

„Der hier scheint mir sicherer zu sein", erklärte Walter und trat auf den Schutt, der zu Boden gerutscht war. Er knirschte unter seinen Füßen.

Boor nickte. „Gut. Versuchen wir's!"

Walter tastete sich vorwärts. Der Schutt gab unter seinen Füßen nach, riss ihn fast um.

Boor streckte instinktiv die Hand nach ihm aus. „Das ist zu gefährlich. Komm zurück!"

Walter drehte sich um. „Wir haben keine andere Möglichkeit, Jason. In dem Glas da hinten braucht bloß jemand auszurutschen und sich den Anzug zu zerschneiden. Oder sich an so einem Splitter zu verletzen. Wir können keinen Verletzten tragen auf so unsicherem Untergrund. Hier dagegen müssen wir nur aufpassen, dass nicht der ganze Mist nachrutscht."

Boor zögerte. Wenn er wenigstens Kontakt zum Schiff gehabt hätte! Hatte er aber nicht, und das hieß, er konnte auch nicht warten, bis Hilfe von der Explorer kam. Also stimmte er Walter seufzend zu.

Als Brauer ihren Bereitschaftsraum betrat, stand Will Richards von ihrem Stuhl auf.

„Bleiben Sie sitzen, Will." Sie trat hinter ihn und sah ihm über die Schulter auf den Captainsterminal. „Schon was gefunden?"

„Nein, Sir. Nicht wirklich jedenfalls. Ein Laie war das jedenfalls nicht, so viel steht fest."

„Wie lange brauchen Sie noch?"

„Schwer zu sagen. Ich habe fast alles ausprobiert, was mir einfiel."

„Fast?"

„Es gibt noch eine Möglichkeit, aber dafür brauche ich etwas Zeit. Ich weiß auch nicht, ob es funktioniert, das Verfahren ist noch nicht ganz ausgereift. Ich müsste dazu allerdings an meinen Terminal, da habe ich die Tools in einer separaten …"

„Dann tun Sie's!"

Richards stand auf. „Aye Sir."

„Und sagen Sie mir bitte sofort Bescheid, wenn Sie das Eingabeterminal gefunden haben! Egal zu welcher Uhrzeit."

„Ja, Sir. Natürlich, Sir", erwiderte Richards eifrig und verließ den Bereitschaftsraum.

„Mr. Aslan?", fragte Brauer in den Kommunikator. „Haben wir inzwischen Kontakt mit Boors Gruppe?"

„Nein", erwiderte der Zweite Offizier aus der Zentrale.

„Ist der Suchtrupp informiert?"

„Ja, Sir. Allerdings ... Mr. Imnoi möchte mit Ihnen darüber sprechen. Er ist auf dem Weg hierher."

„Schicken Sie ihn zu mir rein, wenn er kommt", bat Brauer und lehnte sich zurück. Sie wusste schon, was der Kara sagen wollte. Er würde argumentieren, dass er besser geeignet sei, Mit'Xitlan zu helfen. Das stimmte zweifellos. Und er würde sagen, dass niemand das Recht hätte, ungebeten in die Bewusstseinssphäre eines anderen einzudringen. Dagegen konnte sie setzen, dass Mit'Xitlan nicht in der Lage war, solche Entscheidungen zu treffen, und Imnoi würde sagen, dass er es sehr wohl war, auch wenn er nicht darüber sprechen konnte. Und dass Mit'Xitlans Abwehr gegen ihre unerwünschte Hilfe Brauer Schaden zufügen konnte.

Als Imnoi schließlich eingetreten war und sich gesetzt hatte, sagte er: „Ihre Entscheidung, Captain, birgt diverse Risiken."

„Sie würden lieber an Bord bleiben", stellte Brauer fest und dachte dabei an Cohens Verschwörungsidee.

„Ja."

„Wenn Sie sich Sorgen um Ihren Freund machen – ich bin sehr wohl in der Lage, ihm mental beizustehen, während Sie auf Akakor sind."

„Ohne Zweifel", bestätigte Imnoi. „Es wäre sogar wünschenswert, wenn Sie direkten Kontakt zu Mit'Xitlan aufnehmen würden. Es könnte die Situation klären."

Brauer fühlte sich ungeduldig werden. „Welche Situation?"

„Sie sind hochgradig verunsichert über Mit'Xitlans Zustand ..."

'Nicht wirklich', dachte Brauer und merkte im selben Moment, dass sie es doch war. Die Sorge um seine Gesundheit drängte die Sorge um die Sicherheit des Schiffes in den Hintergrund. Das fühlte sich nicht richtig an und sie begann, sich dagegen zu wehren.

„... und bezüglich der Sicherheit des Schiffes. Beides ist nicht nötig."

„Und das soll ich Ihnen glauben, nur weil Sie es sagen?!"

„Das wäre logisch."

„Warum? Weil Kara nie lügen? Ich weiß zufällig, dass sie das sehr wohl tun."

„Ich nicht. Nicht jetzt."

„Dann sagen Sie mir endlich, was los ist!"

„Das ist ... zu persönlich."

„Das ist nicht die kooperative Haltung, die man von Gästen auf diesem Schiff erwarten sollte!"

„Ich bin Kara."

Brauer sprang auf. „Das kann ich als Grund nicht akzeptieren, Mr. Imnoi!"

„Sie können es", widersprach der Waréner und lächelte.

Wahrhaftig: Er lächelte! Brauer fiel entwaffnet auf den Stuhl zurück und schüttelte den Kopf. „Darüber sprechen wir noch", sagte sie. „Wenn Sie von Akakor zurück sind. Gibt es irgendeinen Grund, warum ich an Ihrer Hilfsbereitschaft hinsichtlich der Suche nach dem vermissten Team mit Einschränkungen rechnen sollte?"

„Keine, Sir", versicherte Imnoi. „Allerdings wäre ich Ihnen verbunden, wenn Sie mir in dieser Sache volles Vertrauen entgegenbringen könnten, so dass Ihre besorgten Gedanken nicht beunruhigend auf den geschwächten Mit'Xitlan wirken. Oder mich bei der Suche beeinträchtigen."

„Sie beeinträchtigen? Unten auf Akakor?"

Imnoi nickte. „Ja, auch in dieser Entfernung. Den Grund werden Sie finden, wenn Sie Mit'Xitlan näher kennenlernen. Falls er es zulässt."

„Warum sollte er es nicht zulassen?"

Imnoi stand auf. „Darf ich jetzt gehen, um mich noch auf die Landung vorzubereiten?"

Und Brauer ließ ihn gehen, ohne eine Antwort bekommen zu haben.


Der Schutt gab unter jedem Schritt nach. Staub lag in der Luft und setzte sich als dünner Film auf dem Helmglas ab. Jason Boor wischte den Belag fort. Er kam ins Stolpern, verlor die Balance und fiel hin. Er rutschte einen halben Meter mit einer Ladung Geröll abwärts.

Sergej Walter versuchte, Boor zu halten, und kam dabei selbst ins Schlittern.

Karol Knazovicky sah den beiden nach. Er bemerkte zu spät, dass der Schutt auch unter ihm in Bewegung geriet, und schlug der Länge nach hin. Der Biologe löste damit eine kleine Lawine aus, die ihn mitriss. Sein Helm schlug irgendwo hart auf und bekam einen Riss. Etwas Spitzes piekte ihn in den Rücken und dann fiel ein kantiger schwerer Brocken auf den Mann.

Knazovicky schrie auf. Die anderen stürzten zu ihm, hoben das metallisch schimmernde Ding beiseite. Es hatte Karols Schutzanzug beschädigt. Aus einem kleinen Riss an der Hüfte sickerte Blut. Roxana Collet nahm ein Verbandspäckchen aus ihrer Nottasche und legte es auf die Wunde. Als sie versuchte, es zu fixieren, schrie der Verletzte erneut auf.

„Haben Sie Schmerzen?", fragte Walter.

Collet sah hoch. „Natürlich hat er Schmerzen! Das hören Sie doch!"

Knazovicky versuchte, beschwichtigend die Hand zu heben. Die Geste misslang. Sein Atem wurde heftiger und ging stoßweise.

Die Frau versuchte noch einmal, den Verband anzubringen, ließ es aber wegen Knazovickys Stöhnen. Sie schaute zu Boor auf. „Wahrscheinlich ist seine Hüfte gebrochen", vermutete sie.

„Jason!", rief Walter. „Er wird ganz blass!"

Gleichzeitig machte der Biologe eine unkontrollierte Bewegung und brachte damit den Schutt erneut ins Rutschen. Collet fiel auf den Verletzten, kullerte mit ihm ein Stück bergab, und beide rissen Boor um. Die drei prallten gegen eine herausragende Stange.

Staub und Steinchen rieselten durch Karols zerschlagenen Helm. Sie blieben liegen, der Mann reagierte nicht darauf. Er blinzelte nicht einmal. Und langsam senkte sich der Staub auf seine weit geöffneten Augen.

„Du bist ja verrückt!", schimpfte Leonard Cohen. „Wenn du dich auf eine Verbindung einlässt, lieferst du dich an Mit'Xitlan aus! Warte wenigstens, bis Boor und die anderen zurück sind!"

„Ist die Liege hier frei?", erkundigte sich Brauer, ohne auf Cohens Vorwurf einzugehen.

„Ja, verdammt! Hörst du eigentlich nie auf gute Ratschläge?"

„Auf gute schon", antwortete sie und zog sich die Liege heran. Sie setzte sich darauf. „Leo?"

„Hm?", fragte der Mann mürrisch.

„Bitte halte die Augen offen! Wenn irgendwas schief läuft, bist du meine einzige Chance. Vielleicht auch die von Mit'Xitlan. Okay?"

Er atmete tief durch. „Okay. Aber es ist verrückt, was du vorhast."

Brauer lächelte matt. Sie legte sich hin und schloss die Augen. Sie spürte ihr Herz schnell und unregelmäßig schlagen. Ja, sie hatte Angst. Aber es gab keinen anderen Weg. Sie musste erfahren, was in Mit'Xitlan vor sich ging. Sie musste erfahren, warum die beiden Waréner sich ausgerechnet für ihr Schiff beworben hatten. Sie musste ...

... diese gelben Augen sehen.

‚Wer bist du?', fragten die Augen und Michaela sagte: ‚Der Herr dieses Schiffes. Wer bist du?'

‚Was ist dieses Schiff? Ist es ein Haus, eine Halle?'

‚So ähnlich. Es bewegt sich durch den Weltraum. Wer bist du?'

‚Ich kenne dich', sagten die gelben Augen und blickten nach Warén. Michaela folgte ihnen in die Ebene und zu Tnom und Imnoi und in die Stadt zu Lantrt und Mutter und in die Altarhalle ...

‚Ich kenne dich', sagten die gelben Augen und blickten in Imnois Gesicht. Es war schmerzverzerrt.

Michaela wischte das Bild beiseite. ‚Wer bist du?', forderte sie.

‚Terk', sagten die gelben Augen und wurden ein Gesicht. Ein Kindergesicht. ‚Ich bin Terk. Ich bin allein und bin mit Mit'Xitlan und mit Imnoi. Imnoi ist weit entfernt jetzt.'

‚Ja. Er bereitet sich auf eine Mission vor. Deshalb hat er Abstand zu Mit'Xitlan genommen. Wenn du ihn rufst, brauchst du viel Kraft, die du Mit'Xitlan entziehst. Das macht den Körper krank, in dem du lebst.'

‚Ich bin allein. Es gibt jemanden in diesem Schiff, der sehr weise ist. Ich will zu ihm.'

‚Wer ist das?'

‚Sein Name ist Computer. Er reagiert nicht auf meine Fragen.'

‚Es ist kein Wesen, Terk. Es ist nur eine Konstruktion. Es kann deine Fragen nicht hören.'

‚Es hört aber die Fragen der Menschen. Ich glaube dir nicht. Ich glaube Mit'Xitlan nicht. Er sagt, ich darf nicht fragen.'

‚Wen fragen?'

‚Dich. Jason. Andere Menschen. Die Konstruktion Computer.'

‚Frag mich! Jetzt bin ich da.'

‚Aber du willst mir nicht antworten. Du bist nur ein wenig da.'
Michaela zögerte.

‚Du willst mir nicht antworten', sagte das Kindergesicht. ‚Du willst mir nur etwas sagen. Ich will nicht etwas gesagt bekommen. Ich will alle Antworten.'

‚Lass mich überlegen!', bat Michaela.

‚Ich kann deine Überlegungen hören, wenn ich will', sagte das Kind trotzig. ‚Ich kann dich fragen, auch wenn du nicht antworten willst.'

‚Warum tust du es dann nicht?'

Das Kind lachte.

‚Warum lachst du?'

‚Es ist gut, mit jemandem zu reden. Viel besser, als nur die Antworten zu sehen.' Terk wurde ernst. ‚Jede Antwort ist wie viele neue Fragen. Wer ist Jake Kenny?'

Michaela erinnerte das Bild, das sie von ihm gemalt hatte. Sie erinnerte sich an ihre Gedanken, wie er als Liebhaber sein mochte. Sie hörte seine Stimme, sah ihn an der Bar mit dieser Physikerin. Michaela sah Jake mit Leonard Cohen reden, spürte Leonards besorgten Blick. Leo lächelte. Lachte. Erzählte eine seiner schrulligen Geschichten. Streichelte Michaela. Und Imnoi weinte.

Roxana Collet starrte noch immer fassungslos auf Knazovickys leblosen Körper. Walter beugte sich herab, um dem Toten die Augen zu schließen. Boor stand dabei und schüttelte zum hundertsten Mal den Kopf.

Walter stand auf. „Wir müssen weiter, Jason."

Collet sah zu ihm. „Und Karol?"

„Wir müssen ihn hier liegen lassen."

„Nein!", rief die Frau. „Das können wir nicht tun!"

Walter sah hilfesuchend zu Boor. Der tauchte nur allmählich aus seiner Starre auf, räusperte sich. „Tja. Ja, ich … Wir … Wir müssen ihn begraben, denke ich."

„Und wo?", fragte Walter. „Etwa hier, im Schutt?"

„Wir nehmen ihn mit!", forderte Collet.

Boor schüttelte den Kopf. „das geht nicht. Es wäre zu gefährlich für uns. Wir werden mit uns selbst genug zu tun haben. Wir begraben ihn hier."

„Jason!" Walter zeigte auf den Hang des Berges. „Wenn wir hier zu buddeln anfangen, kommt der ganze Mist da runter!"

Boor hob die Hand, um sich den Schädel zu massieren, und stieß an den Helm. Er verfluchte das Glas, rollte unbehaglich die Schultern und versuchte instinktiv erneut, sich den Kopf zu kratzen. Schließlich nickte er. „Du hast recht. Wir müssen ihn liegen lassen. Und sehen, dass wir hier wegkommen. Auf festen Boden."

„Sir!", protestierte Collet.

„Wir haben keine andere Wahl", antwortete Boor gequält. „Es ist zu riskant." Er wandte sich um. „Kommen Sie!", sagte er und tastete sich weiter am Hang entlang.

Roxana Collet folgte ihm widerstrebend. Walter ging am Schluss. Er machte das Kreuzzeichen vor seiner Brust.

Brauer tauchte übergangslos aus der Trance auf. Sie richtete sich auf und sah zu Mit'Xitlan hinüber. Zu Terk'Mit'Xitlan, korrigierte sie sich. Der Kara schlief. Ein Lächeln lag auf seinem Gesicht.

Die Frau stand von der Liege auf und taumelte. Irgendjemand fing sie auf. Leonard. Michaela hielt sich an ihm fest.

„Sachte, sachte, Mädchen", sagte der Arzt. „Leg dich lieber wieder hin!"

Brauer schüttelte den Kopf. „Mm. Wie lange war ich weg?"

„Keine zehn Minuten. Der Kontakt hat wohl nicht geklappt."

„Doch doch, hat er."

Er sah sie skeptisch an. „So kurz?"

„Es reichte für das, was ich wissen wollte. Der Kara ist jetzt okay."

„Schon möglich", räumte Cohen ein. „Aber du bist nicht okay. Also hiergeblieben!" Er nötigte sie, sich zu setzen.

Brauer sah ungnädig auf. „Ich habe keine Lust, mich jetzt mit dir zu streiten. Ich habe ein vermisstes Team auf Akakor und eine weitere Gruppe ist hoffentlich schon unterwegs. Wenn du mich hierbehalten willst, musst du schon eine sehr schwerwiegende Begründung finden."

Cohen schwieg. Seine Miene allerdings verriet deutlich, dass er von Michaelas Entschluss weiterzuarbeiten nicht viel hielt.

„Hör zu", versuchte Brauer, versöhnlich zu erklären. „Mit'Xitlan ist tatsächlich ein Symbiont. Und ich habe mit dem Herrscher-Ego in ihm, mit Terk, gesprochen. Terk wird sein Möglichstes tun, um Mit'Xitlan wieder auf die Beine zu helfen. Dadurch wird Imnoi entlastet, der bisher die mentale Unterstützung trug. Und ich will Imnois freie Kapazität jetzt so schnell wie möglich für die Suche nach Boors Gruppe einsetzen. Jede Minute kann da wichtig sein."

„Das hast du alles in den paar Minuten erfahren?"

„Gedanken sind ziemlich schnell, Leo."

„Und wenn dich dieser Terk reingelegt hat? Wenn er ..."

„Leo!"

„Ich sag ja nur."

„Ich weiß." Sie lächelte. „Du machst dir Sorgen, das versteh ich ja. Aber es ist alles in Ordnung, glaub mir!"

„Schon klar", winkte er ab. „Mach dich an die Arbeit, Captain."

„Ich liebe dich, Leo!", sagte sie, drückte ihm einen Kuss auf die Wange und ging. Leonard Cohen sah ihr nach.

Walter ging voran. Er führte die beiden anderen durch das Labyrinth aus mannshohen Zwischenwänden, Resten metallischer Konstruktionen, die wohl einst Maschinen gewesen waren, und langgestreckten Labortischen. Am Boden lagen Metallspäne, Kachelsplitter und zerschlagene Glasgefäße. Collet hatte längst aufgehört, sich nach diesen Bruchstücken zu bücken.

Auch Boor machte sich nicht die Mühe aufzupassen, sondern zertrat das spröd gewordene Material einfach. Er lief wie mechanisch. Seine Gedanken beschäftigten sich abwechselnd mit der Frage, ob er als Teamleiter das Recht gehabt hatte, Knazovickys Leiche im Schutt liegen zu lassen, und dem ergebnislosen Versuch, den gegenwärtigen Standpunkt der Gruppe zu bestimmen, um daraus die Chance für ein Entkommen abzuleiten. Dabei entging ihm, dass sich zu den Splittern und Spänen am Boden nach und nach herabgerieselter Putz und Mauerstückchen gesellten.

Erst als Boor auf den wartenden Sicherheitsmann auflief, nahm er die Ausläufer des neuen Schuttberges wahr. Fragend sah er Walter an. Der prüfte den Berg mit dem Handsensor und machte ein besorgtes Gesicht. Walter lief ein paar Schritte nach links am Fuß der Schuttwand entlang, prüfte noch einmal und verzog das Gesicht noch mehr. Dann wandte er sich nach rechts. Dabei verlor Boor ihn aus den Augen. Er hörte ihn nur leise vor sich hin murmeln. Es klang optimistischer, als Walters Gesicht vorher ausgesehen hatte.

Boor hatte den Satz noch nicht richtig zu Ende gedacht, als es irgendwo laut polterte und Walter anfing, inbrünstig zu fluchen. Der Erste Offizier und Collet liefen zu ihm und fanden ihn staubbedeckt am Boden sitzend. Er hatte sich den Fuß verstaucht.


Michaela Brauer betrat den Hangar und ging zum Suchtrupp. „Ich dachte, Sie sind schon weg."

Wildor Aslan drehte sich zu ihr um und nahm den Helm ab. „Mr. Seton hat die optimierten Übertragungsfrequenzen noch einmal testen wollen."

„Gut. Und sonst? Alles okay?", fragte Brauer.

„Aye, Sir", antwortete Aslan und stellte an der Helmfassung etwas ein.

„Xi Jen?", fragte der Captain die Frau der Sicherheitsabteilung. „Haben Sie ein Auge auf Mr. Imnoi! Er ist noch ungeübt und gleichzeitig der beste Spürhund in Ihrer Truppe."

Tamar Xi Jen grinste. „Klar, Chef." Sie sah zu Imnoi. „Ist mir ein Vergnügen."

Die Reaktion des Kara bestand aus einer amüsierten Brauenbewegung. Brauer musterte ihn. Er würde sein Bestes tun, um Boor und die anderen zu finden, dessen war sie sich sicher. Aber Terk war sehr seltsam gewesen, als Michaela ihn nach dem Grund für das Anheuern der Kara auf der Explorer gefragt hatte. Und noch tiefer war sein Schweigen, als sie wissen wollte, warum Imnoi noch auf dem fernen Akakor durch ihre, Michaelas Gedanken abgelenkt werden konnte.

„Captain", riss die Stimme von Yongbo Tian Brauer aus ihren Grübeleien.

„Ja?"

„Wieso haben Sie mich eigentlich dem Team zugeteilt?"

„Haben Sie ein Problem damit? Angst vielleicht?"

„Unsinn!", schnaubte Tian. „Aber was da unten im Ernstfall ohne Geräte getan werden kann, dazu braucht man nicht unbedingt den Chefarzt des Schiffes."

„Ich hätte Dr. Cohen schicken sollen", erwiderte Brauer. „Wollten Sie das sagen?"

„Zum Beispiel", antwortete Tian bissig.

„Weil es um ihn nicht so schade wäre wie um den Chefarzt, falls was passiert?"

„Das habe ich nicht gesagt!", verteidigte sich der Mann empört.

„Guut!", heuchelte Brauer Erleichterung. „Dann werden Sie sicher auch verstehen, dass ich den Kara-Experten lieber hier oben bei dem kranken Kara haben möchte und unten, wo es hart auf hart gehen kann, den besten Arzt, der mir zur Verfügung steht." Sie lächelte breit.

Tian warf den Kopf in den Nacken und stieg ohne ein weiteres Wort in den Lander.

Imnoi folgte ihm. Silvo Szafranski und seine Kollegin Tamar Xi Jen schlossen sich ihnen an. Als letzter stieg Wildor Aslan in das Fahrzeug. Er schloss die Luke hinter sich. Brauer hatte auf einmal das Gefühl, den Zweiten Offizier nie wiederzusehen.

Michaela Brauer hatte die Arme verschränkt. Der Lander mit dem Suchtrupp zeichnete sich als Pünktchen vor dem Planeten ab. Die Frau machte sich Sorgen. Und wusste nicht, ob diese Sorge dem verschwundenen Team galt oder mehr dem Team, das jetzt unterwegs war. Imnoi fiel ihr plötzlich ein. Und fast im selben Moment vergaß sie ihn wieder.

Leonard Cohen betrat die Steuerzentrale und stellte sich hinter Brauers Sessel. Sie sah zu ihm auf, fragend.

„Mit'Xitlan schläft", antwortete Cohen. „Schwester Kristine ruft mich, wenn er aufwacht."

„Gut", sagte Brauer und schaute wieder zum Bildschirm.

Cohen blickte nachdenklich auf die Frau.

„McCullogh?", fragte Brauer in den Raum hinein und schreckte Cohen damit aus seinen Gedanken auf.

„Sir?", antwortete der Copilot.

„Wie sieht es mit dieser ominösen Energiequelle aus?"

„Stabil, Sir", meldete McCullogh.

Cohen beugte sich zu Brauer vor. „Sorgen?"

Brauer sah zu ihm auf. „Eher ein komisches Gefühl. Vielleicht hätte ich Imnoi nicht gehen lassen dürfen."

Cohen beugte sich noch weiter vor: „Du misstraust ihm also doch?"

„Nein", antwortete Brauer genauso leise. „Obwohl mein Verstand sagt, dass ich es sollte. Er verschweigt mir etwas. Genauso wie Terk und Mit'Xitlan. Das beunruhigt mich."

„Weißt du, was mich beunruhigt? Dass du dich beunruhigen lässt. So kenne ich dich nicht. Überhaupt das ganze Mal-so-mal-so. Für mich sieht das sehr nach Einflussnahme aus."

Sie verzog das Gesicht.

„Wir haben noch keinen Gegenbeweis für diese Theorie", erinnerte Cohen.

„Okay. Kannst du so was mit Hilfe eines Psycho-Checks feststellen?", flüsterte Brauer.

Er nickte.

„Wie lange würde das dauern?"

„Wie lange hätte ich denn?"

„Fünfzehn Minuten. Bis zur Landung des zweiten Teams."

„Das reicht für ein paar Tests."

Brauer stand auf und übergab Friedbert Müller das Kommando. „Rufen Sie mich in der Krankenstation, sobald das zweite Team gelandet ist", sagte sie noch und folgte dem Arzt.

Boor blieb an der Maschine stehen und drehte sich nach Walter um. Der Sicherheitsmann humpelte jetzt noch stärker als vor einer Stunde. Ab und zu, wenn er versehentlich auf eines der herumliegenden Schrotteile trat, stöhnte er auf.

„Bist du sicher, dass der Fuß nicht gebrochen ist?", erkundigte sich Boor.

„Ziemlich sicher", presste Walter zwischen den Zähnen hervor. „Geh ruhig weiter!"

„Ich warte", entschied Boor. „Hier hinten sieht es ganz schön chaotisch aus. Wahrscheinlich ist das Gebäude beschädigt."

„Sir?", meldete sich per Helmfunk Collet, die vorausgegangen war. „Ich kann den Himmel sehen, Sir. Hier ist die Decke eingestürzt und man kann durchschauen."

Walter humpelte schneller, um aufzuholen. „Können Sie sehen, ob wir durch das Loch aussteigen können?", fragte er.

„Der Schutt reicht ziemlich weit hoch", antwortete sie. „Aber ob es ausreicht …?"

„Wir sind gleich bei Ihnen", erwiderte Boor und reichte Walter den Arm als Stütze.

Walter nickte ihm dankbar zu. Dabei vergaß er, auf den Weg zu achten, und stolperte über ein rostiges Drahtbündel. Er suchte nach Halt, verfehlte knapp Boors helfende Hand und griff nach einer der Maschinenbänke. Er erreichte eine Art Griff. Der Griff löste sich, entpuppte sich als Hebel, der einen Teil der Maschine in Bewegung setzte. Knirschend kippte dieser Block zur Seite und stieß dabei an eine gebrochene Säule. Die Säule fiel gänzlich in sich zusammen, und noch ehe Walter und Boor reagieren konnten, stürzte ein Teil der Deckenverkleidung ab und begrub den Sicherheitsmann unter sich. Große Mauerbrocken polterten nach, wirbelten Staub auf, der Boor zurückzucken ließ und ihm die Sicht nahm.

„Sergej!", schrie Boor. „Sergej! Sag doch was!" Er bekam keine Antwort.

Langsam, viel zu langsam senkte sich der Staub. Als Boor wieder einigermaßen sehen konnte, war Collet an seiner Seite. Sie starrte auf die herabgestürzten Dachteile. Walters Füße ragten unter einer Platte hervor, ein Arm war von einem Mauerstück getroffen worden. Boor wuchtete den Brocken beiseite. Walters Arm war vollständig abgequetscht worden. Eine dunkle Blutlache hatte sich gebildet.

„Oh Gott!", stöhnte Collet. „Lebt er?"

Boor kniete sich hin, um unter die Platte zu schauen. Was er sah, ließ ihn würgen: Dort, wo Walters Kopf hätte sein müssen, ragte eine Deckeninstallation aus der Verkleidungsplatte.

„Was ist?", hörte Boor Collets ängstliche Stimme. „Lebt er?"

Boor stand rasch auf, führte die Frau von Sergejs Leiche fort und schüttelte den Kopf.

Michaela hörte jemanden die Krankenstation betreten und wandte den Kopf zur Tür.

„Liegenbleiben!", befahl Cohen und trat zum Ankömmling.

„Doktor", sagte eine Stimme. „Können Sie mir hier was drauf tun?"

Brauer erkannte den weichen Tenor von Jake Kenny. Ihr war es plötzlich peinlich, so offensichtlich unter der Psycho-Glocke zu liegen.

„Wie haben Sie denn das angestellt?", fragte Cohen den Techniker.

Brauer schob die Sensorhaube beiseite und richtete sich auf. Cohen sah zu ihr, verkniff sich aber eine Bemerkung.

Kenny behauptete, mit einem Werkzeug abgerutscht zu sein, und Brauer überlegte, welche Werkzeuge an Bord so scharfkantig waren, um eine so tiefe Wunde in der Handfläche zu hinterlassen.

Cohen streifte einen Verband über Kennys Linke. „Vorsicht damit!", ordnete er an. „Ich sehe es mir morgen noch mal an."

Kenny nickte, lächelte Brauer grüßend zu und ging. Sie sah ihm nach.

„Seit wann bestimmt der Patient, wann die Sitzung beendet ist?", moserte Cohen.

Sie grinste entschuldigend.

Der Arzt gab sich großzügig. „Na gut. Heute bist du mal der Chef. Also!" Er blickte demonstrativ auf die Anzeigen der Analyseglocke. „Du bist etwas übermüdet, was vermutlich mit dieser Verschmelzung mit Mit'Xitlan zusammenhängt. Und du solltest mal wieder Yoga oder so was machen, um deine Konzentrationsfähigkeit an deinen Hochwert ranzuholen, und … Tja, von einer direkten Einflussnahme kann ich nichts feststellen. Was nicht heißt, dass da nicht vielleicht doch eine wäre. Ich konnte ja meine Untersuchung nicht zu En…"

„Gibt es Restmuster von Mit'Xitlan?", unterbrach sie ihn. „Oder Fragmente, die nicht zu meinen Mustern gehören?"

Er verneinte.

„Gut. Dann kann ich ja wieder in die Zentrale gehen."

Cohen legte ihr die Hand auf den Arm. „Es gibt da etwas anderes, Micha. Du bist aus deinem Rhythmus geraten, es könnte ein Stresssymptom sein."

Sie verdrehte die Augen. „Leo!"

„Nein!", sagte der Arzt streng. „Es ist nicht meine übliche Mekkerei! Deine Gehirnwellenmuster weisen Verschiebungen auf, winzige Verschiebungen, aber sie sind da. Klassisch interpretiert scheint das auf eine Beruhigung hinzudeuten, auf eine Harmonisierung deiner …"

Wieder wurde er unterbrochen, diesmal vom Rufton der Bordkommunikation. Jemand verlangte den Captain zu sprechen.

Imnoi empfand die Entfernung vom Schiff als leisen aber lästigen Schmerz. In seinem Bemühen, sich von diesem Gefühl zu lösen, trottete er eher mechanisch hinter den Menschen her. Abgeschottet von allen übersinnlichen und den meisten sinnlichen Wahrnehmungen, bemerkte er nicht sofort, dass die Menschen plötzlich stehenblieben. Erst Silvo Szafranskis Pfiff schreckte den Kara auf.

Aslans Gruppe hatte den halbrunden Vorraum erreicht. Und obwohl alle die Beschreibungen der Wandbilder kannten, starrten die Menschen sie beeindruckt an.

Imnoi öffnete vorsichtig sein Bewusstsein für die ihn umgebenden Lebenssignale. Aufmerksamkeit spürte er in den Gedanken von Silvo Szafranski, hinter Kühle verborgene Glut in der Frau aus der Sicherheitsabteilung. Wildor Aslan schien sich von der auf ihm lastenden Verantwortung überfordert zu fühlen, und den Chefarzt umgab eine Aura kalter Überheblichkeit.

Imnoi versuchte, die Ausstrahlung dieser Menschen aus seinem Wahrnehmungsspektrum auszublenden. Es gelang ihm nicht vollständig. Doch es genügte, um einen Hauch Verzweiflung heranwehen zu spüren. Von wo und von wem dieses Gefühl stammte, konnte der Kara nicht feststellen. Trotzdem informierte er den Zweiten Offizier über seine Entdeckung und vertiefte damit dessen Sorge.

Äußerlich ließ sich Aslan von dieser Sorge nichts anmerken. Er trat zu der Tür in der Ecke des Raumes und öffnete sie kurz entschlossen. Tamar Xi Jen schob sich an ihm vorbei, um den Weg zu sichern. Aslan folgte ihr. Dann betrat Imnoi den Korridor. Szafranski tippte Yongbo Tian an und bildete nach dem Arzt den Schluss der Gruppe.

Boor hielt Roxana Collet noch immer fest umschlungen. Langsam ebbte das Schluchzen der Frau ab.

„Wir schaffen es schon", raunte Boor ihr zu und versuchte, selbst daran zu glauben.

Aslan begann, sich über Tian zu ärgern. Der Arzt blieb immer wieder stehen, um die Wandbilder im Flur zu betrachten. Imnoi registrierte, dass ihn die Gereiztheit des Zweiten Offiziers zunehmend behinderte, und ging betont schneller. Den Arzt störte das überhaupt nicht, doch Xi Jen verstand den Wink, und sie bat Tian bestimmt, nicht zurückzubleiben. Tian sah die Frau verärgert an.

Im selben Moment glaubte Imnoi, die Nähe weiterer Menschen zu spüren. Er beschleunigte seine Schritte. Das Gefühl wurde stärker. Irgendwo vor ihnen musste das andere Landeteam sein. Zumindest ein Teil davon. Imnoi glaubte, Boors Gedankenmuster zu erkennen. Sie mischten sich mit anderen, und dann brach die Verbindung plötzlich ab.

Imnoi blieb stehen. Aslan holte zu ihm auf und sah ihn fragend an. Der Kara schüttelte den Kopf.

Boor reichte Collet die Hand, um ihr beim Aufstieg zu helfen. Sie sah nach oben. „Da kommen wir nie ran."

Boor folgte ihrem Blick. Die Lücke im Dach schien weiter entfernt, als es vom Fuß des Berges aus ausgesehen hatte. Der Mann seufzte lautlos. Collet hatte recht. Also mussten sie wohl oder übel an der anderen Seite wieder abwärts, mit der Hoffnung, in den Räumen hinter der durchbrochenen Wand einen Ausgang zu finden.

Als Brauer ihren Bereitschaftsraum betrat, wartete Wil Richards bereits auf sie. Er strahlte geradezu vor Zufriedenheit. „Ich habe den Weg der Eintragung verfolgen können", sagte er, noch bevor Brauer fragen konnte.

Sie atmete tief durch und setzte sich.

„Es ist ganz einfach gewesen, Sir", plapperte Richards. „Ich meine, nachdem ich einmal die Echos im Sicherheitsspeicher gefunden hatte, war es einfach. Sie waren sehr schwach, weil der Code sehr schnell geknackt wurde, aber als ich sie dann hatte, war es einfach, den Weg von der Medo-Datei zum Absender zu verfolgen."

„Prima", erwiderte Brauer, bemüht, nicht ungeduldig zu werden.

„Danke, Sir", strahlte Richards. „Die Ergänzung in Mit'Xitlans Akte schien von einem öffentlichen Terminal aus vorgenommen worden zu sein. Aber dann fand ich heraus, dass jemand dieses Terminal nur als Relais benutzt hatte. Es ist wirklich clever gemacht, Sir."

Brauer beugte sich vor. „Und wer war dieser überaus clevere Bursche?"

„Einer der Kara", antwortete Richards. „Der tatsächliche Eingabeort ist das Quartier der Kara. Und da zum fraglichen Zeitpunkt Mit'Xitlan nachweislich bei Dr. Cohen war ..."

„... kann nur Imnoi den Eintrag vorgenommen haben", ergänzte der Captain und lehnte sich zurück. „Verdammt!", murmelte Brauer. „Verdammt, verdammt!"

Imnoi spürte eine Welle von Gefühlen, die ihm galten. Er konnte sie jedoch nicht deuten. Einen Moment lang glaubte er, Wut zu erkennen, dann Zweifel. Unglaube. Tiefe Enttäuschung. Ratlosigkeit.

Der Kara sah sich irritiert nach der Quelle dieser Empfindungen um. Er konnte sie jedoch nicht einmal anpeilen. Wie ein alles füllender Duft wogten sie heran und verwehten wieder.

Tamar Xi Jen sah den Kara besorgt fragend an. Er schüttelte beruhigend den Kopf und holte zur Gruppe auf.

Gedankenverloren betrat Brauer die Zentrale. Sie erwachte von der Stille, die ihr entgegenschlug. Mit trockenem Lautsprecherklang fiel Aslans Stimme in den Raum. Brauer hatte das Gefühl, ihre Bewegungen müssten laut widerhallen, und sie dämpfte ihren Schritt.

Friedbert Müller räumte Brauers Sessel, auch das geschah nahezu geräuschlos.

Der Captain setzte sich. Auf dem Kleinen Pult zeigte der Bildschirm, dass sich Aslans Gruppe dem Punkt näherte, an dem vor einigen Stunden der Kontakt zu Boor verloren gegangen war.

„Mr. Aslan?", fragte Brauer in das Mikrofon.

„Sir?"

„Sie nähern sich dem kritischen Punkt. Können Sie schon etwas erkennen?"

„Nichts, Captain. Der Gang, die Bilder und so ... Alles ist wie bisher."

Brauer atmete tief durch. Sie hätte in diesem Moment alles dafür gegeben, jetzt bei ihren Leuten auf dem Planeten zu sein.

„Captain Brauer?", hörte sie Imnois Stimme.

Sie versuchte, nicht an Richards' Mitteilung zu denken. „Ja?"

„Ich spüre gelegentlich die Gegenwart von Menschen, die nicht zu unserem Team gehören."

„Gelegentlich?" Brauer setzte sich aufrecht hin. „Wie meinen Sie das?"

„Ich vermute, dass sich zwischen ihnen und uns Material verschiedenen Abschirmvermögens befindet. Es ist nicht einfach, die Schwingungen von denen dieser Gruppe zu separieren. Außerdem ..." Der Kara stockte.

Brauer sprang alarmiert auf. „Was außerdem?"

„Es ist etwas verwirrend, Sir", erwiderte Imnoi. Die Unsicherheit in seiner Stimme beunruhigte die Frau. „Captain, ich ... Es ist nichts, Sir."

Brauer beugte sich zum Mikrofon herab. „Was ist los, Imnoi?"

„Nichts, Sir", antwortete der Waréner fest. Brauer hatte das Gefühl, ein Lächeln aus den Worten herauszuhören. Es beruhigte sie seltsamerweise.

„Sir?", meldete sich Imnoi noch einmal. „Ich erkenne in den Mustern die von Mr. Boor und eines zweiten Menschen, den ich noch nicht näher identifizieren kann."

„Nur zwei?"

„Ja, Sir", bestätigte Imnoi. „Allerdings ... Es gibt da noch eine Art Echo, das glauben machen könnte, direkt vor uns befänden sich zwei weitere Menschen."

„Vielleicht wurden die vier getrennt", vermutete Brauer optimistisch.

„Möglich, Sir, aber nicht in die beiden Paare, die ich spüren kann", antwortete Imnoi. „Auch bei dem Echo sind die Gedankenstrukturen von Mr. Boor deutlich zu erkennen."

Brauer blies die Wangen auf und ließ sich wieder in ihren Sessel fallen. Sie atmete geräuschvoll aus. Ihr war klar, dass sie nach den Mustern des jeweils zweiten Menschen fragen sollte, doch sie tat es nicht.

„Wir sind jetzt da", sagte Aslan. „Es sieht normal aus, Sir. Dieser Gangabschnitt unterscheidet sich in nichts von den anderen."

„Gut", erwiderte Brauer. „Gehen Sie weiter!"

„Aye, Sir!"

Brauer spürte jede Faser ihres Körpers sich spannen. Sie wusste nicht, woher ihr plötzliches Unbehagen kam.

Aus dem Lautsprecher klangen Schritte. „Hinten!", rief Imnoi. Jemand fluchte. „Aufhalten!", bellte Aslan, und eine Frauenstimme sagte: „Ich bezweifle, dass das mö..."

Dann schwieg der Lautsprecher.


„Aufhalten!", bellte Aslan.

„Ich bezweifle, dass das möglich ist", sagte Tamar Xi Jen. Im selben Moment krachte die Tür auch schon zu.

„Wir haben die Verbindung zum Schiff verloren", stellte Imnoi fest.

Aslan atmete hörbar ein und aus. Imnoi registrierte, dass der Zweite Offizier mit einem Anflug von Panik kämpfte, und versuchte, ihn auf mentalem Wege zu beruhigen. Er erreichte den Mann nicht. Statt dessen berührte ihn ein Hauch, ein Windzug vielleicht, oder ein Gedanke, ein Streicheln, eine besorgte Frage oder …

Bösartiges Rot blendete den Waréner und Imnoi verlor den Boden unter den Füßen.


Michaela Brauer sprang auf, taumelte, suchte nach Halt. Ihre Hand verfehlte die Konsole, und die Frau brach zusammen.


Brennender Schmerz holte den Kara in die Wirklichkeit zurück. Er stöhnte und eine neue Welle glühenden Feuers schoss durch seinen

Körper. Sie ging von mehreren Stellen aus. Vorsichtig tastete Imnoi danach. Er konnte nichts entdecken. Keine Wunde, keine Quetschungen. Er spürte den leichten Druck seiner Finger auf gesundem Gewebe. Gleichzeitig signalisierte sein Hirn jedoch tiefe, schmerzhafte Fleischwunden. Und in seinem Bewusstsein tobte ein Kampf mit der Pein und herrschte gleichzeitig nüchterne Kühle.

Brauer öffnete blinzelnd die Augen und sah in ein besorgtes Gesicht. Eisiger Schmerz und brennende Kälte zerrten an ihr. Ihre Gedanken strebten zu drei verschiedenen, weit voneinander entfernten Orten des Universums. Ein schwarzes Loch entstand am Rand dieser Galaxis, dehnte sich aus und sog alles in sich auf. Alle Gedanken, alle Gefühle, alles.

Boor erwachte aus dem Dämmern durch eine Bewegung Collets. Er zog seinen Arm unter ihrem Kopf hervor.

Die Frau drehte sich auf die andere Seite. Die schmutziggrüne Matte unter ihr knisterte. Sie hatte im Schutt gelegen und diente den beiden Menschen nun als Unterlage für den längst überfälligen Schlaf. Collet drehte sich noch einmal, landete wieder auf Boors Arm und schlief weiter.

Der Erste Offizier schloss ebenfalls die Augen. Einen Moment lang dachte er an Lorena Solana, wunderte sich, wie fremd es sich anfühlte, und glitt denn zurück ins Dämmern.

Tamar Xi Jen beugte sich über Imnoi. „Er scheint verletzt zu sein, Sir", meldete sie dem Zweiten Offizier.

Aslan sah zu Tian.

Der Arzt nickte geistesabwesend und kniete sich neben den Waréner. „Können Sie mich hören?", fragte er.

„Ja." Die Antwort kam überraschend klar. Imnoi richtete sich auf. Die helfenden Hände der Menschen wehrte er ab.

„Ich bin unverletzt", erklärte der Kara. „Das Ereignis, worin auch immer es bestand, hat lediglich einen mentalen Schock in mir ausgelöst."

„Na phantastisch!", stöhnte Tian.

„Sehen Sie ein Problem?", sorgte sich Aslan.

„Problem?" Tian verdrehte die Augen. „Das ist beinahe untertrieben! Ich bin zwar in der Theorie mentaler Prozesse auf dem Laufenden, hatte aber dank einer Captainsorder keine Chance, mich mit der Psyche unserer beiden Waréner zu befassen."

„Ihre Unterstützung wird nicht nötig sein", behauptete Imnoi kühl. Dass der Mensch ihm auch gar nicht hätte helfen können, unterließ er hinzuzufügen. Die Kraft, die er in die Diskussion mit dem Arzt hätte stecken müssen, brauchte er, um sein Inneres unter Kontrolle zu halten. Immer wieder drängten sich die Schmerzen der angeblichen Verwundungen in den Vordergrund. Sie ließen den Kara taumeln. Sofort war Xi Jen zur Stelle, um ihn zu stützen.

„Sir", wandte sich Imnoi an Aslan. „Ich bin körperlich in Ordnung und werde selbständig gehen können, wenn wir diesen Raum verlassen, was ich dringend empfehle. Meinen Auftrag, mittels meines Psi-Potentials nach den Verschollenen zu suchen, werde ich allerdings im Moment nicht erfüllen können, Sir."

„Ich bin schon froh, dass Sie körperlich in Ordnung sind", erwiderte Aslan.

„Das bin ich", versicherte Imnoi und hoffte, sich nicht zu irren.


Brauer schwebte. Eingehüllt in einen kühlenden Mantel. Rundum tobten sengende Explosionen, die die Welt schwanken machten. Doch das Schwanken ließ nach. Eine Stimme drang durch den Rauch der Feuer und verlangte Einlass.

„… hörst du mich?", fragte Cohens Stimme. „Michaela! Antworte bitte!"

Sie wollte dem Freund sagen, dass sie ihn verstand, brachte aber nur einen kläglichen Laut zustande.

„Sieh mich an!", befahl Cohen. „Öffne die Augen!"

Blei hing an ihren Lidern. Es kostete die Frau fast übermenschliche Anstrengungen, sie zu heben.

„Ich hab das Licht runtergedreht", sagte der Arzt. „Blendet es dich?"

„M-m", machte Brauer und bewegte den Kopf hin und her. Der typische Geruch der Krankenstation erreichte ihr Bewusstsein. „Ich … Ich seh dich", murmelte sie. „Was ist …?", hört sie sich krächzen. Sie räusperte sich und wiederholte: „Was ist passiert?"

„Frag ihn das!" Cohen trat zur Seite.

Brauer erkannte eine hochgewachsene Gestalt mit breiten Schultern, die näher trat. „Jake!", entfuhr es ihr.

„Captain?"

„Was … Was tun Sie denn hier?"

Kenny lächelte. Seine Sorge war dennoch zu sehen. „Ich habe Sie hergebracht."

„Hergebracht?"

„Getragen."

„Getragen", wiederholte Brauer. Sie versuchte, ihre Verlegenheit zu überspielen, und setzte sich auf. Sofort explodierten vor ihren Augen weiße Blitze, die in ihren Körper einzuschlagen schienen. Sie schnappte nach Luft. Sie hörte Cohen schimpfen, verstand seine Worte aber nicht. Sekundenlang war sie sich nicht sicher, wo sie sich befand. Dann kehrte das Orientierungsvermögen zurück. Sie registrierte Hände, die sie hielten.

Jakes Hände.

„Danke", murmelte Brauer. „Es geht schon wieder."

Vorsichtig ließ Kenny sie los.

Brauer sah zu ihm. „Wie kommen Sie dazu … Also, was ist passiert?"

„Wir hatten eben den Kontakt zur Bodentruppe verloren, da sind Sie zusammengebrochen."

Brauer runzelte die Stirn. „Einfach so?"

„Ja. Jedenfalls sah es von meinem Platz so aus. Ich stand hinten an den Technikkontrollen, erinnern Sie sich?"

Sie nickte vage.

„Ja. Sie sind plötzlich umgefallen. Es sah aus, als hätten Sie sehr große Schmerzen."

„Und da haben Sie mich hergetragen."

Kenny zuckte die Schultern. „Es ging ziemlich hektisch zu, die anderen hatten alle zu tun."

Sie lächelte schwach. „Ich sollte mich wohl bei Ihnen bedanken."

Er winkte ab. „Ist schon in Ordnung, Captain. Kann ich sonst noch was für Sie tun?"

Sie schüttelte rasch den Kopf. „Sie können zu Ihrer Arbeit zurück. Beziehungsweise", sie sah auf Kennys verbundene Hand, „zu dem, was immer Sie auch gerade tun wollten."

„Na dann", sagte Kenny, „gute Besserung für Sie, Captain!" Er nickte dem Arzt grüßend zu und ging.

„Hat er mich wirklich die ganze Strecke getragen?", wandte sich Brauer an Cohen.

„Was spricht dagegen?", wunderte sich Cohen. „Er ist recht kräftig."

Brauer brummelte etwas Unverständliches und machte Anstalten, aufzustehen.

„Hey!", rief der Arzt. „Was hast du vor?"

Sie gab sich unschuldig-erstaunt: „Ich will auf meinen Platz zurück."

„Kommt nicht in Frage!", polterte Cohen. „Kenny schleppt dich halbtot hier an, und du willst einfach so zurück?"

„Ich bin in Ordnung, weißt du."

„Das bestimme ich! Leg dich hin!"

„Muss das sein, Leo?", maulte sie. „Ich fühle mich ..."

„Hinlegen!"

Die Frau gab nach, denn eine neue Hitzewelle rollte durch ihren Körper und zerrte an ihrem Bewusstsein. „Micha?" Leonards Stimme war wie ein rettendes Seil, an das sie sich klammerte.

„Leo?", hauchte sie. „Es ist ... ist wieder da."

„Was? Sind es wieder diese Visionen?"

Brauer schüttelte den Kopf. „Es ist anders. Es ist wie ... wie dieser Blitz, diese Explosion im Hirn, wenn man sich schwer verletzt. Verstehst du, was ich meine? Wenn man sich verletzt, ist da immer zuerst ein Blitz im Gehirn, der überstrahlt für einen Moment alles, und dann erst kommt der Schmerz. Verstehst du?"

„So ungefähr", antwortete Cohen nicht ganz überzeugt. „Aber du hast keine Verletzung, Micha."

„Es war nur eine Beschreibung. In Wirklichkeit war ... hält diese Hitze viel länger an. Und ... ich konnte sehen, was dahinter ist, verstehst du?"

„Nein", gab Cohen zu.

„Ich konnte ... diese Zerstörung sehen. Als wäre ein großer gläserner Raum zersplittert. Ein Raum, der sowohl um mich herum, als auch in mir drin war." Sie verstummte.

„Hast du Schmerzen?", fragte der Arzt besorgt.

Sie spürte in sich hinein. „Nein."

„Überhaupt nicht?"

„Nein", wiederholte sie und hoffte, dass er ihr Zögern überhört hatte. Denn da war etwas. Kein Schmerz im körperlichen Sinne. Eher der Nachhall von Schmerzen, die Erinnerung an tiefe Wunden, die Vorstellung, wie es sich anfühlt, wenn Glassplitter in den Körper eindringen.

„Es ist Imnoi."

Brauer schreckte auf. Sie sah Cohen groß an. „Was?"

Cohen runzelte die Stirn. „Was was?"

„Du hast doch eben was gesagt."

„Hab ich nicht", behauptete der Arzt.

„Verzeihung", klang es von der Tür zum Nebenzimmer. Mit'Xitlan trat ein. „Es war wohl mein Erschrecken, welches Sie empfingen."

„Ihr Erschrecken?"

Der Waréner nickte knapp. „Wäre mir schnell genug bewusst gewesen, dass die Bindung bereits besteht, hätte ich mehr Vorsicht walten lassen."

„Was für eine Bindung?", polterte der Arzt los. „Worum geht es hier überhaupt?"

„Was für eine Bindung?", fragte auch die Frau.

Terk'Mit'Xitlan neigte verwirrt den Kopf. Er überlegte heftig. Was auch immer er dabei herausbekam, Brauer erfuhr es nicht mehr. Ein Feuermeer schlug in ihr zusammen und löschte ihre Gedanken aus.


Der Schmerz überschrie Imnois Meditationsformeln. Der Waréner taumelte. Sofort war Xi Jen da, um ihn zu stützen. Aslan wandte sich um. Imnoi wollte ihm bedeuten, dass er weitergehen könne, da knickten ihm die Knie ein. Xi Jen fing ihn auf, half ihm, sich zu setzen.

„Doktor!", rief Aslan nach vorn.

Tian schaute zurück. Als er Imnoi am Boden sah, atmete er unwillig auf und trollte sich zu dem Kranken.

„Schmerzen?", fragte er. Es klang ungnädig.

„Keine realen", antwortete Imnoi.

Xi Jen schaute zu Tian. „Können Sie ihm nicht irgendwas geben?"

„Was denn?", knurrte er.

„Sie sind der Arzt!"

„Da es nichts Physisches ist, kann ich nichts tun", erwiderte Tian etwas versöhnlicher. Er hob die Schultern und sagte: „Tut mir leid, Mr. Imnoi."

Der Kara deutete ein Nicken an. „Mir würde helfen, zehn Minuten ausruhen zu können", meinte er und sah Aslan sofort zustimmen. Imnoi streckte sich vorsichtig auf dem gefliesten Boden aus. Bevor er die Augen schloss, lächelte er Xi Jen ermutigend zu.

Aslan trat zu Szafranski. „Wie sieht es aus?"

„Wir sind jetzt praktisch um das Glaszimmer rundrum gelaufen. Wenn Sie mich fragen, war dieser Raum mal mit irgendwelcher Technik bestückt. Gegen einen Wohnraum spricht die Schlauchform und diese Dinger da an den Wänden. Da waren mal Simse oder so angebracht. Und durch diese Löcher hier führten sicher mal Kabel oder Leitungen oder so. Wir haben jetzt eigentlich nur die Möglichkeit, dem Schlauch zu folgen." Szafranski deutete nach vorn in die Dunkelheit. „Dabei entfernen wir uns aber von der Eingangshalle. Die dürfte nämlich ziemlich genau hinter dieser Wand hier liegen." Er ließ den Lichtfinger über Imnoi und die neben ihm kniende Xi Jen auf die gekachelte Rückwand zeigen. „Wir können natürlich auch zurückgehen und versuchen, die Tür zu öffnen. Dann können wir den gleichen Weg raus, den wir reingekommen sind. Vielleicht bekommen wir so auch wieder Kontakt zum Schiff. Aber das Boorsche Team finden wir da mit ziemlicher Sicherheit nicht."

Der Zweite Offizier seufzte kaum merklich. „Also haben wir eigentlich gar keine Wahl."

Szafranski nickte.

Brauer erwachte von einem diffusen Schmerz in ihrer linken Seite. Sie fühlte sich benommen. Durch ihre geschlossenen Lider schimmerte tanzendes Licht. Die Frau bedeckte ihre Augen mit dem Arm und knurrte unwillig. Sofort beruhigte sich das Licht.

Brauer blinzelte. Sie sah Leonards Gesicht. Der Arzt schickte ein Lächeln über seine Züge. Es konnte seine Sorge nicht verbergen.

„Wie fühlst du dich?", fragte er.

„So lala", antwortete Brauer. Sie registrierte, dass der Schmerz fast verschwunden war. Sie registrierte aber auch, dass sie ihre Gedanken nur mühsam zusammenhalten konnte.

„Hast du mir ...", setzte sie an und musste husten. Cohen reichte ihr ein Glas Wasser. Es tat ihr gut, die Kühle den Hals entlang rinnen zu spüren. „Hast du mir ein Betäubungsmittel gegeben?", wiederholte sie ihre Frage.

Cohen schüttelte den Kopf.

„Ich fühle mich aber so", brummte sie und stand auf. Schwindel erfasste sie und zwang sie, sich wieder zu setzen. Sie sah zu Cohen auf. „Also was ist los mit mir?"

Er zögerte.

„Sag schon!", forderte Brauer.

„Es hat mit den Kara zu tun", antwortete Cohen. „Irgendwie steckst du mitten in der Psi-Verbindung zwischen Imnoi und Mit'Xitlan."

Brauer riss erstaunt die Augen auf. „Eine Verbindung? Über diese Entfernung hinweg??"

Cohen nickte knapp. Er ließ seinen aufmerksamen Blick keinen Moment von der Frau. „Vielleicht hat es was mit Mit'Xitlans Symbiont zu tun", mutmaßte er. „Durch Terks Anwesenheit erweitert sich sein Psi-Potential."

„Wo ist Terk'Mit'Xitlan jetzt? Ich will ihn sprechen."

„Er liegt nebenan."

„Liegt?"

„Er hat sich in Trance versetzt."

„Wieso?"

Cohen breitete die Hände aus. „Fragt nicht mich!"

„Na toll." Brauer war verärgert. Sie stand auf. „Und du weißt natürlich auch nicht, wie tief ich in dieser Verbindung drinstecke."

„Nein. Bis heute wusste ich nicht mal, dass so etwas überhaupt möglich ist."

„Aber jetzt weißt du's, ja? – Entschuldige! Es ist nur …"

„Schon gut", winkte er ab. „Du stehst unter Stress. Nein, ich weiß es nicht. Es ist nur eine Vermutung. Mit'Xitlan deutete an, dass er mit Imnoi in Verbindung steht und dass er ihm jetzt sehr beistehen muss, weil du sonst überfordert wärst. Oder so ähnlich."

Brauer schwieg. Sie lauschte in sich hinein. Sie glaubte, die Gegenwart von Terk zu spüren. Der Symbiont schien angespannt. Er blickte über einen breiten Abgrund …

… jenseits der bodenlosen Tiefe war brennendes Eis, stürmische Stille, schweigendes Schrein. Und Liebe. Ein Lichtpunkt nur, aber Michaela konnte ihn sehen. Und sein stetes Leuchten machte sie sicher und stark und vertrauensvoll. Terk sah lächelnd zu ihr herüber und dann schlug die Sorge wieder wie eine Woge über ihnen zusammen.

Etwas war passiert auf Akakor.

„Ich muss in die Zentrale", sagte Brauer zu Cohen.

Er musterte sie. „Bist du sicher, dass du das willst?"

„Es ist der beste Platz für mich, um zu helfen."

„Wem? Der Kontakt ist noch immer unterbrochen. Du kannst überhaupt nichts tun."

„Aber ich möchte in dem Moment da sein, wenn ich etwas tun kann", erwiderte der Captain. „Pass auf Terk'Mit'Xitlan auf! Seine Mentalkraft kann entscheidend sein. Er ist unsere einzige Verbindung nach unten."

„Solltest du da nicht besser hierbleiben? In seiner Nähe?"

„Du meinst in deiner Nähe. Ich kann mit Terk sehen, auch wenn ich in der Zentrale bin. Aber von hier aus kann ich schlecht meine Captainspflichten wahrnehmen."

„Meiner Meinung nach kannst du überhaupt nicht deine …!"

„Doch", unterbrach sie ihn, drehte sich um und ging.


Irgend etwas stimmte nicht, widersprach sich selbst. Doch Imnoi wusste nicht, ob es mit seiner eigenen Ich-Spaltung zu tun hatte oder ob es von außen kam.

Dann begriff er, dass diese Mischung aus Leid und Freude ihn aus Michaelas Bewusstsein erreichte. Behutsam tastete er nach der Ursache dieser Gefühle. Sofort quoll der Schmerz seiner imaginären

Wunden erneut in ihm auf. Bevor er seine mentalen Schirme jedoch wieder senkte, erfuhr Imnoi von Terk, dass sich Boor und Walter über Funk gemeldet hatten.

Imnoi bemerkte, dass Xi Jen ihn besorgt ansah. Er lächelte ihr zu und rief nach Aslan. „Sir?"

„Ja?", ertönte es hinter einer Konstruktion, die Imnoi für eine Maschine hielt.

Der Kara wollte zu Aslan gehen und hörte den Zweiten Offizier fluchen.

„Was ist?", fragte Xi Jen, überholte Imnoi und verschwand ebenfalls hinter der Maschine. „Schutt!", hörte der Waréner die Frau rufen, als er um die Ecke bog.

„Und nun?", fragte Szafranski, den Schuttberg der eingestürzten Decke im Rücken.

„Wir müssen da rüber", antwortete Aslan. Es klang, als hoffe er auf Widerspruch. Niemand tat ihm den Gefallen.

Imnoi schaute nach oben. Er konnte ein zweites und drittes Stockwerk über der Öffnung in der Decke erkennen.

„Ich gehe vor", bot Xi Jen an.

Aslan nickte.

Imnoi hörte einen Moment lang Boors Stimme auf jemanden ermutigend einreden. Dann sah er Aslan einen Schritt den Schuttabhang hinaufgehen. Szafranski berührte Imnois Arm, wie um den Kara beim Aufstieg zu stützen. Dann sagte Michaela, sie würde das Shuttle vom Schiff aus zur Rückseite des Gebäudes steuern, und dann bemerkte Imnoi eine Bewegung an der Spitze des Trümmerberges. Der Haufen begann, in sich zu rutschen. Xi Jen verlor das Gleichgewicht, Aslan sprang auf festen Boden. Es polterte und stiebte.

„Meldung!", befahl Aslan.

„Alles in Ordnung", sagte Xi Jen.

„Alles klar", sagte auch Szafranski.

„Bei mir ebenfalls", schloss sich Imnoi an.

Es polterte erneut, ein Schatten fiel von oben durch die Staubwolken und eine riesige Faust traf den Waréner. Er kippte einfach um.

Michaela Brauer kippte einfach um.

Roxana Collet lockerte ihren Griff um Boors Arm.

„Gut so", lächelte der Mann. „Vertrau mir einfach!"

Collet nickte ergeben.

„Wir gehen hier durch", sagte Boor und deutete auf eine flache Stelle zwischen zwei Schuttkegeln.

Sie reagierte nur mit einem Blick, der den Mann anflehte, sie nicht im Stich zu lassen.

„Wir schaffen das!", sagte Boor und wiederholte den Satz noch einmal für sich selbst. Dann betrat er den unsicheren Boden.

Entsetzen brannte in Imnois Hirn und vertrieb die Schwärze. Der Kara hob den Kopf, um zu sehen, was geschehen war. Er sah Xi Jen neben Aslan knien und fassungslos auf den Pfahl starren, der in Aslans Brust steckte.

Gleichzeitig sah Imnoi zwei Füße aus dem verrutschten Schuttberg ragen. Er stand auf, ging zu diesen Füßen und begann, den Schutt von der Leiche wegzuräumen. Szafranski schaute ihm verwirrt zu. Erst als unter dem zersplitterten Helm Karol Knazovickys Gesicht zu erkennen war, kniete sich der Sicherheitsmann hin. Imnoi spürte seine Beklemmung. Er fühlte Xi Jen näherkommen und sah zu ihr auf. Die Frau blickte über ihn hinweg. Imnoi folgte ihren Augen und erkannte unter dem Geröll eine weitere menschliche Leiche. Xi Jen rührte sich nicht. Also ging Imnoi hinüber, um nachzusehen, wer der Tote war.

Roxana Collet.

‚Logisch', dachte Imnoi. ‚Wenn Boor und Walter Kontakt zum Schiff hatten, konnten nur die Frau und der Biologe umgekommen sein.'

Im selben Moment wurde Imnoi bewusst, dass er diese Überlegung im Nachhinein anstellte. Und dass ihn irgend etwas daran störte. Eine Empfindung, die heranwehte. Unterdrückte Angst. Von einer Frau, doch nicht von Xi Jen.

Und auch nicht von Michaela.

Von Collet.

Die war doch aber tot, ihre Leiche lag neben ihm!

Eine neue Schmerzwelle zwang Imnoi, diese Überlegungen aufzugeben, und sich ganz auf sich selbst zu konzentrieren. Am Rande bemerkte er, dass die beiden Sicherheitsleute die Toten abseits des Schuttberges unter Steinbrocken und Plattenteilen begruben. Am Kopfende des Dreifachgrabes stellte Xi Jen eine Tafel auf, in deren metallische Oberfläche sie die Namen der Toten einbrannte.

Michaela Brauer sah einen Grabstein und las die drei Namen. „Aslan", murmelte sie verblüfft und kam durch dieses Geräusch zu sich.

„Was ist mit ihm?", fragte jemand.

Brauer sah Cohen an. „Er ist tot."

„Woher ..." Er ließ die Frage in der Schwebe.

Brauer setzte sich auf und fand sich auf der Couch in ihrem Bereitschaftsraum. „Imnoi", sagte sie.

„Du meinst, Terk hat dir gesagt, dass Imnoi ..."

„Nein", widersprach sie, ohne zu überlegen. Und wunderte sich einen Moment lang, wieso die mentale Brücke direkt von Imnoi zu ihr reichen konnte. Dann fiel ihr ein, dass sie Boor versprochen hatte, den Lander zur Rückseite der Ruine zu fliegen, dorthin, wo der Erste Offizier und Sergej Walter durch ein Loch in der Wand entkommen waren. Also stand Brauer auf und schickte sich an, in die Zentrale zu gehen.

„Das finde ich nicht so gut", sagte Cohen. Es klang eher nach einer Feststellung als nach einer Forderung.

„Ich weiß", sagte Brauer, und es klang ebenfalls nach einer einfachen Feststellung.

Er nahm ihren Arm. Die beiden wechselten einen Blick von Sorge, Bitte und Einverständnis. Dann sagte der Arzt: „Ich sehe nach Mit'Xitlan", und der Captain nickte.

Der Weg über den Schutt war beschwerlich. Imnois Schritte waren doppelt unsicher – einmal durch den losen Untergrund und einmal durch die zunehmende Verwirrung in seinen Empfindungen. Zwar begannen die imaginären Wunden bereits zu heilen, doch irgendein Effekt gaukelte vor, dass Boor in der Nähe war und zwar in zweifacher Ausführung. Ein ruhiger Boor schien direkt hinter ihnen zu sein, ein angespannter und nervöser einige Meter vor der Gruppe. Außerdem spukte in Imnois Hirn der Eindruck, Wildor Aslan ginge neben ihm, stütze ihn. Und zu all dem kamen noch die Empfindungen, die ihn von Terk'Mit'Xitlan und direkt von Michaela erreichten.

„Das Shuttle ist sicher gelandet", meldete Lorena Solana.

Brauer nickte ihr zu. Ein Teil ihres Selbst fühlte sich benommen, verwirrt. Der andere Teil war zu glasklaren Gedanken fähig und stand in ständigem Kontakt mit Terk.

Isaac Sauders, der noch immer auf dem Captainsplatz saß, rief Boor.

„Alles in Ordnung", antwortete der Erste Offizier und Brauer sah, wie sich Solanas Gesicht aufhellte.

David Seton sagte plötzlich: „Wir werden gerufen, Sir."

Alle drehten sich zu ihm um.

„Das zweite Team, Sir."

Mit einem Satz war Brauer bei ihm und hieb auf die Empfangstaste. „Brauer hier! Team zwei?"

„Ja, Captain", kratzte eine Stimme aus dem Lautsprecher. Jemand in der Zentrale atmete hörbar auf.

„Hier spricht Wildor Aslan", sagte die Stimme. „Wir sind in dem Gang, der ins Innere ..."

Der Captain unterbrach den Zweiten Offizier. „Sind Sie alle okay?"

„Nein, Sir", antwortete Aslan und zögerte. „Sir, wir sind nur noch zu zweit. Der Waréner ist bei mir. Er ist schwer verletzt. Die anderen waren nicht zu retten, Sir."

# KAPITEL 3

Michaela Brauer stand in der Krankenstation und sah auf Imnoi. Der Kara hatte tiefe Schnittwunden am und im ganzen Körper.

Wildor Aslan lag auf dem Bett neben Imnoi und erzählte zum hundertsten Mal, wie er nach dem Aufleuchten des Glaszimmers den Boden unter den Füßen verloren und sich im nächsten Moment inmitten eines Scherbenhaufens wiedergefunden hatte. Scherben dunkelroten Glases, die sich in die Körper der anderen gebohrt hatten. Der Chefarzt und die beiden Sicherheitsleute Xi Jen und Szafranski waren tot gewesen, als Aslan sie erreichte. Imnoi atmete noch. Gemeinsam hatten sie die Splitter aus seinem Körper entfernt und danach Imnois Anzug notdürftig geflickt. Aslan wusste noch immer nicht, wie sie das geschafft hatten, ohne den Kara dabei umzubringen.

Cohen wusste es auch nicht. Und er staunte wortreich über die Tatsache, dass sich Imnois Wunden bereits zu schließen begannen. Der Kara erklärte zwar, dass das mit Terk'Mit'Xitlans Hilfe möglich gewesen sei, doch der Arzt blieb skeptisch. Zumindest tat er so. Immer wieder unterbrach er die Untersuchungen an Boor und Walter, um sich dem Kara zuzuwenden. Der schlief im Moment, Brauer beobachtete ihn dabei.

„Micha?", sagte Cohen behutsam und legte die Hand auf ihren Arm. „Du kannst hier nichts für ihn tun."

Die Frau atmete tief durch, ohne den Blick von Imnoi zu lassen. „Ich weiß."

„Geh ins Bett!"

Sie schüttelte den Kopf. „M-m." Sie drehte sich zu Cohen um. „Außer den Schnittverletzungen – konntest du noch etwas anderes feststellen?"

„Etwas anderes?" Er runzelte fragend die Stirn. „Zum Beispiel?" Brauer hob die Schultern.

„Dass er noch im Kontakt zu Mit'Xitlan steht?", bot Cohen an.

„Warum?"

„Warum?"

„Ja. Ich meine: Imnoi hat doch jetzt Hilfe. Die Wunden verheilen schon. Wozu braucht er noch Kontakt?"

Jetzt zuckte Cohen die Achseln.

Brauer warf einen schnellen Blick auf Aslan, der eingedämmert schien. Cohen verstand und bat den Captain mit einer Geste in das Büro des Chefarztes.

Brauer schloss sorgfältig die Tür hinter sich. „Erinnerst du dich, dass ich sagte, Aslan sei tot?"

Cohen nickte. „Offenbar hat sich Imnoi geirrt, als er das übermittelte. Oder er hat gelogen. Wär nicht das erste Mal."

„Nein." Sie wedelte mit der Hand. „Nein, nein, nein."

„Aber es ist doch …"

„… offensichtlich?"

Cohen nickte sicher.

„Ist es nicht", widersprach Brauer. „Sieh ihn dir an!" Sie wies auf die Tür, hinter der das Krankenzimmer lag. „Er hatte die ganze Zeit garantiert ziemlich mit sich selbst zu tun. Er konnte unmöglich eine Brücke zu mir aufbauen."

„Ich dachte, die Verbindung hätte Terk …"

„Hat er eben nicht! Ich meine …" Brauer begann, im Büro auf und ab zu laufen. „Es gab da diese Brücke, die Terk nach Akakor gebaut hatte. Und die übrigens noch besteht, obwohl ich keine Ahnung habe, wieso. Aber diese … anderen Informationen, die über den Tod von Aslan, Karol und Collet kamen direkt von Imnoi. Es sollte eigentlich überhaupt nicht möglich sein, dass ein Mensch so klare Botschaften empfängt. Es sollte erst recht nicht möglich sein über so große Entfernungen und ohne Trance! Aber absolut und wirklich vollständig unmöglich ist es selbst für den begabtesten Kara, im Zustand lebensgefährlicher Verletzungen so viel Kraft zu mobilisieren, um Botschaften über riesige Entfernungen an verhältnismäßig unsensible … Menschen zu senden. Und …", Brauer blieb stehen und sah den Arzt fest an, „… ich bin noch immer überzeugt, dass Aslan tot ist."

Cohen öffnete den Mund.

„Ich weiß", kam Brauer ihm zuvor. „Aslan liegt da drüben und ist nicht mal verletzt. Das Irre ist …" Sie hob die Hände und ließ sie ratlos wieder fallen. „Ich weiß auch nicht. Ich hätte schwören können, dass Imnoi unverletzt ist. Obwohl er Schmerzen hat. Und … ich habe dieses Gefühl immer noch. Genauso, wie ein Teil meines

Gehirns noch immer davon überzeugt ist, dass Xi Jen und Szafranski statt Aslan überlebten." Sie ließ sich auf einen Stuhl fallen. „Und ständig erwarte ich, dass Roxana irgendwo auftaucht." Sie sah Cohen an. „Ich habe Angst, dass ich verrückt werde, Leo. Wirklich."

Cohen schwieg ratlos.

Brauer erwartete auch keine Antwort. „Weißt du", fuhr sie fort, „was ich mich ständig frage? Wieso Imnoi an der Verbindung mit Terk'Mit'Xitlan festhält. Mir ist, als würde die Antwort darauf auch alles andere erklären. Aber nicht mal Terk kennt diese Antwort. Oder er ist sich ihrer nicht bewusst. Oder er ist einfach zu angespannt, um auf unsere Fragen antworten zu können. Mit'Xitlan hat den Eindruck, als sei ein Teil von Terk mit einem Teil von Imnoi verbunden und stecke mit ihm zusammen irgendwo fest. Verstehst du?"

Er schüttelte den Kopf. „Kein Wort."

Sie stand auf und nahm ihre Wanderung wieder auf. „Ich verstehe, was er meint. Weil es mir genauso geht. Ich bin … irgendwie doppelt. Ein Teil von mir ist hier, kann ganz klar denken und tauscht mit Mit'Xitlan Überlegungen aus. Dieser Teil ist gleichzeitig damit beschäftigt, Imnois Wunden heilen zu sehen. Der andere Teil von mir ist wie vernebelt. Er denkt Dinge, die der offensichtlichen Realität beinahe diametral entgegengesetzt sind. Und dieser Teil meines Ich fragt mich immer, was … was in diesem Glaszimmer passiert ist. Wieso das zweite Team ohnmächtig geworden ist und Boor sagt, ihm wäre das nicht passiert. Wieso war das Zimmer kaputt, als Aslan zu sich kam? Und ich weiß nicht, wieso Imnoi das wissen will. Ich meine … Er will es nicht wissen, nur ein Teil seines Ich fragt danach, verstehst du? Ich meine nicht den Imnoi, der da drüben liegt, der konzentriert sich auf seine Verletzungen und wehrt sich gegen meine Fragen und …" Die Frau schüttelte ratlos den Kopf, wischte sich über die Augen und atmete dann ein paar mal tief durch. Sie setzte sich in einen Sessel und lehnte sich zurück. Fragend sah sie zu Cohen. „Ich weiß nicht, was ich machen soll, Leo. Ich weiß es nicht."

„Vielleicht solltest du einfach mal ausschlafen. Du bist überarbeitet."

„Ja", gab Brauer zu Cohens Überraschung bereitwillig zu. „Das dachte ich auch. Und ob du's glaubst oder nicht: Bevor ich her-

kam, hab ich versucht zu schlafen. Ich bin auch tatsächlich eingedämmert. Aber es ist nur schlimmer geworden, ich hatte einen
verdammten Albtraum, Leo! Ich sah Imnoi und Boor, Tian, Tamar,
Silvo und Roxana durch ein Ruinenfeld irren. Sie versuchten, mit
uns Kontakt aufzunehmen. Wir sollten ihnen ein Shuttle schicken,
weil ihre beiden Lander gestohlen wurden. Ich sagte ihnen immer
wieder, dass sie tot sind und kein Shuttle mehr brauchen, aber sie
riefen und riefen …" Brauer stöhnte auf.

Mit einem Satz war Cohen bei ihr.

„Es ist immer noch da, Leo. Sie rufen und rufen …!"

Ein durchdringendes Pfeifen klang vom Schreibtisch herüber.
Cohen ignorierte es. Die Komm-Einheit schaltete sich von selbst
ein und jemand sagte hörbar verwirrt: „Captain, Sie sollten sofort in
die Zentrale kommen! Sir, wir erhalten hier einen Ruf von Akakor.
Da behauptet jemand, er sei Jason Boor und führe die Überlebenden
der beiden Landeteams."

# KAPITEL 4

Die Lage war absurd. Sieben Tage nach der Ankunft des dritten Teams versuchten Crew und Besatzung der Explorer immer noch, das Unvollstellbare zu akzeptieren.

Mit den beiden ersten Landern waren Jason Boor und Sergej Walter sowie Wildor Aslan und der schwer verletzte Imnoi von Akakor zurückgekehrt. Mit der Gruppe, die sich danach gemeldet hatte, waren Tamar Xi Jen, Silvo Szafranski, Roxana Collet und Yongbo Tian gerettet worden – alles Menschen, von denen die zuerst Eingetroffenen unverrückbar behaupteten, ihre Leichen gesehen zu haben. Um die Verwirrung komplett zu machen, waren mit der dritten Gruppe auch ein weiterer Jason Boor und ein unverletzter Imnoi auf die Explorer gekommen. Die sechs waren sofort in Quarantäne genommen worden, aber schon nach einem Tag hatte Leonard Cohen Entwarnung geben können: Die Neuankömmlinge waren mit an Sicherheit grenzender Wahrscheinlichkeit echt, ihre Daten passten widerspruchsfrei zu den Aufzeichnungen ihrer medizinischen Akten.

Captain Brauer hatte die Auskunft zur Kenntnis genommen. Sie hatte dabei weder Erleichterung noch Besorgnis empfunden und auch die Erzählungen der Rückkehrer darüber, was geschehen war, hörte sie sich an wie eine Unbeteiligte. Alles auf dem Schiff nahm sie durch den dämpfenden Schleier einer nicht weichen wollenden Benommenheit wahr, so dass sie nicht einmal hätte sagen können, ob die seltsame Ruhe an Bord echt oder eine Täuschung war.

Auch im Moment kam sie sich wie in dichten Nebel gehüllt vor. Die Wirklichkeit schien kaum mehr als eine Projektion, die – so klar sie auch war – verschwindet, sobald der Dunst sich auflöst. Unterstrichen wurde diese Empfindung noch durch die Anwesenheit der Ersten Offiziere im Konferenzraum. Die beiden Männer namens Jason Boor saßen nebeneinander, trugen die gleiche Uniform und reagierten mit nahezu gleichen Bewegungen auf Wil Richards Vortrag.

Der junge Mann bemühte sich sichtlich, Boors Dopplung nicht zu beachten. Er sah oft zu Imnoi, der ihm bei der Ausarbeitung des Vortrags geholfen hatte. Das erinnerte ihn aber offenbar daran, dass es auch zu dem Waréner ein Doppel gab, das im Moment nur nicht anwesend, weil in der Zentrale war. Und dies wiederum machte den Copiloten regelmäßig stottern.

Niemand lächelte darüber.

Brauer fühlte ihre Gedanken abschweifen. Sie mahnte sich zur Disziplin und richtete ihre Aufmerksamkeit wieder auf Richards' Worte.

„… berichtet die Gruppe von Mr. Aslan, also die Zurückgekehrten … also er und … eh … und Imnoi, also der verletzte Imnoi … Das heißt Mr. Aslan berichtet, dass er und seine Gruppe sich anscheinend plötzlich an einem anderen Ort befunden haben. Ähnliches erzählen Mr. Boor, also der eine Mr. Boor, und …"

Richards Stimme verblasste zu einem Hintergrundmurmeln, das Brauer kaum noch wahrnahm. Ohnehin hatte sie das Gefühl, die Worte schon einmal gehört zu haben. Vielleicht hatte sie sie auch nur gedacht, das, was Richards da lang und breit erklärte, selbst schon längst analysiert.

„… Transporteinrichtung. Als die erste Gruppe transportiert wurde, wurde offenbar die … ich nenne es mal: Empfangskammer zerstört. Die Gruppe danach ist praktisch um die Scherben herum … eh … materialisiert worden. Offenbar gab es aber noch einen anderen … Defekt, der … eh … eine Verdopplung …"

Brauer hatte das Gefühl, fragen zu müssen, warum die Anlage nicht dem Zweck der Verdopplung gedient haben konnte. Dann dachte sie, dass dies für das Ergebnis der Ereignisse von ausgiebiger Belanglosigkeit war, und schwieg.

„… andersherum. Jedenfalls ist das eine extrem hoch entwickelte Technik, von der …"

‚Wenn es doch ein Verdopplungsgerät ist', dachte Brauer, ‚dann ließen sich damit sämtliche Produktionsabläufe revolutionieren. Einfach einen Prototyp bauen und … Micha!' Sie schreckte auf. Sie bemerkte, dass alle Blicke auf sie gerichtet waren. Richards hatte offenbar seine Darlegungen beendet. Brauer nickte ihm dankend zu und sah zu dem Boor, der unmittelbar neben ihr saß. „Ergebnisse von den Außenteams?"

Der andere Boor sagte: „Noch nicht, Sir. Die notwendigen Sicherungsarbeiten halten die Spezialisten auf."

„Die Aufräumungsarbeiten am Replikationsort sind nahezu abgeschlossen", ergänzte der erste Boor. „In spätestens zwei Stunden können wir mit den Versuchen an der Anlage beginnen."

Ein Gedanke schoss Brauer durch den Kopf. Sie sah zu Imnoi. An dessen Hals prangte überdeutlich eine lange rote Narbe.

„Captain", sagte der Waréner und die Narbe bewegte sich wie eine kleine giftige Schlange über seinem Kehlkopf. „Ich möchte Sie darauf hinweisen, dass der ungewöhnlich niedrige Wasserstoffanteil in der Atmosphäre eine nichtnatürliche Ursache hat. Die Dehydrierung bezieht sich auch auf verhältnismäßig locker gebundenen Wasserstoff in den Materialien der Oberfläche."

Der Captain sah den Waréner stumm an.

„Eine Waffe?", fragte einer der Boors.

„Das ist durchaus möglich", räumte Imnoi ein. Sein Blick richtete sich wieder auf Brauer. „Wir haben nichts gefunden, was auf den Mechanismus der Waffe schließen ließe."

Brauer fragte sich einen Augenblick, wen Imnoi mit „wir" meinte, erinnerte sich dann, dass der Kara vor diesem Wort kurz gezögert hatte, und schloss daraus, dass nur die beiden Imnoi-Verkörperungen an der Untersuchung beteiligt gewesen waren.

„Ich habe die Landeteams bereits über den Sachverhalt informiert", erklärte Imnoi weiter. „Auch wenn es unwahrscheinlich ist, dass sich die wasserstoffentziehende Vorrichtung noch auf der Oberfläche des Planeten befindet, sollten wir es nicht gänzlich ausschließen."

Brauer nickte knapp. Sie hatte das vage Gefühl, zu schnell durch die Themen dieser Zusammenkunft zu eilen, den Dingen mehr Aufmerksamkeit widmen zu müssen. Dennoch wandte sie sich an Yongbo Tian. „Ihr Bericht, Doktor!"

Tian lehnte sich bedeutungsvoll im Sessel zurück. „Ich kann keine Unterschiede zwischen den kopierten Personen und den Originalen finden. Abgesehen von Narben oder dergleichen."

„Das klingt enttäuscht", stellte Walter fest. „Haben Sie etwas anderes erwartet?"

„Sagen wir erhofft", erwiderte der Chefarzt.

Walter sah ihn verständnislos an, eine Reaktion, die Brauer durchaus nachvollziehen konnte.

„Sehen Sie", wandte sich Tian an den Captain und beugte sich dabei über den Tisch. „Wir stehen doch praktisch vor dem Problem, welcher Status den Kopien zusteht."

„Wie bitte?!", platzte Xi Jen heraus.

Tian schwieg irritiert.

„Was meinen Sie mit ‚Status'?", fragte der Boor neben Brauer.

„Nun ...", sortierte Tian seine Gedanken. Offensichtlich hatte er nicht damit gerechnet, seine Bemerkung erklären zu müssen. „Wenn man die Angelegenheit ganz realistisch betrachtet, sind drei Besatzungsmitglieder während des Einsatzes ums Leben gekommen."

„Acht", korrigierte Xi Jen heftig.

Der Chefarzt schüttelte nachsichtig den Kopf. „Drei", behauptete er. „Drei von den Personen, die mit der Explorer zu dieser Mission aufbrachen. Auf dem Planeten wurden neue Personen geschaffen, deren Vorlage reale Mitglieder der Landeteams waren."

„Wollen ...", schnappte Roxana Collet. „Wollen Sie damit andeuten, wir seien irreal??"

„Nein, aber Sie sind zweifellos nicht die Personen, die von der Erde gestartet sind und im Besatzungsregister stehen."

Schweigen fiel in das Zimmer. Betroffenes, entsetztes, fassungsloses Schweigen. Verärgertes Schweigen. Den Arzt verwirrte diese Reaktion. Er sah sich ratlos um.

„Sagten Sie nicht", unterbrach Brauer die Stille, „Sie könnten keine Unterschiede feststellen?"

Tian nickte.

„Wie können Sie dann so sicher sein, dass Sie es mit der jeweils anderen Person zu tun haben? Was, wenn wir uns alle irren und der Verdoppelungseffekt nicht in der zweiten Kammer stattfand, sondern die Personen in der ersten Kammer die Echos eines unvollständigen Transports waren? Wären nicht diese dann die, wie Sie es ausdrückten: Kopien?"

Tian schnappte nach Luft.

Szafranski begann, breit zu grinsen, und Collet unterdrückte nur mühsam ein Kichern.

„Damit dürfte der Status der betroffenen Besatzungsmitglieder wohl hinreichend geklärt sein", stellte Brauer fest und erhob sich.

„Danke, meine Damen und Herren, das war's für den Moment."
Sie ging.

Die anderen schlossen sich an. Tian sichtbar wütend. Imnoi als Vorletzter. Er drehte sich zu dem Ersten Offizier um, der am Tisch sitzen geblieben war und durch die Wände irgendwohin starrte. Imnoi spürte dessen Sorge und er stimmte ihr im Stillen zu. Michaela hatte Unrecht: Status und Rang der zweifach existierenden Personen waren bei Weitem noch nicht geklärt. Er spielte mit dem Gedanken, dem Mann am Tisch zu sagen, er teile seine Bedenken. Doch er unterließ es, denn es wäre eine Lüge gewesen. Das Problem, das Imnoi auf sich zukommen sah, war ein völlig anderes.

Es wurde nicht besser. Zwar kehrten die Farben und Laute auf das Schiff zurück, die Gespenster des Unfassbaren löste sich in Gewohnheit auf, dafür hatte Brauer jedoch immer stärker das Gefühl, nicht Teil dieser Welt zu sein. Sie sah und hörte, roch und fühlte, aber all das erreichte nur ihr Denken. Ihr empfindendes Ich beobachtete dies aus der Distanz des Nicht-Dazugehörens. Es kostete sie Kraft, sich immer wieder bewusst zu machen, dass sie weder unsichtbar noch unhörbar war, dass man von ihr eine gewisse Präsenz erwartete. Dass sie lebte. Als Ganzes, nicht nur der Teil, der seine Captainspflichten erfüllte, Berichte las, Anweisungen gab und Entscheidungen fällte. Der mit Terk sprach, um den jungen Herrscher zu unterrichten beziehungsweise ihm die Risiken klar zu machen, die sein Wirken auf dem Schiff mit sich brachte. Sie musste endlich aus diesem traumwandlerischen Zustand auftauchen, mal wieder richtig wach werden!

In der Hoffnung, dass Cohen ihr dabei helfen könnte, ging sie zu ihm. Sie griff gerade nach dem Türöffner, als Jake aus der Krankenstation kam.

„Wieder Probleme mit der Hand, Mr. Kenny?", fragte Brauer und ärgerte sich sofort darüber. Man konnte sehen, dass die Hand in Ordnung war.

Der Mann schüttelte den Kopf. „Nein, die ist gut verheilt. Ich bin jetzt wieder voll einsetzbar."

„Gut." Sie hatte das Gefühl, noch etwas sagen zu müssen. „Was halten Sie davon, wenn ich Sie einem Außenteam zuteile?"

„Viel, Sir, sehr viel." Er freute sich anscheinend wirklich. „Ich habe mich schon geärgert, dass ich bis jetzt bei dem Einsatz nicht dabei sein konnte."

„Haben Sie ..." Schwindel erfasste Brauer und ließ sie stocken.

Kenny streckte helfend die Hand nach ihr aus. „Captain?"

„Schon gut", winkte sie ab. Sie mühte sich, nicht zu taumeln. „Melden Sie sich am besten bei ... beim kommandierenden Offizier wegen der Zuteilung zu einem der Teams."

„Aye, Sir. – Und Sie brauchen wirklich keine Hilfe?"

‚Doch', dachte Brauer und verbot es sich sofort. Statt dessen setzte sie ein Lächeln auf und sagte: „Wenn ja, steh ich ja schon vor der richtigen Tür."

Jake Kenny nickte und ging. Brauer sah ihm einen Moment lang nach. Ein neuerlicher Schwindelanfall ließ sie nun doch wanken. Jemand stützte sie. Dann war der Anfall wieder vorbei. Brauer schüttelte Cohens stützende Hand ab und trat in das Zimmer. „Es ist schon gut", behauptete sie und setzte sich auf den nächstbesten Stuhl.

„Ah ja?", sagte Cohen und nahm ihr Handgelenk, um ihren Puls zu fühlen.

„Ich muss nur mal schlafen", erwiderte Brauer. „Ich schlafe extrem schlecht in letzter Zeit."

„Seit wann?"

Sie hob die Schultern. „Weiß nicht mehr. Vielleicht, seit die ... Kopien hätte ich fast gesagt an Bord sind. Vielleicht auch schon länger, seit der Suche oder so. Es ist auf jeden Fall zu lang her. Was wollte Kenny hier?"

„Er hat eine leichte Marsgrippe und ... Du lenkst ab!"

Sie grinste matt. „Stimmt. – Ich muss ein, zwei Stunden Schlaf haben. Ohne Alpträume. Ohne fremde Gedanken. Denkst du, dass du mir dafür ein Mittel geben kannst?"

„Was meinst du mit fremden Gedanken?", fragte Cohen alarmiert. „Den Kara?"

„Welchen von den dreien? – Ja, ich glaube, es hat mit den Kara zu tun. Aber ich weiß es nicht. Ich kann mich mit Terk nicht mehr so verständigen, wie vorher. Er ist mit anderen Dingen beschäftigt. Nein", kam sie Cohens Frage zuvor, „ich weiß nicht, womit. Und ich will es im Moment auch nicht wissen, weil ich sowieso nicht in der Lage bin, irgendwas Sinnvolles daraus zu schlussfolgern. Mach einfach, dass ich etwas schlafen kann, und frag mich hinterher noch mal, ob die Kara was aushecken!"

„Das hab ich …"

„Doch, das hast du gemeint." Sie stand auf und sah sich um. „Wo kann ich mich aufs Ohr legen?"

Cohen musterte sie. „Hier? Fürchtest du, in deinem Quartier …"

„… kannst du nicht so gut über meinen Schlaf wachen", fiel ihm Brauer ins Wort.

„Also gut. Geh ins kleine Krankenzimmer! Ich bring dir gleich was zum Einschlafen."

Brauer nickte ergeben und kam der Anweisung nach.

Imnoi sah seinen Doppelgänger an. Der hob eine Braue und setzte sich auf den Diwan.

Mit'Xitlan sagte: „Die Resonanz eurer beider Bewusstseinsmuster greift Michaelas Stabilität an."

Imnoi 2 nickte. „Du kannst ihren Schlaf vor dieser Resonanzvibration schützen."

„Das kann ich", erwiderte Mit'Xitlan und spürte in Imnoi 2 eine Narbe schmerzen. „Aber nicht für immer. Und ich muss dazu euch ohne Hilfe lassen. Die Bindung ist so stark, dass ich alle Kraft brauche, um sie zu dämpfen."

Imnoi 1 zog den Schmerz des anderen auf sich und unterstützte seinen Heilimpuls. Er sagte: „Der Captain braucht Ruhe. Ihre Schwäche schwächt auch uns."

„Das müsste sie nicht, wenn …"

„Nein!", unterbrach ihn Imnoi 2 barsch.

„Aber es ist unausweichlich!", beharrte Mit'Xitlan. „Sie ist ein Mensch, du musst …"

„Nein!", wiederholte Imnoi 1. „Die Prozedur könnte ihr schaden."

„Das gilt um so mehr, je länger du wartest", erinnerte Mit'Xitlan. „Jetzt wäre der günstige Augenblick. Ihr Schlaf macht sie wehrlos und die Kontrolle durch Dr. Cohen verringert das Risiko für ihre Gesundheit."

Imnoi 2 atmete geräuschvoll ein und aus. Sein Doppelgänger stand auf und trat vor die Tür zur Altarnische. Er starrte sie an und dachte: ‚Er hat recht. Die Bindung muss gelöst werden.'

„Muss sie das?", fragte Imnoi 2.

„Sie ist ein Mensch. So eine Bindung gab es noch nie", antwortete Mit'Xitlan.

Imnoi 1 drehte sich um. „Na und? Du trägst Srtas Kind. Auch so etwas gab es nie vorher."

Imnoi 2 sagte: „Lass meine Wunden sich schließen! Dann werde ich stark genug für eine Trennung sein."

Mit'Xitlan senkte zustimmend den Kopf, obwohl er wusste, dass das eine Ausrede war. Sie alle drei wussten es. Es fühlte sich wie ein Schmerz an.


Boor zögerte einen Moment an der Zentraltür. Obwohl er wusste, dass sein Doppelgänger auf Akakor war, fürchtete er, ihn hier zu treffen. Vielleicht war er ja gerade auf dem Bildschirm zu sehen, weil er irgendwas melden wollte. Es war noch immer ein verwirrendes Gefühl, sich selbst gegenüber zu stehen.

Als Boor die Zentrale betrat, sagte Sauders gerade zu Wildor Aslan, er solle sich besser erst richtig auskurieren, bevor er wieder zum Dienst käme. Von Boor 2, wie sich die Besatzung angewöhnt hatte, ihn zu nennen, war nichts zu bemerken.

Boor 1 ging zum Captainssessel, tippte Isaac Sauders auf die Schulter und sagte: „Ablösung, Zac."

Sauders stand auf und nahm McCulloghs Platz ein. „Machen Sie Schluss für heute."

„Und die Sensorüberwachung des Einsatzgebietes? Soll Mr. Aslan ...?"

„Das kann ... der Waréner machen."

„... als Copilot?" McCullogh sah zweifelnd auf Imnoi 2, dessen Narbe unter seinem Blick zu zucken schien, dann fragend zu Boor.

Boor bemerkte erst jetzt, dass Aslan blass war. Er sagte: „Mr. Aslan, es ist offensichtlich, dass Sie sich noch nicht wieder erholt haben. Melden Sie sich bei Dr. Tian!"

„Es ist nur ..." erwiderte Aslan, und Boor antwortete: „Das war ein Befehl!"

Der Zweite Offizier nickte matt und ging. Das Geräusch der sich schließenden Tür fiel halbherzig in die Zentrale, und dann senkte sich Stille über die Crew. Sie war voll von ungestellten Fragen, ungegebenen Antworten, schwebenden Vorwürfen und verschwiegenen Verteidigungen.

Jason Boor sah auf den breiten Rücken seines Freundes Isaac. Seit der zweite Boor auf der Explorer angekommen war, stand der zwischen ihnen. Isaac wusste offenbar nie, wen von beiden er gerade traf, und Jason verstand einige Anspielungen des Iren nicht mehr. Boor überlegte sich plötzlich, was er Sauders erzählte und was nicht, weil der Gedanke, Zac könnte dem anderen gegenüber intime Dinge ausplaudern, ihm unangenehm war. Boor versuchte sich einzureden, sein Doppelgänger sei schließlich kein Fremder, sondern hätte die gleichen Gefühle und Gedanken. Was immer Sauders ihm über Boor 1 sagen konnte, musste ihm längst bekannt sein, selbst intimste Details. Zac konnte also eigentlich gar nichts ausplaudern …

Boor 1 spürte Collets Blick und sah sich zu ihr um. Die Frau wandte sich ab. Boor fragte sich, was zwischen ihr und seinem Doppelgänger vorgefallen war auf Akakor. Irgend etwas musste geschehen sein, denn die Frau war die einzige Person an Bord, die ihn noch nie mit der Boor-Kopie verwechselt hatte. Außer dem Captain natürlich. Und Imnoi. Beiden Imnoi-Verkörperungen. Der Waréner schien keine Probleme mit seinem Doppel-Dasein zu haben. Vielleicht, weil die Narben des einen die Unterscheidung auch für Außenstehende leicht machten.

„Sir?", meldete sich Collet. „Das Außenteam vier mit einer Videoübertragung."

„Schalten Sie's auf den Hauptschirm!"

Lorena Solana drehte sich für einen Blick zu ihm um. Boor sah ihr Lächeln. Noch ehe er dessen Bedeutung erfasst hatte, erschien auf dem Monitor die Großaufnahme von Jake Kennys Gesicht. Durch das Helmglas hindurch erkannte Boor Schweißtropfen auf der Stirn des Technikers.

„Haben Sie Probleme?", erkundigte er sich deshalb.

Kenny schüttelte den Kopf. Dann schielte er auf einen Schweißtropfen, der eben an seiner Nase entlang lief. „Wenn ich wieder an

Bord bin, muss ich mal die Klimaanlage von dem Ding reparieren", knurrte er. „Sie reagiert viel zu langsam."

Er betätigte einen Regler an seinem Anzug und sah dann wieder in die Kamera. „Sir, unser Team hat in der Nähe ein Wohnhaus gefunden und ist dort eingedrungen. Wir fanden darin unter anderem so etwas wie eine Bibliothek. Da saß eine Mumie am Lesegerät. Oder zumindest an einem Gerät, das ich dafür halte. Boor ... Entschuldigung: Mr. Boor entschied, so viel wie möglich an Bord zu holen. Vor allem die Mumie und die Bibliothek."

„Hat er Ihnen auch gesagt, wo wir das alles unterbringen sollen?", fragte Boor 1 verschnupft.

„Nein, Sir, deshalb bat er ja mich, mit Ihnen zu sprechen, damit Sie freie Lagerfläche auftreiben lassen."

Jemand hinter Boor 1 schniefte unwillig.

Boor drehte sich um und sah Solana missbilligend den Kopf schütteln. Imnoi hob eine Braue. Irritierender Weise bewegte sich dabei auch die Narbe an seinem Hals.

Boor wandte sich wieder dem Bildschirm zu. „Ich kümmere mich darum", sagte er. „Brauchen Sie ein zusätzliches Shuttle für den Transport?"

Die Kamera schwenkte von Kenny ab und richtete sich auf Boor 2. Boor 1 sah ihn nicken. Kennys Stimme sagte: „Ja, Sir. Ein großes, wenn ich das halbwegs richtig einschätze."

Der Erste Offizier in der Zentrale machte eine Okay-Geste und ließ dann die Verbindung unterbrechen.

„Sir?", fragte Imnoi in das zurückgekehrte Schweigen.

Boor schreckte auf. „Ja. Ja, schicken Sie einen Transporter hinunter."

„Aye, Sir", antwortete Imnoi 2 und trat zum Komm-Pult.

Collet machte ihm Platz und sah dabei zu Boor. Der registrierte eben den fragenden Blick von Sauders und zuckte die Achseln. Trotzig. Denn was zum Geier machte es denn aus, wenn der kommandierende Offizier die Aufgaben mal nicht nach dem gewohnten Schema verteilte? Oder, schoss es Boor durch den Kopf, missbilligte Zac in Wirklichkeit, dass Jason eine Kopie beauftragt hatte?

Imnoi 2 sagte: „Der Transporter wird vorbereitet, Sir. Auch ein Lagerraum steht zur Verfügung. Wenn Sie es anordnen, kann ein zweiter leerer bereitgestellt und ein dritter geräumt werden. Allerdings möchte ich dazu bemerken, dass wir uns beschränken sollten, um auch für eventuelle Funde an anderen Aufenthaltsorten unserer Reise gewisse Kapazitäten zur Verfügung zu haben."

„Gewisse Kapazitäten?", wiederholte Boor.

„Ja, Sir", bestätigte der Kara. Die tanzende Narben an seinem Hals bildete einen grotesken Kontrast zu Imnois sparsamer Mimik. „Ich halte es für durchaus denkbar, auf weitere ehemals oder noch besiedelte Planeten zu stoßen."

Boor hob die Brauen. „Ich wusste gar nicht, dass Waréner so pessimistisch sind."

Auch Imnoi hob eine Braue. „Pessimistisch, Sir? Ich nahm an, es sei eine für die menschliche Neugier angenehme Aussicht, weitere so erhebliche Funde zu tätigen."

Boor sah Sauders grinsen. Er nickte ernsthaft. „Das ist vom Prinzip her richtig, Mr. Imnoi. Jedenfalls so lange man mit leeren Taschen, respektive leeren Lagerräumen unterwegs ist. Denn der Gedanke, alte Fundstücke wegwerfen zu müssen, um neue aufnehmen zu können, ist doch weniger erfreulich."

Lorena Solana prustete los.

Boor sah Collet sich verärgert zu der Navigatorin umdrehen und fühlte sich schuldig, Witze auf Imnois Kosten zu reißen. Doch da bemerkte er ein Schmunzeln auch in den Mund- und Augenwinkeln des Waréners und lächelte ebenfalls. Auch Collet entspannte sich. Boor genoss die Stille, die nun eintrat. Sie war warm.

Hinter Imnoi 2 schloss sich die Tür des Quartiers. Er fühlte sich ausgelaugt, als hätte er die gesamte Schicht lang körperlich schwer gearbeitet. Es waren nicht nur die Schmerzen, die ihm Kraft raubten.

„Du hast recht", sagte Imnoi 1 zu ihm. „Die Spannung in den Menschen ist nicht nur unangenehm, sie könnte sich auch recht heftig entladen. Aber wir können das nicht ändern."

„Doch. Wenn wir nicht die Kraft bräuchten, um meine Wunden zu heilen, könnten wir Frieden in ihre Köpfe bringen."

Imnoi 1 lächelte. „Nein. So ungeschützt die Menschen gegen unseren Einfluss sind, so starrsinnig sind sie auch."

Der andere Imnoi nickte. „Vorgefasste Meinungen sind immer schwer zu brechen. Sie basieren nicht auf Logik. Erschüttert man die Ausgangsdaten, wirkt sich das nicht zwangsläufig auf die Schlussfolgerung aus." Er setzte sich. ‚Was wird mit Michaela?', fragte er wortlos.

„Was meinst du?"

‚Du weißt, was ich meine. Du denkst meine Gedanken.'

Imnoi 1 drehte sich um, ging in die Kochecke. ‚Sie darf von der Bindung nichts erfahren.'

‚Sie wird es erfahren. Sie muss es erfahren. Lösen wir die Bindung, brauchen wir Michaelas Hilfe dazu. Lösen wir sie nicht, wird es ihren Verstand zerstören.'

Imnoi 1 kam mit zwei Gläsern zurück. Eines stellte er vor Imnoi 2 auf den Tisch.

„Es gibt keine Antwort darauf", sagte Imnoi 2. „Niemand weiß, warum diese Bindung entstand. Und niemand wird je entscheiden können, ob sie zu verhindern gewesen wäre."

Imnoi 1 sah in sein Glas. ‚Ich liebe diese Frau. Begehre sie.'

Imnoi 2 nickte. ‚Ja. Doch ich denke nicht, dass das die Ursache ist.'

Sein Doppel sah ihn an. „Das habe ich auch nicht vermutet."

‚Nein?', dachte der andere und: ‚Warum fühlst du dich dann so schuldig?'

Imnoi 1 sagte: „In dir brennt dieses Gefühl noch stärker als in meinem Bewusstsein."

„Das sind nur die Wunden. Sie schwächen meine Kontrolle."

Imnoi 1 lächelte matt. „Nein, es sind nicht die Wunden, mein Freund. Ich kenne dieses Gefühl. Es ähnelt dem, das uns in den ersten Wochen mit Tnom erfüllte."

„… und doch sträubst du dich mehr gegen die Trennung als ich.'

„Vielleicht bin ich nur törichter und hege noch die Hoffnung, dass dieser riskante Schritt nicht nötig ist."

„Doch er ist es. Ich brauche Ruhe. Wir brauchen Ruhe. Frieden. Sie braucht es. Selbst wenn wir so viel Kraft anwenden müssen, dass es einen von uns zerstört, so …"

„Dass es dich zerstört, meinst du", unterbrach Imnoi 1. ‚Ich bin nicht bereit, dieses Opfer zu bringen.'

„Ich schon." Imnoi 2 stand auf, trug das Glas in die Kochnische, leerte es und wusch es aus. Dabei fühlten beide Waréner, dass es nicht um das Opfern von Imnoi 2s Leben ging; doch sie sprachen es nicht aus, nicht einmal in Gedanken.

Dann trat Imnoi 2 in den Altarraum und starrte auf die glanzlose Öllampe. Er drehte sich zu seinem Doppel um. „Wir brauchen Terk'Mit'Xitlans Unterstützung."

Mit'Xitlan nahm von Tian die Tabletten entgegen. Der Chefarzt klopfte dem Kara auf die Schultern. „Sie werden sehen, das bringt Ihren Kreislauf wieder in Schwung."

Mit'Xitlan nickte. Er trat aus dem Büro und ging hinüber in das Zimmer, wo der Captain noch immer schlief. Cohen saß bei ihr und döste. Der Kara sah in Michaelas entspanntes Gesicht. Ein Lächeln lag darauf. Mit'Xitlan betrachtete es, bis jemand seine Schulter berührte. Er sah sich um. Tian.

„Was tun Sie noch hier?", flüsterte der Chefarzt.

Cohen wachte davon auf und schaute sich benommen um.

Brauer bewegte sich, verzog das Gesicht, als hätte sie Schmerzen. Alarmiert sprang Cohen auf und beugte sich über sie. Tian schob Mit'Xitlan beiseite und trat ebenfalls an Brauers Bett heran.

„Terk?", rief Brauer und fuhr auf.

„Sch!", machte Cohen und drückte sie sanft auf das Lager zurück. „Alles in Ordnung."

Sie sah ihn an. „Wo ist Terk'Mit'Xitlan?"

„Gerade gegangen", antwortete Tian. „Er war nur kurz hier."

„Er ist krank", sagte Brauer.

„Nein", versuchte Cohen, sie zu beruhigen. „Er wollte nur mal sehen, wie es dir geht."

„Das ist nicht ganz richtig", widersprach Tian. „Der Kara ist wegen leichten Unwohlseins zu mir gekommen und …"

„Zu Ihnen?", unterbrach Cohen. „Sie meinen, er kam zu mir und Sie haben ihn nur …"

Brauer legte ihm die Hand auf den Arm. „Leo! Bitte!" Dann sah sie Tian an, fragend, obwohl – oder weil? Sie war sich nicht sicher – sie die Antwort schon wusste.

Tian räusperte sich. „Ich habe Mit'Xitlan untersucht und habe eindeutig Marsgrippe diagnostiziert. Eine leichte Form nur, der Mann ist bald wieder in Ordnung."

„Hoffentlich!", brummte Cohen.

Brauer schwieg. Sie lauschte in sich hinein. Imnoi hatte Mit'Xitlan um Hilfe gebeten, der erwiderte, dass die Marsgrippe ihn schwäche. Brauer fand es logisch, dass er so Imnoi 2 nicht bei der Heilung seiner Wunden beistehen konnte, aber sie spürte zugleich, dass es gar nicht darum ging.

„Was ist?", fragte Cohen besorgt.

„War Imnoi mal hier?"

Die Ärzte schüttelten die Köpfe. „Warum fragen Sie?"

„Ich weiß nicht", gab Brauer zu. „Ich habe das Gefühl, dass sich der Zustand von Imnoi 2 verschlechtert hat. Die Narben seiner inneren Verletzungen brechen wieder auf. Glaub ich."

„Ich kümmere mich darum", versprach Cohen rasch. „Aber jetzt zu dir: Wie fühlst du dich? Besser?"

Brauer ging auf den Themenwechsel ein: „Ausgeschlafener. Nur noch ein bisschen benommen. Das sind wahrscheinlich noch die Schlafmittel, die du mir gegeben hast."

„Wahrscheinlich", nickte Cohen vage. Er richtete ein Diagnosegerät auf sie. „Scheint alles normal", sagte er und stand auf.

„Kann ich dann an meine Arbeit gehen?", fragte Brauer.

Tian nickte.

Cohen sagte: „Da bin ich dagegen. Besser wäre es, du trittst etwas kürzer."

Ein Gedanke glomm auf und verschwand, noch bevor sie ihn hatte erkennen können. „Ich würde gern wissen, was inzwischen alles passiert ist auf meinem Schiff." Das war es nicht gewesen, aber nahe dran …

„Das kannst du auch von hier aus erfragen."

Tian drehte sich abrupt um und ging.

„Den hast du vergrault", stellte Brauer nebenbei fest und stand auf.

„Na und. Ich bin dein Arzt, nicht er."

Brauer ging zum Terminal.

„Während du dich schlau machst", erklärte Cohen, „überprüfe ich die Daten von Mit'Xitlan. Ich fürchte, Tian hat vorschnell geurteilt. Selbst wenn es wirklich nur Marsgrippe ist, würde ich das bei einem Kara nicht auf die leichte Schulter nehmen."

„Tu das!", erwiderte Brauer und war schon dabei, eine Verbindung mit der Steuerzentrale herzustellen.

„Übrigens ...", wandte sich Cohen noch einmal um. „Was meintest du damit, Imnoi ginge es schlechter?"

Sie sah auf. „Was?"

„Was meintest du, als du gesagt hast, du glaubst, Imnois Verletzungen brechen wieder auf?"

Sie hob eine Braue und lauschte in sich hinein. Kein Echo von den Warénern, weder von Terk noch von den Kara. „Ich hatte das Gefühl, dass ... irgendwas nicht okay ist bei Imnoi. Ich glaube Terk'Mit'Xitlan ... Nein, es ist nicht Terk ... Weißt du was?" Sie schaltete das Terminal aus. „Ich schicke ihn einfach her." Noch ehe Cohen reagieren konnte, hatte sie die Krankenstation verlassen.

„Na toll!", knurrte Cohen und schüttelte den Kopf.

Brauer eilte zur Zentrale. Sie versuchte, über Terk Imnoi zu erreichen, doch Terk'Mit'Xitlan schien intensiv mit etwas anderem beschäftigt. ‚Egal‘, dachte Brauer, ‚ruf ich ihn halt per Komm.‘

Als sie die Steuerzentrale betrat, hatte sie ihr Vorhaben allerdings schon vergessen. Etwas anderes beunruhigte, ja alarmierte sie. Es war die gespannte Stille in der Zentrale und dass niemand das Erscheinen des Captains zu registrieren schien. Boor – Brauer fragte sich einen Moment lang, welcher – starrte auf das Sensorpult

„Was ist los?", fragte Brauer in den Raum hinein.

Boor machte eine Geste, die den Captain an das Pult bat. „Irgendwas mit Akakor, Sir. Der Planet verändert sich. Es geschah ganz ..."

„Holen Sie die Teams zurück!", unterbrach sie ihn. „Sofort!"

„Aye, Sir", antwortete Boor.

Brauer hörte ihn die entsprechenden Anweisungen geben und sah vor sich auf dem Sensorpult alle Symptome einer beginnenden nuklearen Reaktion im Planeteninneren.

„... noch einpacken", sagte Jake Kennys Stimme im Lautsprecher.

Brauer fuhr herum und rief: „Sofort, Kenny! Das ist ein Befehl! Mr. Boor?" Sie trat zu ihrem Sessel und schwenkte das Kleine Pult so, dass sie es im Stehen bedienen konnte.

„Captain?", wartete Boor.

„Der Planet scheint eine Zeitzünderbombe zu sein. Wenn wir nicht in spätestens 27 Minuten den Orbit verlassen haben, erwischt uns eine atomare Breitseite."

„Ich verstehe, Sir. Ich sorge dafür, dass wir von hier wegkommen."

„Tun Sie das, Mr. Boor, tun Sie das!"

Mit'Xitlan entzündete das Öllicht und stellte es neben den Kristall.

Imnoi 2 kniete sich vor dem Altar neben Mit'Xitlan.

Imnoi 1 trat einen Schritt zurück, setzte sich auf den Schemel neben den Altarraum und sagte: „Ich bin bereit."

Imnoi 2 nickte und Mit'Xitlan stimmte den Meditationsgesang an.

Imnoi 1 schloss die Augen. Er konzentrierte sich auf den monotonen Singsang. Er spürte, wie Mit'Xitlan sich von Terk trennte, der Wahre Herrscher Kontakt zu Imnoi 2 aufnahm und sanft nach dessen Wunden tastete. Mit'Xitlans Bewusstsein drängte sich zwischen die beiden und Imnoi 1, erinnerte Imnoi 1 daran, dass er die gleiche Aufgabe in Bezug auf die Kara und Michaela hatte.

Michaela.

Sie vergessen zu machen, dass Imnoi 2 Schmerzen hatte, war nicht leicht gewesen. Sie auch weiterhin von den Vorgängen in der Kabine der Kara fernzuhalten, schien Imnoi 1 fast unmöglich.

Doch dann sah er die Frau unbeirrbar auf Daten schauen. Daten vom Planeten. Er drohte zu explodieren. Und noch nicht eines der Teams war seit dem Rückruf auf dem Schiff angekommen. Im Gegenteil: Sie hatten sich alle an einem Ort versammelt, und Michaela war verärgert über diese Verzögerung. Andererseits konnte dadurch, dass sich alle vier Lander an der Bibliothek eingefunden hatten, vielleicht der gesamte Bestand an Speicherplatten gerettet werden.

Imnoi 1 hörte Imnoi 2 um Hilfe bitten. Er war versucht, seine Kraft dem Heilprozess zur Verfügung zu stellen, doch Mit'Xitlan mahnte ihn, auf Michaela zu achten. Und Imnoi 1 ordnete sich in ihre Gedanken ein und folgte ihr in den Hangar.

Brauer betrat den Hangar in dem Moment, in dem sich die Luke des Transporters öffnete. Jake Kenny sprang heraus und half einer jungen Frau beim Aussteigen. Die Frau – Brauer glaubte, in ihr eine Assistentin aus der geologischen Abteilung zu erkennen – blieb an der offenen Luke stehen und nahm eine Kiste entgegen. Sie reichte sie an Kenny weiter. Der ging zu einem Transportkarren und stellte die Kiste darauf ab. Dann öffnete er seinen Helm.

Brauer ging zu ihm. „Schön, dass Sie wieder da sind. Sind das die Speicher der Bibliothek?"

Kenny nickte und nahm von der Geologin die nächste Kiste entgegen. „Ja, Sir. Das Lesegerät" – er ging zur Karre und stellte die Kiste ab – „steckt ganz unten." Die junge Frau reichte ihm den nächsten Behälter. „Und die Mumie auch."

Brauer nahm Kenny die Kiste ab und stellte sie auf die Karre. „Wie sieht die Mumie aus?", fragte Brauer und griff nach dem nächsten Paket.

„Recht gut erhalten", antwortete Kenny. „Jedenfalls soweit ich das beurteilen kann. Sie saß noch vor dem Lesegerät. Er muss friedlich eingeschlafen sein."

„Er?"

„Oder sie. Schwer zu sagen bei der Kleidung und dem Zustand."

Zwei Männer in Overalls der Techniker lösten Kenny und den Captain in der Reihe ab.

Kenny nahm den Helm ab und begann, den leichten Skaphander auszuziehen. „Wissen Sie," erzählte er dabei weiter, „was mich zuerst irritierte? Das Gesicht des Akakoraners."

„Warum? Ist es so fremd?"

„Eben nicht", antwortete Jake Kenny und stieg aus dem Anzug. „Es ist zwar nicht menschlich, aber ... Ich hatte das Gefühl, es schon mal gesehen zu haben."

„Ach! Wo?"

Kenny hängte den Skaphander in die dafür vorgesehene Nische. „Das hab ich mich auch gefragt."

„Und sind Sie drauf gekommen?"

Jake Kenny schüttelte den Kopf. „M-m"

„Sir?", rief jemand vom Transporter her.

Brauer drehte sich um. Sie sah einen der Lander von der Einflugschleuse herübergleiten. In der offenen Luke stand Jason Boor und winkte ihr zu. Brauer machte einen Schritt auf den Lander zu. Sie sah den Mann aus dem Shuttle springen, stolpern und hinfallen.

Dann kippte Michaela Brauer um.

Imnoi sah Mit'Xitlan fallen und spürte Michaela in sich zusammensinken. Er fing die Frau auf.

Brauer kam langsam wieder zu sich. Sie hatte den Eindruck, auf einem schaukelnden Boot zu liegen und einen langen, grell erleuchteten Tunnel entlang zu treiben.

Das Boot hielt an. Vorsichtig öffnete Brauer die Augen. Sie sah in Jake Kennys besorgtes Gesicht. Im selben Moment begriff sie, dass sie in seinen Armen lag und der Mann sie wohl eben in die Krankenstation hatte tragen wollen. Sie fühlte sich rot werden.

„Sie können mich jetzt wieder runter lassen", sagte sie rasch.

„Sind Sie sicher?"

Brauer nickte. Behutsam setzte Kenny sie ab.

„Danke. Es scheint Ihnen Spaß zu machen, den Captain durch das Schiff zu tragen."

Kenny grinste. „Nur, wenn der Captain eine so nette Sie ist."

„Ein Captain sollte möglichst nicht in den Ruf kommen, nett zu sein. Das untergräbt seine Autorität."

Kenny lächelte. „Wenn Sie darüber stolpern, fang ich Sie schon auf."

„Das ungefähr meinte ich damit. – Was ist eigentlich passiert?", fuhr Brauer ernst fort.

„Es gab eine Erschütterung im ganzen Schiff. Durch die Explosion des Planeten."

„Ich sah Boor aus dem Shuttle stürzen …"

„Ein paar Leute haben ihn sofort mit der Trage zur Krankenstation gebracht. Ich schätze, die haben auch Ihr Kommen angekündigt. Jemand lief eine zweite Trage holen, aber ich dachte, so viel Zeit sei nicht und …" Er zuckte die Achseln.

„Danke jedenfalls", sagte Brauer. „Ich denke, ich geh das letzte Stück zu Fuß."

Kenny nickte.

„Eh … Ich wäre Ihnen dankbar, wenn Sie Dr. Cohen nicht unbedingt erzählen würden, dass Sie … dass ich nicht allein gelaufen bin. Er würde mich sonst wahrscheinlich im Krankenbett festbinden."

„Aye, Captain", sagte Jake Kenny und hob den Daumen. Sein Gesicht blieb ernst dabei.

„Gut. Also … Noch mal Danke und … Ich revanchier mich bei Gelegenheit."

„Kurieren Sie sich erstmal aus!"

Sie nickte. „Mach ich."

Kenny fragte: „Brauchen Sie mich wirklich nicht mehr?"

„Da drüben ist doch schon die Tür. Leo lauert bestimmt schon, wo ich herkomme. Gehen Sie ruhig!"

„Gut." Er ging endlich.

Als er hinter einer Kurve verschwunden war, atmete Brauer tief durch, streckte sich und trat forsch in die Krankenstation. Sie stieß dabei beinahe mit Cohen zusammen.

„Da bist du ja!", sagte Cohen sichtlich erleichtert. „Was ist in diesem blöden Hangar passiert? Bummi sagte, du hättest dich verletzt? Zeig her!"

„Moment!", wehrte sie ab. „Wer ist Bummi?"

„Lenk nicht ab, Micha!"

„Ich bin in Ordnung, Leo. Mir war nur ein bisschen schlecht, mehr nicht. Deshalb bin ich auch ganz brav gleich hierher gekommen, damit du nicht wieder sagen kannst, ich wäre unvernünftig oder würde deine Arbeit sabotieren. Zufrieden?"

Cohen musterte sie. „Ein bisschen schlecht? Wovon?"

„Ich denke, du bist der Arzt!", konterte Michaela. „Vielleicht sind es noch immer Nachwirkungen des Schlafentzuges."

„Möglich", räumte Cohen ein. „Ich seh mir das gleich an."

„Wie geht es Boor?"

Cohen hob die Schultern und wies mit dem Kopf nach nebenan. „Der Chefarzt ist noch bei der Arbeit."

Brauer ging in das Nebenzimmer.

Tian sah vom Diagnoseschirm auf. „Captain?"

„Wie geht es ihm?"

„Ist über'n Berg. Es war nur ein Grippeanfall. Die Epidemie ist offenbar noch mal aufgeflackert."

„Sind Sie sicher, dass Boor 2 nur mit der Grippe zu tun hat?"

„Boor 2? Ach, die Kopie! Ja. Ich meine: Es sind eindeutig Marsgrippe-Symptome. Was sollte es sonst sein?"

„Vielleicht irgendwas, das durch den Kopiervorgang ausgelöst wurde."

Cohen trat neben den Captain. „Meinst du?"

Brauer hob die Schultern. „Und wenn?" Sie sah Tian an.

Der kratzte sich an der Schläfe. „Ich kann es nicht ausschließen", sagte er. „Denn eigentlich sollte ..." Er stockte und trat zu Boor 2 an das Bett.

„Was sollte?", wollte Brauer wissen.

Tian drehte sich zu ihr um. „Jason Boor hatte während der ersten Grippewelle bereits eine leichte Form dieser Krankheit. Sie heilte aus bei ihm, er sollte also immun sein. Zumindest für die nächsten zehn oder elf Monate. Allerdings ... Das hier ist nicht Boor."

„Wer sonst?", fragte Cohen.

Tian runzelte die Stirn. „Na, seine Kopie!"

„Und?", hakte Brauer nach.

„Und es ist durchaus denkbar", erklärte Tian, „dass sich der Prozess des Kopiertwerdens nicht auf restlos alle biologischen Details bezogen hat."

Jetzt runzelte Brauer die Stirn. „Aber haben Sie nicht gesagt ...?"

„Da war ich vielleicht etwas vorschnell", gab Tian zu.

„Hört hört!", brummte Cohen. Brauer wies ihn mit einem Blick zurecht.

„Ich sollte wirklich noch einmal das immunologische System der ...", brabbelte Tian vor sich hin. Er schien die Anwesenheit des Captains völlig vergessen zu haben.

„Doktor!", erinnerte ihn Brauer daran. „Wann ist Ihrer Meinung nach Mr. Boor wieder einsatzfähig?"

Tian starrte sie an. „Sie wollen doch nicht ..."

„Was will ich nicht?"

„Ich meine ... Er ist nur eine Kopie!"

„Na jetzt schlägt's dreizehn!", polterte Cohen.

Brauer legte ihm die Hand auf den Arm und schüttelte beschwichtigend den Kopf.

„Na ist doch wahr!", brummte Cohen.

„Doktor Tian!", sagte Brauer. „Falls es Ihnen entgangen sein sollte: Ich bin zur Zeit gesundheitlich nicht ganz auf dem Posten. Das heißt, ich brauche jemanden, der mich vertritt. Und da Aslan als Zweiter Offizier von Ihnen ebenfalls noch nicht wieder dienstfähig geschrieben wurde, kann der Erste Offizier nicht, wie in solchen Fällen üblich, einen Teil seiner Aufgaben auf den Zweiten übertragen. Das heißt, dass ich zwei Erste Offiziere verdammt gut gebrauchen kann im Moment."

„Sind denn laut Vorschrift zwei Erste Offiziere zugelassen?", erwiderte Tian.

„Das, Chefarzt, ist mein Problem. Ihres ist es, Mr. Boor so schnell wie möglich wieder gesund zu machen."

„Ihr Befehl, Captain."

„Richtig", bestätigte Brauer barsch, drehte sich um und ging.

Draußen auf dem Gang holte Cohen sie ein. „War das nicht ein bisschen dick?"

Brauer sah ihn an. Dann schüttelten beide den Kopf. „Nö", sagte die Frau und Cohen grinste.

Er wurde wieder ernst. „Wolltest du nicht Imnoi zu mir schikken?"

„Wollte ich", erinnerte sich Brauer und hatte dabei das Gefühl, etwas äußerst Wichtiges versäumt zu haben. „Ich geh gleich vorbei."

„Und ich komme gleich mit", sagte Leonard Cohen. Er schloss sich der Frau an.

Als die beiden vor der Tür der Kara standen, sagte Brauer plötzlich: „Irgend etwas stimmt nicht."

Im selben Moment öffnete sich die Tür und Imnoi 1 stand vor ihnen. Er war blass. Cohen sah hinter ihm Mit'Xitlan am Boden liegen und drängelte sich an Imnoi vorbei.

„Was ist passiert?", fragte Brauer.

Imnoi 1 sah hilfesuchend zu seinem Doppelgänger. Der bat den Captain mit einer Handbewegung in das Quartier. Imnoi 1 schloss die Tür hinter Brauer.

Cohen trat zum Kommunikationsterminal und forderte in der Krankenstation eine Trage an. Dann drehte er sich zu den Imnois um, stemmte die Arme in die Seiten und sagte: „Also? Was zum Teufel ist hier vorgefallen? Der Mann ist völlig erschöpft! Haben Sie hier Wer-kippt-zuerst-aus-den-Latschen gespielt??"

Imnoi 2 schüttelte den Kopf.

„Was dann, um Gottes willen?"

Imnoi 1 sah Brauer an.

Die hob die Brauen. „Warum konnten Sie das nicht mit Cohens Hilfe tun?"

„Was tun?", wollte der Arzt wissen.

„Meine Verletzungen heilen", antwortete Imnoi 2.

„Ach nee! Dabei wollten Sie wohl gleich ein bisschen Ihren Kollegen hier mit umbringen? Das allerdings hätten Sie wirklich nicht mit meiner Hilfe tun können!"

Der Türgong unterbrach Cohen in seiner Empörung. Zwei Pfleger kamen mit einer Trage herein. Vorsichtig hievten sie Mit'Xitlan hinauf. Der Kara machte Anstalten, mitzuhelfen.

„Keine Bewegung!", schimpfte Cohen. „Und Sie, meine Herren Imnoi, kriegen Ihre Standpauke, wenn ich mich um ihn gekümmert habe!"

Damit schloss sich der Arzt den Pflegern an. Brauer hörte ihn noch auf dem Gang schimpfen, ehe sich die Tür hinter ihm schloss. Sie sah in die Nische mit dem Altar. Das Öllicht blakte. Imnoi 1 löschte die Flamme und schloss die Tür zum Altarraum. Brauer setzte sich in einen Sessel. Imnoi 2 nahm auf dem Diwan Platz und Imnoi 1 zog den Schemel heran.

„So", sagte Brauer. „Und nun nochmal das Ganze im Klartext."

„Sir", begann Imnoi 2. „Es handelte sich lediglich um ein Heil-Ritual, wie es auf Warén üblich ist."

„Reden Sie keinen Unsinn!", begehrte Brauer auf. „Seit wann ist es auf Warén üblich, die Gesundheit des einen mit der Gesundheit des anderen, eventuell sogar mit seinem Leben zu erkaufen?! Doktor Cohen hat die Möglichkeit, operativ etwas zu tun. Zumindest eine gewisse Grundbehandlung durchzuführen. Und das wissen Sie. Alle beide! – Hatten Sie wenigstens Erfolg mit diesem Heil-Ritual?"

Die Imnois schwiegen.

„Hatten Sie also nicht", schlussfolgerte Brauer. „Genial, wirklich genial, meine Herren!"

Imnoi 2 lächelte.

„Was gibt es da zu grinsen?", polterte Brauer.

„Sie sind trotz allem keine Kara, Captain. Wir spüren hinter Ihrer lauten Stimme Ihre Sorge."

„Na und? Darf ich etwa nicht besorgt sein um meine Besatzung?"

„Doch", erwiderte Imnoi 1. „Aber es ist nicht nötig, es zu verstecken, Sir."

„Na schön." Brauers Stimme klang versöhnlicher. „Sie haben natürlich nicht aus Dummheit gehandelt. Ich weiß genug über Kara, um zu wissen, dass Sie schwerwiegende Gründe für einen so riskanten Schritt haben mussten."

„Wir hielten ihn nicht für so riskant. Nicht in dem Sinne, wie das Geschehene vermuten lässt."

„Wie: nicht in dem Sinne?"

„Nun ..." Imnoi 1 stand auf und ging in die Kochecke. „Wir wussten nicht", erklärte er weiter, während er etwas vorbereitete, „dass die Krankheit, die ihr Terraner Marsgrippe nennt, Mit'Xitlans Körper so sehr geschwächt hatte. Terks Wirken überspielte das wohl. Weder wir noch Mit'Xitlan haben Erfahrung mit der Symbiose."

Imnoi 1 kam mit einem Tablett zurück ins Zimmer. Er stellte jedem ein Glas hin und schenkte aus einem hölzernen Krug ein.

„Ferni-Saft?", staunte Brauer. „Ich wusste ja gar nicht, dass Sie welchen mitgebracht haben!"

„Nur wenige Ballons", schränkte Imnoi 2 ein.

„Wenn das ein Bestechungsversuch werden soll ..."

„Nein", versicherte Imnoi 2 lächelnd. „Kein Kara würde etwas versuchen, das von vornherein zum Scheitern verurteilt ist."

„Außer Heil-Rituale", konterte Brauer.

„Nein. Wir sahen darin eine reale Möglichkeit, unser Problem etwas zu entschärfen. Die andere Möglichkeit hätte in der Tat darin bestanden, Dr. Cohen aufzusuchen. Er hätte, und auch darin ist Ihre Schlussfolgerung korrekt, mit an Sicherheit grenzender Wahrscheinlichkeit keine andere Behandlungsmöglichkeit als eine

Operation gesehen. Das aber hätte allein schon durch die nötige Narkose eine erhebliche mentale Belastung bedeutet, für uns beide. Terk'Mit'Xitlan hätte uns helfen können, es wahrscheinlich sogar müssen."

„Und", setzte Imnoi 2 fort, „da weder er noch wir über die Regeln der symbiotischen Wechselwirkung genau genug Bescheid wissen ..." Er hob die Schultern. „Das Ergebnis wäre wohl ähnlich drastisch gewesen."

„Ich verstehe", sagte Brauer, obwohl sie unterschwellig das Gefühl hatte, dass die Imnois ihr nicht einmal die Hälfte ihrer wirklichen Beweggründe offenbart hatten. Ihr fiel ein Begriff ein: Bindung. Es gelang ihr nicht sofort, ihn in das Problem einzuordnen, dann überlegte sie, dass es eine starke mentale Wechselwirkung zwischen den mustergleichen Bewusstseinsinhalten der beiden Imnois geben musste. Wahrscheinlich entstand dadurch ein Resonanzeffekt, der die geistige Stabilität der Kara bedrohte. Vor allem, wenn man sie noch zusätzlich strapazierte. Verständlich, dass man von Angehörigen eines Volkes, dessen Kultur so sehr auf Logik und Verstand baute, nicht verlangen konnte, Verletzungen der Denkfähigkeit nicht als tabu zu behandeln. Das war etwa so, wie – Brauer suchte nach einem Vergleich – wenn sich ein Astronavigator in einem Urlaubspark auf Terra verlief.

„Also gut", sagte Brauer und nahm das Glas mit dem Ferni-Saft. Sie trank einen Schluck. „Und wie soll es nun weitergehen?"

„Ganz erfolglos verlief das Heil-Ritual nicht", sagte Imnoi 2. „Eine Linderung der Entzündungen ist durchaus eingetreten. Meines Erachtens kann ich nun allein oder mit Hilfe Imnois die Verletzungen ..."

Ein Pfeifton unterbrach den Kara. „Captain?", sagte Kennys Stimme.

„Ja?", meldete sich Brauer.

„Vielleicht interessiert es Sie, dass Wil und ich das Lesegerät in Gang gekriegt haben."

Brauer sprang auf. „Wo sind Sie, Jake?"

„Im Labor 53."

„Okay. Ich bin sofort bei Ihnen! – Meine Herren", wandte sie sich an die Kara, „ich verlasse mich darauf, dass ein Desaster wie das von heute nicht noch einmal geschieht. Ich müsste sonst in meinem Abschlussbericht an das Flottenkommando zu bedenken geben, dass Waréner nur unter Vorbehalt in GS-Besatzungen integrierbar sind."

Imnoi 2 nickte ergeben. Brauer nahm sich nicht die Zeit, über diese für Kara nicht eben typische Unterwürfigkeit nachzudenken. Sie war in Gedanken schon bei Richards und Kenny.

Jake Kenny hatte bereits einen dritten Stuhl an die Apparatur gerückt. Brauer nahm darauf Platz und beugte sich zu Wil Richards. „Sie waren ja ganz schön schnell."

„Es war nicht weiter kompliziert", antwortete Richards obenhin. Er deutete auf das Pult vor sich. „Dies hier ist ein durchaus übliches Computer-Terminal. Es sind genau 81 Tasten, Sir. Buchstaben, Zahlen, Funktionen, wie bei jedem Computer. Hier oben werden die Speicher eingeschoben. Sehen Sie?"

Brauer nickte.

„Die Speicher aus der Bibliothek", fuhr Richards fort, „sind mit verschiedenfarbigen Aufschriften gekennzeichnet. Gelb sind die meisten, wir schlossen daraus, dass es sich dabei um Informationsträger handelt. Um Bücher oder so. Und dass diese Bücher schreibgeschützt sind. Sie haben ausnahmslos eine feine Vertiefung am Rand. Sehen Sie?"

Richards reichte Brauer eine Scheibe. Sie fasste sich an wie Glas, glänzte aber metallisch. Ein Riss zog sich rund um die Scheibe.

„Also haben wir ein Buch eingelegt und einfach alle Funktionstasten durchprobiert. Das heißt: Alle die Tasten, die als Funktionstasten zu erkennen waren. Durch die mehrzeichige Beschriftung."

„Mehrzeichige Beschriftung", echote Brauer und nickte. „Ich verstehe."

„Bei den meisten dieser Tasten zeigte der Monitor – das ist diese Fläche hier vorn – folgendes Symbol. Das ist offensichtlich so was wie eine Fehlermeldung", erklärte Richards enthusiastisch. „Und diese Taste wirft den Speicher wieder aus. Und die hier ändert die Grundfarbe des Monitors zwischen Blau und Grau. Sehen Sie? Wobei man bei blauem Monitor nicht lesen kann. Es ist also auch eine Modusumstellung. Und dies hier ruft den Text auf dem Speicher ab. Die Schrift auf der Taste ist von dem gleichen Gelb wie die Beschriftung der Bücher. Und so sieht ein auf Akakoranisch geschriebener Text aus!"

Der junge Mann drückte eine weitere Taste und der Bildschirm füllte sich mit senkrechten Zeilen einer filigranen Schrift. Dann lehnte er sich zurück und sah Brauer erwartungsvoll an.

„Gut, Wil, sehr gut. Können wir das irgendwie aufzeichnen?"

„Wozu?", fragte Richards. „Wir können es doch … Oh! Ich verstehe: Für den Fall, dass bei dem Gerät hier was kaputt geht."

Brauer nickte. „Oder mal der Strom … Wie läuft das Ding überhaupt?"

Richards hob die Schultern und sah Kenny an. Der sagte: „Batterie nehme ich an."

„Nach all der Zeit?"

„Oder Akku. Beim Aufbau hab ich eine Art Steckdose an der Rückfront gesehen. Ich wollte aber nicht auf gut Glück dran rumexperimentieren. Ich müsste mal reinsehen, was für ein Bauteil hinter dem Anschluss steckt. Aber wenn dabei was kaputt geht …"

„Machen wir's doch so: Zuerst rufen wir so viel wie möglich von den Büchern ab und speichern sie in unserem Computer. Und wenn der Strom knapp wird, sehen Sie sich die Technik an. Inzwischen können die Fachleute schon versuchen, die Texte zu übersetzen."

„Ich würde das gern machen", sagte Richards. „Ich habe da schon eine Idee, wie man die Sprache entschlüsseln könnte. Aber dazu brauche ich etwas Zeit, Sir."

„Und?"

„Ich habe in einer halben Stunde Zentralen-Dienst."

„Ich stelle Sie davon frei. Sie übernehmen das hier." Brauer zeigte auf den Monitor mit der Schrift. „Und wenn Sie irgendwas dafür brauchen: Ein Wort genügt."

„Danke, Sir!", strahlte Richards. „Mach ich, Sir! Ich krieg's raus, Captain, bestimmt!"

„Klar!", erwiderte Brauer lächelnd und stand auf.

Kenny begleitete sie hinaus. „Der Junge ist gut."

Brauer nickte. „Ja, ziemlich gut. Ein kleines Genie. Nur manchmal schrecklich diensteifrig."

Kenny lachte. „Das gibt sich mit der Zeit."

„Ich fürchte auch", stimmte Brauer ebenfalls lachend zu. Ein Gedanken huschte im Hintergrund ihrer Wahrnehmung vorbei. Sie beschloss, ihn zu ignorieren. „Sagen Sie", fragte sie, „was haben Sie jetzt vor? Sie haben doch frei, oder?"

Kenny nickte. „Ich wollte in den Clubraum und eine Kleinigkeit essen."

„Was halten Sie davon, wenn ich Sie einlade? Als ... Dank für Ihre Hilfsbereitschaft."

„Eine Einladung vom Captain? Wer kann da nein sagen?"

„Mögen Sie Pasta?"

„Durchaus."

„Dann kommen Sie! Ich koche Ihnen Tortellini, da lecken Sie sich alle zehn Finger ab!"

„Klingt verlockend."

„Also: Worauf warten wir dann noch?"


Imnoi 1 trank den Rest des Ferni-Saftes. Sein anderes Ich streckte sich auf dem Diwan aus. Imnoi 1 spürte schlecht verhohlenen Schmerz. Aber er bestand nicht auf Klarheit, denn auch er verbarg dem anderen etwas: Michaela und Jake Kenny.

Imnoi 1 war wie betäubt. Die Gefühle der Frau durchdrangen seinen mentalen Schutzschild. Ihr Bedürfnis nach Zärtlichkeit, ihr Verlangen nach Berührungen, nach Liebe, nach Sex. Kennys Gesicht, sein Körper im Zentrum ihrer Aufmerksamkeit, auch wenn die Scherze zwischen ihnen noch leicht und unverbindlich schienen, kaum als Flirt zu bezeichnen waren. Das war selbst über diese mentale Entfernung hinweg intensiver, als er es je beim Tnom, die er für hochemotional gehalten hatte, erlebt hatte.

Imnoi wurde schlagartig klar, dass er diese Gier nie würde befriedigen können.


Wildor Aslan trat in die Kabine ein. „Ich wollte Sie nicht beim Essen stören", entschuldigte er sich bei Boor.

„Tun Sie nicht", winkte Boor 2 ab, schob den Teller von sich und lud Aslan mit einer Geste ein, Platz zu nehmen. „Woll'n Sie 'n Kaffee?"

Aslan schüttelte den Kopf. „Nein danke, ich trinke nie Kaffee."

„Dann wissen Sie gar nicht, was Ihnen an meinem Spezialaufguss entgeht."

„Ich dachte immer, Kaffee wird gefiltert", erwiderte Aslan flach. Er schaute sich um. „Es sieht … noch ziemlich unbewohnt aus hier."

Boor folgte Aslans Blick und nickte andächtig. „Tja. Aus dem Nichts heraus lässt sich ein neues Quartier nicht so schnell gemütlich machen. Wie geht's Ihnen? Sie sehen blass aus."

Aslan ignorierte die Frage. Er stand auf und trat an ein Regal, in dem sich eine einzelne Grünpflanze mühte, die Leere zu füllen. „Normalerweise bringt man in ein neues Quartier vertraute Dinge mit. Erinnerungsstücke."

Boor wusste nicht, was er antworten sollte.

Aslan sah sich zu ihm um.

„Die Andenken, die mir wichtig gewesen wären", sagte Boor, „sind auch … Jason 1 wichtig. Wer sollte entscheiden, wessen Anspruch größer ist?"

„Also sind Sie zurückgetreten", schlussfolgerte Aslan.

„Sozusagen", gab Boor zu. „Aber ich hab mich dran gewöhnt", setzte er rasch hinzu. „Es ist einfach so, als müsste man aus irgendwelchen Gründen neu anfangen."

Aslan setzte sich wieder. „Sie vermissen Ihr altes Quartier also nicht."

„Natürlich vermisse ich es", widersprach Boor.

„Sind Sie mal dort gewesen seit …" Er ließ den Satz in der Schwebe.

„Seit dem Umzug?", fragte Boor. „Ja. Einmal. Gestern Abend. Ich … Ich wollte irgendwas nachsehen."

„Und?"

Boor atmete tief durch und strich sich über den Schädel. „Na ja, es war … seltsam. Vertraut und trotzdem irgendwie fremd. Als käme man nach Jahrzehnten irgendwohin zurück, wo man lange gelebt hat."

Aslan nickte. „Ja. Versteh ich."

Boor 2 sah ihn überrascht an. „Sagen Sie bloß, Ihnen geht es genauso!"

„Ähnlich", schwächte Aslan ab. „Mir geht es eher so, als lebte ich seit Jahren in einem Quartier, das mir gar nicht zusteht. Alles ist irgendwie fremd. Wie eine Wohnung, in der man sehr oft zu Besuch war und wo man jetzt die Geschichten aller Gegenstände kennt. Aber es sind nicht meine Geschichten, verstehen Sie?"

„Ja. Es sind die Geschichten des anderen. Ich wusste nicht, dass Sie genauso empfinden. Ich meine, Sie … Sie haben den anderen nicht ständig vor Augen. Ich nahm an, Sie hätten einfach …"

„… den leeren Platz gefüllt? Ich habe ihn anfangs gar nicht als leeren Platz empfunden."

„Warum jetzt?"

„Keine Ahnung. Vielleicht weil alle so taten, als müsste ich es."

„Nicht alle."

„Sie nicht, stimmt", lächelte Aslan müde. „Keiner von Ihnen. Der Captain auch nicht, aber die meisten tun es. Es ist …", er suchte nach Worten, „… unfair. Wie der Captain schon sagt: Vielleicht sind die ja die Kopien. Ich meine … Warum behandeln die uns wie einen schlechten Ersatz?"

Boor hob die Schultern. „Vielleicht glauben wir nur, dass sie es tun", wandte er ein. „Roxana zum Beispiel hat nicht dieses Gefühl."

„Sie haben mit ihr darüber gesprochen?", fragte Aslan verwundert.

Boor nickte. „Sicher. Mit wem sollten wir sonst darüber reden, wenn nicht miteinander? Für die meisten an Bord ist das doch ein Tabu-Thema."

„Sie sagen das so leicht dahin …"

„Ich habe mich damit abgefunden", erklärte Boor. „Das Leben geht weiter, Dor. Und vielleicht ist das die Chance, sich zu ändern. Dinge zu tun, die man sich nie gestattet oder nie getraut hat."

„Es gab in meinem Leben nichts, was ich ändern wollte."

„Dann bleiben Sie einfach Sie selbst! Es gibt doch niemanden …" Ein Pfeifton unterbrach Boor. Er langte auf das Schränkchen hinter sich und schaltete den Wecker ab. Dabei vervollständigte er seinen Satz: „… mit dem Sie um diesen Status zu konkurrieren hätten. Entschuldigen Sie mich bitte!" Er stand auf. „Aber ich muss zum Dienst."

„Natürlich", erwiderte Aslan und erhob sich ebenfalls. „Ich will Sie nicht aufhalten." Er blieb mitten im Zimmer stehen.

Boor sah ihn fragend an.

Aslan nickte. „Ich geh dann mal. Vielleicht ... Ich geh dann mal."

Als sich die Tür hinter Aslan schloss, runzelte Boor die Stirn. Dass nicht nur er und Imnoi durch die Dopplung in einer ungewöhnlichen Lage waren, war klar, auch dass der Besatzung offenbar sehr bewusst war, wer von den Erkundern in der Sende- und wer in der Empfangskammer gewesen war, hatte er bemerkt. Dass aber ausgerechnet der ruhige, ausgeglichene Wildor Aslan Probleme damit haben könnte, wäre ihm nie in den Sinn gekommen. Vielleicht lag die Ursache für Aslans Unbehagen ja auch darin, mit seiner Sterblichkeit konfrontiert worden zu sein. Roxana zumindest ging es so. Sie hatte Jason gestanden, dass – wann immer sie Boor 1 oder Sergej Walter sah – sich ihr die Vorstellung aufdrängte, wie die beiden an ihrer Leiche standen.

Boor fragte sich einen Augenblick lang, warum er keine solchen Probleme hatte. Keine so tief sitzenden jedenfalls. Natürlich war es irgendwie seltsam, sich selbst gegenüber zu stehen, jemanden Dinge sagen zu hören, die man eben selbst dachte. Aber – fasste Boor seine Gedanken achselzuckend zusammen – so richtig problematisch war das nicht. Und dann räumte Jason Boor noch sein Frühstücksgeschirr in den Reiniger und ging.

Brauer räumte die Teller in den Geschirrspüler und griff nach dem Tablett.

„Hast du gewusst, dass Akakor eine Lüge ist?", fragte Kenny.

Sie drehte sich nicht um. „Ja, Terk erzählte es mir."

„Terk? Die Geschichte kennt auf der Erde kaum jemand und er weiß sogar, dass sie gelogen ist?"

„Aus unserem Computer. Irgendwer hat es in die Infothek gespielt."

„Ja, ich. Mir war nicht klar, dass er darin lesen kann."

„Doch, kann er." Sie spürte Jake aufstehen und herüberkommen, sich hinter sie stellen.

„Diese Akakor-Geschichte ist schon komisch. Was sich Leute so ausdenken." Er strich ihr übers Haar. „Du bist ganz anders, als ich immer dachte."

„So?" Sie kämpfte gegen das Verlangen, sich an ihn zu lehnen.

„Ja. Ich hielt dich für ..."

Brauer drehte sich um. „... kalt?"

„Kühl", schwächte er ab und lächelte. „Und ein wenig unnahbar."

Sie hob die Brauen.

„Na ja", verteidigte er sich, „die meisten Respektspersonen sind ein wenig unnahbar."

„Soso", machte Brauer bemüht ernst. „Ich bin also keine Respektsperson mehr für dich."

Kenny antwortete nicht. Er strich der Frau eine Haarsträhne aus der Stirn. Den anderen Arm legte er um ihre Taille und zog sie an sich. Brauer musste den Kopf in den Nacken legen, um in Kennys Gesicht sehen zu können. Sein musternder Blick machte sie für einen Moment unsicher. Sie hatte das Gefühl, sich auszuliefern, wollte sich befreien, spürte die Kraft, mit der der Mann sie festhielt.

Er ließ los. „Was ist?", fragte er leise. „Bin ich dir zu schnell?"

„Ich bin mir zu schnell." Sie drehte sich um.

Er schlang seine Arme um sie. Sie lehnte sich an ihn. Er vergrub sein Gesicht in ihrem Haar und flüsterte: „Das hier ist nicht die Zentrale. Überlass einfach mal einem anderen das Steuer."

„Dir?"

Er nickte.

„Das klingt gut ..."

Ein Pfeifen stach aus der Rufanlage.

Kenny brummte unwillig. Brauer seufzte und löste sich von ihm. Sie ging nach nebenan. „Ja?", meldete sie sich.

„Captain, wir haben einen merkwürdigen Reflex im Radar", sagte jemand am anderen Ende der Verbindung.

„Ich komme", sagte Brauer und stand auf.

„Muss das sein?", fragte Kenny.

Sie nickte.

Die Rufanlage piepte noch einmal. Brauer drückte den Empfangsknopf.

„Mr. Kenny?", fragte Wil Richards.

„Ja?", beeilte der sich, zu antworten.

„Gut, dass der Computer Sie gefunden hat. Ich habe hier ein Problem mit dem Lesegerät. Ich glaube, der Saft ist jetzt raus."

Kenny verdrehte theatralisch die Augen. Brauer grinste.

„Ich komme sofort", sagte Kenny ins Mikrofon.

Brauer hob die Schultern, als wollte sie sagen: So ist das nun mal. Dann vollführte sie einen Diener und Jake Kenny stolzierte an ihr vorbei zur Tür.

Brauer betrat die Zentrale. Boor stand vom Captainssessel auf. Während Brauer zu ihm ging, überlegte sie, wen von den beiden Boors sie vor sich hatte. Sie kam nicht drauf.

„Sir", sagte Boor. „Vor einer Minute meldeten die Sensoren einen massiven Körper fast direkt hinter uns. Der Reflex verblasste allerdings rasch. Möchten Sie sich die Aufzeichnungen der Ortung ansehen, Sir?"

Brauer nickte und setzte sich. Boor schob ihr das Kleine Pult in Reichweite. Einen Moment lang spülte eine Woge der Sorge über die Frau hinweg. Das Echo eines fremden Schmerzes zog unangenehm durch ihren Körper. Jemand schlug eine Schlacht gegen ein Heer von Ameisen. Imnoi schloss die Vorhänge, die Schattenfiguren dahinter bäumten sich auf, Mit'Xitlan löschte das Licht und dann war Michaela ausgesperrt.

„Captain?", drang Boors Stimme in Brauers Bewusstsein.

Sie blinzelte, warf einen raschen Blick auf die Anzeigen des Pultes und sah auf. „Mehr haben die Sensoren nicht erfasst?"

Der Erste Offizier schüttelte den Kopf. „Das Ding, was immer es auch war, bewegte sich ganz in der Nähe von Akakor. Vermutlich konnten wir es nur deshalb bemerken, weil sich irgendeine Strahlenkomponente des explodierenden Planeten auf seiner Oberfläche brach."

Brauer verzog das Gesicht. „Mr. Boor! Klingt das nicht ein bisschen zu abenteuerlich?"

Boor schluckte. „Nein, Sir. Wenn Sie sich an die Ereignisse mit der GS1 erinnern: Dort war ein ähnlicher Effekt ausschlaggebend für die Entdeckung des zweiten Schiffes."

„Entschuldigung", bat Brauer. „Sie haben natürlich recht. Passen die Daten dieses Objektes auf eine Wechselwirkung eines Föderations- oder eines Nugroma-Tarnschildes mit der Strahlung der Explosion?"

Boor schüttelte den Kopf. „Allerdings wissen wir zu wenig über die Tarnvorrichtungen der Nugroma."

„Sie meinen …?"

Boor zögerte. „Nun … Den Informationen gemäß, die uns der Föderationsrat zur Verfügung gestellt hat, ist das hier draußen Niemandsland. Und weder die Nugroma noch die Föderation oder eines der anderen bekannten Bündnisse operiert hier. Deshalb hat sich der Terranische Bund ja entschieden, seine Forschungen auf dieses Gebiet zu konzentrieren. Weil es noch zu haben ist, gewissermaßen."

„Obwohl wir nach der Entdeckung von Akakor natürlich damit rechnen müssen, auf weitere hochentwickelte …"

Friedbert Müller unterbrach Brauers Überlegungen: „Sir, wir haben ein Steuerproblem."

„Ein was?", fragte der Captain verblüfft und sah auf das Kleine Pult.

„Ein Steuerproblem", wiederholte Müller. „Wir sind durch irgend etwas vom Kurs abgekommen und ich kann es nicht korrigieren."

Boor bat den Mann an der Komm-Station um eine Verbindung zum Maschinenraum. Brauer holte sich die Kursaufzeichnungen auf ihren Monitor.

Boor fragte, ob es Probleme gab.

Eine Stimme aus dem Lautsprecher sagte hörbar verblüfft: „Nein, Sir. Wie kommen Sie darauf?"

Brauer antwortete in den Raum hinein: „Weil wir trotz korrekter Steuerbefehle den Kurs nicht halten können."

„Also unsere Anzeigen sagen, dass bei uns alles in Ordnung ist, Captain Brauer. Vielleicht lenkt eine äußere Kraft das Schiff ab."

Brauer sah fragend zu McCullogh am Sensorpult.

„Keine Daten, die darauf hindeuten", antwortete der Copilot.

Brauer winkte Boor zu sich heran. Sie zeigte auf die Zahlenkolonne auf ihrem Bildschirm.

„Sieht nicht nach einer äußeren Kraft aus", stellte Boor fest. „Es muss an den Maschinen liegen. Oder an der Befehlsübertragung, Sir. Soll ich runtergehen?"

Der Captain nickte. Boor verließ die Zentrale. David Seton kündigte im Maschinenraum Boors Kommen an.

Brauer dachte ein paar Sekunden über die Möglichkeit nach, doch mit einem Kriegsschiff des Nugromischen Großreiches zu tun zu bekommen. Der Gedanke erschreckte sie. Denn obwohl die GS5 mit modernen Waffen ausgerüstet war und in ihren Speichern den Föderationsatlas Nugromischer Kampftaktik parat hatte, war die Explorer kein Kriegsschiff. Und sie, Michaela Brauer, kein Soldat.

Jemand lachte. Brauer sah auf. Lorena Solana und Jason Boor betraten eben die Zentrale. Die Frau unterdrückte ein erneutes Lachen und löste Tamar Xi Jen am Navigationspult ab.

Der eben eingetroffene Boor trat neben den Captainsplatz. „Melde mich zum Dienst", sagte er.

Brauer nickte und schwenkte das Captainspult herum, so dass Boor die Kursdaten sehen konnte.

„Oh", kommentierte der Erste Offizier die Abweichung und drückte ein paar Knöpfe, um noch andere Daten abzufragen. Dann sagte er noch einmal „Oh, oh" und runzelte die Stirn.

„Ein Vorschlag, Mr. Boor?", fragte Brauer.

„Es ist eine permanente Ablenkung", sagte Boor. „Bis der Schaden behoben ist, können wir stoppen oder gegensteuern."

Brauer machte eine Geste, die Boor zur Entscheidung aufforderte. Er ging zum Steuerpult und ordnete eine Kursänderung an.

Brauer sah Solana erstaunt aufblicken. Müller drehte sich zu Boor um. „Sir, dieser … Kurs führt ziemlich nahe an Ifrin vorbei. Der Stern ist sehr instabil. Eine Masse wie die unseres Schiffes könnte ihn aus dem Gleichgewicht bringen."

Einen Moment lang wusste Boor offenbar nicht, was er antworten sollte. Dann setzte er zu einer Erklärung an. Doch Brauer kam ihm zuvor, indem sie den Befehl bestätigte. Müller zuckte mit den Schultern und gab die neuen Daten ein. Brauer sah Solana dem Ersten Offizier zulächeln. Der Mann erwiderte das Lächeln.

Brauer musste plötzlich an Kenny denken und fragte sich, wie er und Richards mit dem Lesegerät vorankommen mochten. Sie stellte sich die beiden bei der Arbeit vor, sah Jake ein schweres Bauteil heben. Schweißtropfen perlten auf seiner nackten Haut. Er setzte den

Block ab und wandte sich um. Sah Brauer, lächelte. Sie fühlte sich ertappt. Und spürte plötzlich aufmerksame Blicke sie beobachten. Doch als sie sich danach umsah, verschwand der Eindruck, verschwand Jake, lösten sich die Bilder in ihrem Hirn auf und machten der Wirklichkeit Platz.

Verstohlen sah sich Brauer um. Niemand hatte ihre geistige Abwesenheit bemerkt. Tian, der gerade hereingekommen sein musste, hatte die anderen wohl abgelenkt.

„Was führt Sie her?", fragte Brauer den Chefarzt, ihm insgeheim dankend.

„Ich muss noch ein paar Untersuchungen durchführen. Ich brauche dazu Boors Kopie."

Brauers Gefühl für Tian kühlte schlagartig um etliche Grade ab. „Sie haben Mr. Boor 2 gesund geschrieben."

„Richtig", bestätigte der Chefarzt. „Er ist auch genesen."

„Dann liegt es vollständig in Boor 2s Ermessen, ob er sich für weitere Untersuchungen zur Verfügung stellt."

Tian schnappte nach Luft. „Aber ... Sie selbst haben..."

„Schon gut", unterbrach ihn Boor. „Ich komme nach dem Dienst zu Ihnen, einverstanden?"

Tian sah den Mann an und rang sich ein Nicken ab, bevor er aus der Zentrale stakte. Brauer schaute ihm kopfschüttelnd nach. Als sie sich wieder umdrehte, sah sie Solana fassungslos auf Boors Rücken starren. Es mischte sich so etwas wie Verärgerung in Solanas Blick, dann Ekel.

Solana bemerkte, dass Brauer sie beobachtete, und wandte sich wieder dem Navigationspult zu. Brauer glaubte, Trotz in dieser Bewegung zu erkennen. Doch dann wurde ihr klar, dass sie sich täuschte: Solana hielt ihre Reaktion auf Boors „Enttarnung" für so normal, dass sie den Vorwurf im Blick des Captains allein darauf bezog, dass sie sich hatte ablenken lassen.

Brauer spürte sich darauf mit Beunruhigung reagieren.

Ein anderer Teil ihrer Gedanken beschäftigte sich mit der These, dass die Nugroma für die Zerstörung von Akakor verantwortlich sein könnten. Ein Streiflicht fiel auf ein zusammengeknäultes Bündel, in dem Michaela Trauer erkannte, Trauer um die vielen Entdeckungen, die wegen der Explosion des Planeten verloren waren. Ein

Schmerz schimmerte rot durch dickes Eis. Jemand sagte etwas von Ordnung, und dann piepte die Rufanlage.

Ehe Brauer wieder richtig bei sich war, hatte Boor 2 den Ruf schon entgegengenommen. Er kam aus dem Maschinenraum.

„Ich habe den Fehler gefunden", sagte Boors Stimme von dort. „Eine Schaltbrücke arbeitete nicht korrekt, wir haben sie ausgewechselt, Captain."

„Gut", sagte Brauer und fragte sich einen Moment lang, warum der Computer diesen Defekt nicht schon beim ersten Check bemerkt hatte.

Boor 2 ordnete die Wiederaufnahme des ursprünglichen Kurses an. Boor 1 erkundigte sich bei Brauer, ob er noch in der Zentrale gebraucht würde.

Silvo Szafranski erschien und nahm seinen Platz am Sensorpult ein.

Brauer sprach in Richtung des Mikrofons: „Eigentlich nicht. Sie können Schluss machen, Mr. Boor." Zu dem anderen Ersten Offizier sagte sie: „Ich gehe in meinen Raum. Sie haben das Kommando."

Imnoi drehte sich nach seinem Doppelgänger um. ‚Ich kann nicht ständig den Schirm zwischen uns und ihr aufrechterhalten.'

Imnoi 2 setzte sich auf. „Michaelas Gedanken sind bei zu vielen Ideen gleichzeitig. Es ist nicht unsere Schuld, wenn sie unaufmerksam ist."

„Das sagte ich auch nicht!", erwiderte Imnoi 1 heftig. „Aber seit sie sich für Jake entschieden hat, ist wieder mehr Ruhe in ihr Dasein eingekehrt. Sie braucht ihn!", rief er, als stünde der andere im Nebenraum. „Und wir sind dieser Bindung im Weg! Ist dir das nicht klar?!"

Imnoi 2 schlug mit der Faust auf den Tisch. „Hör auf! Du schreist!" Er holte tief Luft und fuhr ruhiger fort: „Wir beide schreien. Wir sind … Die Last ist zu groß. Selbst wenn wir keine Kraft zur Aufrechterhaltung der Barriere aufwenden würden: Nicht wir sind Michaela im Weg, sie ist uns im Weg. Nein widersprich nicht! Sie und ihr Gefühl ist unserer Logik im Weg, unserer Kühle. Nur dadurch, dass wir aus dem Gleichgewicht geraten, verwirren wir auch Michaela. Wenn die Bindung gelöst ist, wird ihr Gefühl unser

Denken nicht mehr stören, und unsere Verwirrung kann nicht mehr durch Michaela das Schiff in Gefahr bringen."

Imnoi 1 schloss die Augen. ‚Das alles weiß ich.'

‚Ich weiß.' Er setzte sich. „Unsere Hoffnung, dass … die Bindung sich lockern würde, hat sich nicht erfüllt. Ihre Zuwendung zu Jake lenkt sie zwar von uns ab, aber wir spüren sie um so heftiger, da sie sich nicht mehr beobachtet fühlt und ihre Gefühle nicht zügelt."

„Diese Ablenkung ist unsere Chance. Verstärken wir sie! Wenn Michaela ganz bei Jake ist, mit jedem ihrer Gedanken, wird sie die Trennung kaum bemerken."

„Hoffentlich", nickte Imnoi 2. „Versuchen wir, sie dorthin zu bringen und die Trennung vorzubereiten", schlug er vor. Und er versuchte, sich nicht vorzustellen, wie es ohne sie sein würde.

Brauer starrte aus dem Fenster, ohne die Sterne wahrzunehmen. Sie musste an Akakor denken, an die Legende. Und dass sie eine Lüge war. Dieser angebliche Häuptling aus dem Buch war ein Betrüger gewesen, der Geld dafür nahm, Abenteurer und Wissenschaftler in die angeblichen Höhlenpaläste der Außerirdischen zu führen. Natürlich kam dort nie jemand an und die Artefakte erwiesen sich als bestenfalls fragwürdig. Unter diesem Blickwinkel erschien ihr die Namensgebung für den Planeten plötzlich als ungutes Omen und obwohl sie an solche Ahnungen eigentlich nicht glaubte, hatte sie das Bedürfnis, sich vom realen Vorhandensein der Bibliothek selbst zu überzeugen. Sie beschloss, nachsehen zu gehen.

Als sie wenig später das Labor betrat, fand sie Richards und Kenny in ihre Arbeit vertieft. Die beiden hatten den akakoranischen Computer in die Nähe eines Schiffsterminals gerückt. Richards hantierte mit einem Handscanner, den er abwechselnd auf die Tastatur und den Bildschirm richtete, und Kenny hockte am Boden und bastelte an irgend etwas auf der Rückseite des Lesegerätes herum.

„Ist es weg?", fragte er gerade und sah zu Richards hoch.

Der nickte. „Scheint das Ladesignal gewesen zu sein."

Kennys Blick fiel auf Brauer. Er stand auf.

„Na, wie steht's?", erkundigte sie sich.

„Gut", sagte Kenny und kam ihr entgegen.

Richards drehte sich um. „Captain, wir haben jetzt eine Möglichkeit, den Akku des Lesegeräts wieder aufzuladen. Mr. Kenny kam auf die Idee."

Brauer durchzuckte der Gedanke, dass außerirdische Technik für Menschen nicht so einfach zu handhaben sein sollte, aber etwas in ihr wischte die Idee beiseite und sie nickte Kenny anerkennend zu.

Der winkte ab. „Pure Logik. Das Teil konnte nur ein variabler Transformator sein. Viel besser ist, was Wil rausgekriegt hat. Er hat den Schlüssel für die Übersetzung gefunden."

Brauer horchte auf. „Tatsächlich? Und?"

Richards nahm eine Buch-Scheibe vom Terminal und schwenkte sie in der Luft. „Das hier ist der Schlüssel. Das ist ein Kinderlexikon oder so was. Darin sind Bilder, Zeichnungen vom Planeten, von Häusern, Tieren, aus dem täglichen Leben ..." Er legte den Datenträger in das Lesegerät ein und rief den Text ab. „Sehen Sie?", fragte er. Überflüssigerweise, denn die Zeichnung, die auf dem grauen Monitor erschien, war klar und deutlich.

„Ein Baum", stellte Brauer fest.

„Genau", bestätigte Richards. „Und wenn ich die Seiten ein wenig umgruppiere – so hier – dann erscheinen Worte, die das Bild beschriften. Es war ganz einfach, diese Vokabeln zu übertragen. Das hier heißt Baumstamm, das sind die Wurzeln und so weiter."

„Wie haben Sie dieses Lexikon gefunden?"

„Reiner Zufall. Es war einfach nur das dritte in dem Stapel, den wir uns zum Arbeiten herangeholt hatten."

Brauer beugte sich vor. „Wo kann man weiterblättern?"

Richards zeigte ihr die Taste.

Brauer ging zu nächsten Abbildung, einer Blüte.

Kenny holte der Frau einen Stuhl heran. Sie setzte sich. Richards drückte die Weiter-Taste einige Male und hielt bei einem Landschaftsbild an.

„Zwei Sonnen?", staunte Brauer.

„Ja", sagte Richards. „Und nach Informationen aus einem anderen Text waren es künstliche Sonnen."

„Moment! Ein anderer Text? Heißt das, Sie haben ..."

„... ein Grundwörterbuch aus dem Lexikon zusammengestellt und damit das Sprach-Programm unseres Computers gefüttert", bestätigte Kenny. „Es geht ganz gut, auch wenn einige der Lexikon-Bilder nicht eindeutig zu entschlüsseln gewesen waren."

„Wann zum Teufel habt ihr das alles gemacht? Das ist Arbeit für mindestens ... wenn nicht noch länger!"

Richards sah den Techniker an. „Mr. Kenny hat zusätzlich Rechnerkapazitäten für uns frei gemacht. So konnten wir auf einige sehr effektive Programme zurückgreifen, die sonst nicht gleichzeitig ..." Er verstummte angesichts des Blickes, den der Captain Kenny zuwarf.

„Ich weiß, ich hätte um Erlaubnis fragen müssen", räumte Kenny ein. „Aber du hast selbst zu Wil gesagt, was er braucht, würde er bekommen. Und wir brauchten diese Kapazitäten."

„Ich sagte: Wenn ihr was braucht, genügt ein Wort, und ich sehe, was ich tun kann. Das ist was anderes."

„Ich habe natürlich geprüft, ob irgendwelche Prioritätsprogramme eingeschränkt werden, bevor ich ...", versuchte Kenny, sich zu entschuldigen.

Brauer dachte, dass vielleicht genau das doch geschehen war und die Steuerprobleme verursacht hatte. Sie hatte nicht übel Lust, Jake eine Standpauke zu halten, hatte eigentlich sogar die Pflicht, das zu tun. Aber sie schwieg. Stattdessen wandte sie sich an Richards. „Sie sprachen von einem anderen Text ..."

„Ja. Nachdem wir den Vokabelgrundstock eingegeben hatten, versuchten wir, ein anderes Buch damit zu bearbeiten. Dieses hier." Er zeigte auf eine Scheibe, die Brauer durch nichts von den anderen gelben Disks hätte unterscheiden können. „Wir haben auch schon ein paar Zeilen deuten können. Besser gesagt: Der Computer bietet ein paar Zeilen Deutungsversuche an. Wir sind wirklich erst am Anfang, Sir. Ich bin mir noch nicht einmal klar darüber, ob es sich um ein Sachbuch oder einen Roman handelt."

„Sagen Sie mir einfach, was Sie schon haben", bat Brauer.

„Also: Akakor war früher einmal Bestandteil eines regulären Sonnensystems. Dieses System ist auch im Lexikon beschrieben und bestand aus sieben Planeten. Akakor war der mittelste, der vierte also. Aus irgendeinem Grund, den ich nur ahnen kann, wurde der gesamte Planet aus seiner Bahn bewegt ..."

„Wie bewegt?", fiel ihm Brauer ins Wort.

Richards hob die Schultern. „Keine Ahnung, Sir. Vielleicht steht irgendwo in einem anderen Buch, wie die Akakoraner das gemacht haben."

„Sie haben es also gemacht", wiederholte Brauer. „Es geschah nicht durch ein natürliches Ereignis?"

Richards schüttelte den Kopf. „Nicht, wenn ich die Andeutungen richtig interpretiere, Sir. Es gab einen Satz in diesem Zusammenhang, der darauf hindeutet, dass man die Bewegung so abgestimmt hat, dass die Berge nicht brachen, was wohl bedeutet, dass man sich Sorgen um die Tektonik des Planeten machte."

„Was interessant dabei ist", ergänzte Kenny und beugte sich vor, um die Textscheibe zu wechseln, „ist, dass Akakor vermutlich zu einer Planetengemeinschaft gehörte. Diese Stelle im Buch", er zeigte auf ein paar Zeilen, die Brauer genauso unverständlich waren wie alle anderen davor und danach, „entsprechen laut Translator etwa …" Kenny hantierte am Computerterminal, projizierte englische Sätze auf den Monitor und sagte: „… dem hier."

„Gemeinsam (bauten) Nagha und …", las Michaela und sah auf. „Was sind Nagha und was bedeuten die Klammern?"

„Die Worte in den Klammern sind mehr oder weniger geraten", erklärte Richards. „Es könnte genauso gut heißen: Gemeinsam arbeiteten Nagha und Freunde an der Maschine."

„Und Nagha?"

Wil Richards druckste. „Ich …"

„Er hat die akakoranische Schrift mit allen uns bekannten Sprachen und Schriften verglichen", half Jake, „und vermutet nun, dass dies die lautrichtige Umschrift für das Wort ist, das wir den Akakoranern zuordnen."

„Alle??"

Richards verstand offenbar Brauers Staunen nicht. „Naja, es ist … ein Algorithmus. Er basiert auf dem, was wir von der Erde und den Mars-Ausgrabungsstätten wissen und …"

„Ach Sie meinen das Richards-System der Translator-Routinen."

„Ja, obwohl es ja eigentlich Barnow-System heißen müsste. Ich habe seine Theorien nur umgesetzt."

„Sie haben … Ich wusste gar nicht, dass das Programm von Ihnen stammt. Warum steht das nicht in Ihrer Personalakte?"

„Ich weiß nicht. Es war ja nur ein Schulprojekt. Ich war erst zwölf."

„Erst ist gut", warf Jake ein. „Ich habe mit zwölf noch Raumpatrouille gespielt, und vielleicht manchmal versucht, meinen Computer bei den Hausaufgaben zu überlisten. Aber mit Sicherheit habe ich keine sprachanalytischen Programme entwickelt!"

Richards wusste darauf sichtlich keine Erwiderung. Er lenkte ab, indem er sich wieder dem Captain zuwandte: „Ich bin nicht sicher, Sir, ob mit Freunden aus der Allianz tatsächlich Nicht-Akakoraner gemeint sind. Nagha könnte genausogut für die Wissenschaftler stehen, die die Maschine für den Planeten-Transport entwickelt haben. Vielleicht waren es ja nur Wissenschaftler eines einzelnen Landes von Akakor und die Allianz ist ein Staatenverbund gewesen."

Sie hob die Brauen.

„Andererseits", fuhr Richards fort, „ist es unlogisch, warum sich nur ein Land mit einer Aufgabe beschäftigen soll, die über Sterben oder Überleben einer ganzen Welt entscheiden wird."

„Haben Sie schon einen Hinweis darauf, wie lange dieses Ereignis zurückliegt? Oder warum sie das gemacht haben?", fragte Brauer.

Richards schüttelte den Kopf.

„Und irgend etwas, das ein Licht auf den Untergang des Planeten wirft?"

„Ebenfalls nicht, Sir. Aber wir haben ja mit diesem Buch gerade erst angefangen."

Brauer nickte. „Okay." Sie stand auf. „Ich wäre froh, wenn Sie etwas über die Zerstörung des Planeten finden könnten, Wil. Und etwas über die Allianz. Vor allem, wo wir mit ihr rechnen müssen, wenn es tatsächlich ein interstellarer Bund ist."

„Aye, Sir", erwiderte Richards.

Brauer wandte sich zum Gehen. Kenny bat sie mit einer Geste, noch einen Moment zu warten, und fragte Richards, ob er ihn noch brauche.

Der schüttelte den Kopf. „So lange die Batterie im Lesegerät voll ist, komm ich schon klar."

„Sie müsste jetzt eigentlich ein Weilchen aushalten. Wenn doch etwas sein sollte, bin ich entweder im Club oder in meinem Quartier."

Richards nickte, schon wieder in seine Arbeit vertieft, und Kenny verließ mit Brauer das Labor.

„Im Club?", fragte Brauer, nachdem sich die Tür hinter ihnen geschlossen hatte. „Hast du eine Verabredung?"

„Noch nicht," lächelte er. „Aber gleich, wenn ich dich eingeladen habe."

Brauer verzog das Gesicht. „Ich habe keine Lust, in den Club zu gehen."

„Hättest du Lust, mit zu mir zu kommen? Ich meine – schließlich habe ich Wil gesagt, dass er mich dort erreicht."

„Und was, wenn wir zu mir gehen, wo dich Wil nicht erreicht?"

„Kannst du das verantworten? Als Captain?"

Brauer seufzte. „Immer auf das Schlimme! Na gut. Komme ich eben mit zu dir. Du wolltest mir ja sowieso mal deine Mineral-sammlung zeigen."

„So nennt man das also", grinste Kenny und Brauer nickte ernst-haft.

Zehn Minuten später sagte Imnoi 1 zu seinem zweiten Ich: „Jetzt!"

Michaela atmete tief Jakes Duft ein, der sie beide in einen war-men Kokon hüllte. Sie spürte Jakes Lippen auf ihrem Körper, seine Hände auf ihrer Haut. Fühlte seine Kraft und seine Behutsamkeit, fühlte so ein unerschütterliches Vertrauen in den Mann, dass sie alle Gedanken aus ihrem Bewusstsein löschte, sich vollständig hingab, ihm entgegenkam, sich vollsog mit ihm und nach noch mehr Jake verlangte.

Imnoi brannte. Rasende Kälte rann ihm durch den Körper, schlug über ihm zusammen, rieselte wie Nadeln durch das Hirn. Der Raum dehnte sich zur Unendlichkeit, drückte auf ihn mit der Last der Lee-re, durch die sich ein Seil spannte, ihn zu halten. Er fasste es, zerrte daran, um es zu zerreißen. Das Seil spannte sich zu klingender Schärfe, die ihm die Hände durchschnitt, die Seele zerspringen ließ. Blut tropfte heiß in bodenlose Tiefe, die Gedanken folgten dem Blut und Imnoi löste sich im All auf.

Brauer bäumte sich auf und presste die Hand vor den Mund. Sie würgte.

„Hey! Was ist los?", fragte Kenny besorgt.

Sie sah ihn an. Er schien ihr auf einmal Ewigkeiten entfernt. Sie wollte es ihm sagen, doch irgend etwas zerrte an ihr, zog sie ins Bodenlose. Der freie Fall verschlug ihr den Atem und ihr Herz war von einem blutenden Seil eingeschnürt. Ein Loch in der Leere sog an ihr.

Sie wusste, dass dort jemand starb.

Und sie wusste, dass sie es war.

# KAPITEL 5

Boor 2 stand in der Krankenstation und sah auf den Captain hinab. Sie war bleich. Cohen hatte die Apparate abgestellt und war dabei, sie wieder an ihre Plätze zu rücken. Aus dem Nebenzimmer drangen beinahe hektisch die Töne eines Herzmonitors und leises Geklapper von Geräten, mit denen Tian offenbar hantierte.

„Wie geht es Kenny?", fragte Boor.

Cohen unterbrach seine Arbeit. „Kenny?"

Boor blickte zum Nebenzimmer.

„Das ist Mit'Xitlan. Er kam kurz nach …", Cohen schluckte. „Er klagte über Unwohlsein und brach dann mitten im Satz zusammen."

„Und Kenny?"

„Hab ich weggeschickt. Er stand mir hier nur im Weg rum."

„Wir sollten ihm sagen, dass …"

„Er wird's schon erfahren", unterbrach ihn Cohen.

„Aber er wird sicher wissen wollen, ob …"

„Das wollen alle. Ich kann ihn jetzt hier nicht brauchen."

„In Ordnung." Boor versuchte, mit seinem Tonfall die Spannung zu entschärfen. „Sie sind der Arzt."

„Richtig! Es …" Cohen atmete tief durch. „Entschuldigen Sie, es war … knapp, wissen Sie. Als wir … sie fanden, mussten wir reanimieren, das …", er schluckte, „… war wirklich knapp."

„Wissen Sie schon, was es war?"

„Marsgrippe", rief Tian vom Nebenzimmer her und kam herüber.

Boor sah fragend zu Cohen.

„Ich meine Mit'Xitlan", sagte Tian. „Er hat Marsgrippe mit schwerem Verlauf."

„Natürlich hat er die!", sagte Cohen scharf. „Ich habe gleich gesagt, Sie hätten ihn nicht wegschicken dürfen!"

„Ich bitte Sie!", konterte Tian. „Wer kann denn ahnen, dass ihn eine Marsgrippe so umhaut?!"

„Ein Kara-Experte und Sie sind nun mal keiner!"

„Mein Herren", versuchte Boor zu schlichten und warf dabei einen vielsagenden Blick zu Brauer.

Ein paar Sekunden herrschte Stille. Dann fragte Boor: „Kann es sein, dass sie auch die Grippe hat?"

Cohen schüttelte den Kopf. „Nein, sie hatte grade eine Infektion und sollte für ein paar Monate immun sein. Sie hat auch keine Grippe-Symptome. So ein plötzlicher Kollaps ist nicht typisch dafür."

„Aber der Waréner ...", setzte Boor an, hielt den Satz aus Sorge vor einem neuen Ausbruch Cohens in der Schwebe

„Der hatte vorher schon Grippe-Symptome", erwiderte Cohen ruhig. „Aber ich werde Micha auch darauf testen, auch wenn ich nicht glaube, dass die Marsgrippe Menschen wirklich gefährlich werden kann."

„Gut. Sagen Sie mir Bescheid, sobald Sie Näheres wissen, Doktor?"

„Natürlich. Auf der Brücke?"

Boor 2 nickte. Dann ging er. Auf halbem Weg zur Zentrale begegnete er Collet.

„Kommst du grad vom Captain?", fragte sie.

„Ja."

„Wie geht's ihr?"

„Sie ist über den Berg. Hoffe ich."

„Was ist eigentlich passiert?"

„Das wissen wir nicht. Ich weiß nur, dass Kenny die Medoabteilung gerufen hatte, weil Brauer zusammengebrochen war."

„Es heißt, sie war bei ihm im Quartier ..."

Boor nickte.

„Ich wusste gar nicht, dass sie zusammen sind."

Boor sah sie fragend an.

„Naja, sie soll ... im Bett gelegen haben."

„Vielleicht hat Kenny sie dahin gelegt."

„Nackt?"

„Wer sagt das denn?"

„El... einer der Sanitäter, mit dem ich gesprochen habe. Er hatte sich etwas gewundert, weil ... naja ... Hast du dich nicht gefragt, wieso sie bei ihm war?"

Boor lachte unfroh auf. „Das war nicht mein erster Gedanke, wirklich nicht! Außerdem arbeitet er an diesem Leseding."

„In seinem Quartier? Naja, vielleicht hast du recht: Es geht uns nichts an. Jason, kannst du mir einen Gefallen tun?"

„Was für einen?"

„Kannst du bei den Biologen mal nach dem DNS-Abgleich des Akakoraners fragen?"

„Wieso?"

„Also entweder sie wollen mir nichts sagen oder sie haben es bisher nicht gemacht. Ich vermute ersteres, denn die DNS ist doch das Erste, worum die sich normalerweise kümmern."

„Em … Ich kann das machen, aber ich verstehe nicht, wozu du das brauchst. Und womit sie die Akakor-DNS vergleichen sollen."

Collet sah Boor zweifelnd an. „Mit den Mars-Proben. Wenn er zu den Spuren aus dem Lebensbereich von FaceCity passt oder zu einer der Proben aus dem Panoptikum, dann …"

„Panoptikum?"

„Pa…? Ach so, ja, das kannst du nicht wissen. So haben wir diese Sammlung genannt. Die Bewohner von FaceCity hatten darin organische Proben gesammelt, oft ganze Tiere oder Pflanzen. Und zwar so verschieden, dass sie wohl von unterschiedlichen Welten stammten. Deshalb ja auch die Wanderer-Theorie. Wusstest du, dass einige Leute es für möglich halten, dass die Wanderer Urmenschen mitgenommen und …"

„Xana, sei mir nicht böse, aber ich habe gerade gar keine Zeit für sowas. Ich muss zur Zentrale. Ich rede bei Gelegenheit mit der Bioabteilung, in Ordnung?"

Collet nickte, sichtlich enttäuscht. „In Ordnung. Ich will dich nicht aufhalten."

„Wenn es etwas ruhiger ist, erzählst du mir davon, gut?"

„Ja. Gut. Bis dann."


Boor 1 fühlte sich unausgeschlafen. Seit ihn die Nachricht von Brauers Kollaps erreicht hatte, hatte er keine Ruhe finden können. Sein erster Gedanke war gewesen, wer den Captain jetzt ersetzen würde, sein zweiter, dass dies nicht die passende Reaktion auf diese Nachricht war. Dann hatte er überlegt, ob er in die Krankenstation gehen sollte, um sich über den Zustand des Captains zu informieren; er unterließ es jedoch, weil er wahrscheinlich nur im Weg gewesen wäre. Nach einer Weile, in der seine Gedanken um diese beiden Themen gekreist waren, hatte er sich angezogen, um in die Messe zu gehen, oder in die Zentrale. Präsenz zeigen und Sicherheit vermitteln, wie er es vor langer Zeit einmal bei der Kommandoausbildung gelernt hatte. Doch auch das unterließ er, weil Boor 2 ja jetzt Dienst hatte und das alles sicher tun würde. Er legte sich wieder hin, hatte nun aber noch ein weiteres Problem im Kopf, um das sich seine Gedanken drehen konnten. So hielt es ihn auch nicht lange im Bett, er stand weit vor dem Weckerklingeln auf und machte sich für den Dienst fertig.

Als Boor 1 die Zentrale betrat, bekam sein Doppelgänger gerade eine Nachricht aus der Krankenstation

„… ist jetzt wieder eingeschlafen. Es sieht gut aus, ich denke nicht, dass irgendwas zurückbleibt", hörte er Cohens Stimme.

„Doktor", sagte Boor 2. „Captain Brauer ist nicht zum ersten Mal zusammengebrochen. Als Erster Offizier der Explorer muss ich auf einer gründlichen Untersuchung im Hinblick auf die generelle Dienstfähigkeit des Captains bestehen."

Boor 1 dachte im ersten Moment, dass man so etwas doch nicht vor versammelter Mannschaft sagen konnte, dann sah er die Crew bedeutungsvolle Blicke wechseln und fühlte sich plötzlich selbst in dieses wortlose Gespräch einbezogen. Das passte ihm nicht. Es passte ihm nicht, dass man offenbar von ihm erwartete, Boor 2 zu unterbrechen. Und es passte ihm nicht, dass Boor 2 ihn entdeckte und sichtlich mit etwas Ähnlichem rechnete.

Er sagte: „Wenn ich hier nicht unbedingt gebraucht werde, kann ich ja mal mit dem Doktor sprechen."

Boor 2 zögerte. Sein Blick wanderte zu den Sensorpulten. „Durch den Ausfall der Waréner und des Zweiten Offiziers sind wir etwas dünn besetzt …"

„Klar", sagte Boor 1 und trat zu McCullogh. „Sie sind jetzt schon die zweite Schicht im Dienst, richtig?"

Der Copilot nickte verunsichert.

„Dann löse ich Sie hiermit ab."

„Eh …" druckste McCullogh. „Sir, …"

„Ja? Haben Sie ein Problem? Glauben Sie, ich sei nicht qualifiziert für diese Aufgabe?"

„Nein, Sir! Ich meine, doch, Sir. Es ist nur ... Aye, Sir. Sie ... Ich melde mich dann hiermit zur Freischicht ab."

Imnoi 1 wachte aus einem tiefen Schlaf auf. Er fand sich am Boden vor dem Altar liegend. Neben ihm lag Imnoi 2. Er regte sich nicht.

Boor 2 starrte auf den Hauptbildschirm und versuchte, die Blicke, die er von allen Seiten zu spüren glaubte, zu ignorieren. Ab und an schaute er zu Boor 1, als könnte er dessen Rücken ansehen, was er dachte. Er hatte von ihm zumindest einen missbilligenden Blick erwartet, denn natürlich war es dumm gewesen, diese Forderung an Cohen von hier aus zu stellen. So etwas machte man einfach nicht. Dass Boor 1 diesen Fauxpas kommentarlos überging, rechnete er ihm einerseits hoch an, andererseits war er sich nicht sicher, ob er ihn überhaupt als solchen empfunden hatte. Oder ob er sich die Rüge vielleicht für später aufheben wollte, wenn es strategisch besser passen würde. Boor 2 hatte nicht die Absicht, mit seinem Doppelgänger in einen Wettbewerb zu treten, und wahrscheinlich ging es Boor 1 ähnlich. Andererseits hatten sie keine Wahl, sie konkurrierten nun einmal – um dienstliche Befugnisse, um private Kontakte, um das Recht an ihrer Vergangenheit. Bei letzterem hatte Boor 2 bereits Zugeständnisse gemacht. Und er war ein wenig enttäuscht, dass Boor 1 ihm nicht von sich aus ein oder zwei Erinnerungs- oder wenigstens weniger emotional belegte Dekorationsstücke für sein Quartier zur Verfügung gestellt hatte. Er, Boor 2, hätte das getan.

Imnoi 2 verspürte keinen Schmerz. Sein Denken tauchte langsam aus der Tiefe des Todes auf, winzig klein, erdrückt von der Leere rundum. Ein Schimmern wehte heran, schwebte neben ihm, hüllte ihn ein. Es trug ihn.

Imnoi 1 atmete auf. Sein Doppelgänger glitt aus dem Koma in einen tiefen Schlaf, aus dem er Kraft schöpfen würde.

Klare Kühle breitete sich in Imnoi 1 aus. Er fühlte eine Last von sich genommen, fühlte sich wieder ganz er selbst sein ...

... und begriff im selben Moment, dass die Bindung noch immer bestand.

Brauer hatte einen seltsamen Traum: Leonard stand an ihrem Bett und weinte. Imnoi hatte den Arm um ihn gelegt und flüsterte ihm tröstende Worte ins Ohr. Hinter den beiden standen Collet und Kenny – sie erzählte ihm, dass die Mhalm, eine uralte Zivilisation innerhalb der Interplanetaren Förderation, einst auf die Erde gekommen waren und von dort Urmenschen mitgenommen hatten, um sie auf den von ihnen terraformten Planeten anzusiedeln. Im Gegenzug siedelten sich Wahre Herrscher auf der Erde an, in den Höhlen von Akakor. Immer wenn Collet die Mhalm oder Akakor erwähnte, schluchzte Leonard laut auf. Das Seltsamste war, dass Brauer wusste, dass es ein Traum war – aber nicht ihrer, sondern der von Terk. Dann sah sie Terk über sich schweben, dabei blasser und blasser werden, bis er nur noch ein Hauch im Dunkel war. Jemand fluchte leise und hektisches Piepen drang in Brauers Bewusstsein.

Die Dunkelheit wurde dämmrig. Brauer öffnete die Augen. Sie roch einen vertrauten Duft und blickte sich um. Sie war in der Krankenstation. Aus dem Nebenzimmer hörte sie Leonards „Komm schon, komm schon, komm schon! Nicht aufgeben!", und die Geräusche der Geräte verrieten ihr, dass er alles tat, um wen auch immer am Leben zu halten. Ein kurzer trockener Knall und das Piepen wurde ruhiger. Sie hörte Cohen „Na bitte!" sagen, fühlte sich erleichtert und schlief wieder ein.

Die Stille in der Zentrale fühlte sich heiß an. Boor 2, der im Gegensatz zu allen anderen keine konkrete Überwachungsaufgabe hatte und sich deshalb nicht ablenken konnte, war dieser Last ausgeliefert. Manchmal sah er zum Kommunikationspult, um mit Collet einen Blick zu tauschen, aber die Frau konzentrierte sich ganz auf das, was immer sie in ihrem Ohrknopf hörte. Boor 2 war versucht, das Radio anzustellen, so wie er es manchmal in öden Nachtschichten getan hatte, vor Akakor. Aber das hätte der Anweisung Brauers, in der Zentrale auf diese Art Ablenkung zu verzichten, widersprochen und er wollte sich diese Blöße nicht geben. Also floh er schließlich vor dem Schweigen in den Bereitschaftsraum.

Kaum hatte er sich in einen der großen Sessel fallen lassen, ertönte vom Schreibtischterminal leise das Rufzeichen. Er stand auf und ging ran.

„Alles in Ordnung?", hörte er Collet leise fragen.

„Ja. Warum?"

„Ich weiß nicht, du … gehst doch sonst nicht einfach in den Captainsraum. Ich glaube", ihre Stimme wurde noch leiser, „hier draußen finden sie das alle komisch."

Boor 2 strich sich über den Schädel und sah sich um. Der Captainsraum, richtig. „Ich wollte mir nur mal kurz die Beine vertreten", antwortete er. „Ich …"

„Warte mal, hier kommt ein Ruf von der Krankenstation. Ich stelle durch."

„Dr. Tian?", fragte Boor 2.

„Cohen", korrigierte der Mann am anderen Ende der Leitung. „Sie wollten eine Untersuchung des Captains und ich …"

„Tut mir leid, das war vielleicht etwas schroff …"

„…wollte nur … Was sagten Sie?"

„Ich wollte mich für meinen schroffen Tonfall entschuldigen. Natürlich zweifle ich nicht die Diensttauglichkeit des Captains generell an."

„Schon gut, Sie hatten ja recht." Cohens Stimme klang versöhnlich. „Es war etwas viel für sie in letzter Zeit. Aber wüsste ich einen stichhaltigen Grund, sie von der Brücke zu nehmen, hätte ich das schon getan, glauben Sie mir. Ich wollte auch nur Bescheid geben, dass ich nach den Daten, die ich derzeit von Micha bekomme, keinen Anlass sehe, sie dienstunfähig zu schreiben. Ich weiß natürlich nicht, wie sie sich fühlt, wenn sie aufwacht. Aber wenn sie erfährt, dass nun auch Aslan wegen des Infektes ausfällt, wird sie …"

„Aslan? Sie meinen die Grippe?" Boor 2 setzte sich.

„Wir sind noch nicht sicher. Ich halte es für eine atypisch verlaufende Marsgrippe, Tian für eine Depression nach der Akakor-Sache. Die Tests laufen noch. Sie sollten noch wissen, dass Mit'Xitlans Zustand besorgniserregend ist. Ich bin mir noch nicht im Klaren, was das für Terk …"

Die Tür des Bereitschaftsraumes öffnete sich und Boor 2 sah auf. Boor 1 trat ein.

„… bedeutet. Eventuell sollten Sie Imnoi …"

„Doktor, ich muss Sie leider unterbrechen. Ich melde mich später noch einmal." Bevor er die Verbindung unterbrach, hörte er Cohen noch etwas von „Einfluss auf den Computer" sagen, hielt das jedoch schon im nächsten Moment für einen Irrtum. Er sah Boor 1 an. „Was gibt's?"

Boor 1 runzelte die Stirn. „Das wollte ich dich fragen." Dabei streifte sein Blick über den Schreibtisch.

„Wieso?"

„Der Captainsraum?"

„Was?"

„Naja, es ist …", er hob die Hände, um Anführungsstriche in die Luft zu zeichnen, „der Captainsraum."

Boor 2 starrte seinen Doppelgänger an. „Was willst du andeuten? Dass ich sie schon aufgebe und ihren Platz beanspruche?"

„Wie bitte? Nein!" Boor 1 war sichtbar über diese Idee überrascht. „Ich wollte gar nichts andeuten."

„Also was genau willst du?"

„Nichts Spezielles, ich habe mich nur gewundert. Es ist nicht m… unsere Gewohnheit, den Captainsraum zu benutzen."

„Dann gewöhn dich daran, dass es meine werden wird!"

Boor 1 sagte: „Geht es dir gut? Du siehst blass aus."

„Was soll das jetzt wieder?!"

„Vielleicht bist du krank."

„Das könnte dir so passen!" Boor 2 stand auf und baute sich vor seinem Doppelgänger auf. „Vergiss es, ich räume nicht schon wieder das Feld!"

Boor 1 runzelte die Stirn. „Was meinst du damit? Das Quartier? Wir haben ja nicht mal drüber geredet, du hast mich quasi darüber informiert, dass du ein neues Quartier bezogen hast."

„Ja, war alles schön einfach für dich!"

„Hey! Ich weiß nicht, was du für ein Problem hast, aber lass es nicht an mir aus!" Er drehte sich um, um zu gehen.

„Klar! Hau ab! Das hat schon bei Sylvi immer gut funktioniert!"

Boor 1 fuhr herum. „Wie bitte??"

„Wenn's eng wurde, hast du dich immer verdrückt. Oder wenn dir was nicht passte. Sie hat immer nachgeben müssen."

„Spinnst du jetzt total? Wir hatten nie Streit."

„… weil du immer vorher abgehauen bist!"

„Du ja wohl auch!"

„Aber im Gegensatz zu dir hab ich das jetzt begriffen! Wenn Sylvi dir nicht immer nachgegeben hätte, wär sie wahrscheinlich gar nicht auf der Hope gewesen und könnte noch leben!"

Boor 1 schluckte hart. Dann drehte er sich um und ging.

„Ja, hau ruhig wieder ab!", rief ihm Boor 2 nach, bevor er auf den Stuhl zurück fiel. „Scheiße", murmelte er und schüttelte über sich selbst den Kopf.

Michaela Brauer erwachte von einem Verspannungsgefühl im Rücken. Es löste sich auch nicht, als sie sich auf die Seite drehte, im Gegenteil. Leises Klappern einer Tastatur drang in ihr Bewusstsein und der Geruch der Krankenstation. Brauer öffnete die Augen und setzte sich auf.

Leonard Cohen trat zu ihr und griff nach ihrem Handgelenk.

„Was ist passiert?", fragte Brauer und schwang die Beine aus dem Bett.

„Du warst ohnmächtig." Er ging an den Geräteschrank.

„Wie, ohnmächtig?"

„Bewusstlos, kollabierter Kreislauf und eine Art Nervenzusammenbruch." Er kam mit einem Handscanner zurück, den er auf Brauer richtete.

„Und wieso?"

„Das haben wir nicht rausfinden können." Er studierte die Anzeigen des Scanners. Sie waren offenbar zufriedenstellend.

„Und wo ist es passiert?"

„Bei Jake Kenny."

„Bei ...?" Sie erinnerte sich. „Ach ja."

Cohen ging zum Terminal und tippte etwas ein.

„Und was sagt er?"

„Wer?"

„Jake. Darüber, was passiert ist."

„Du bist zusammengebrochen."

„Einfach so?"

„Wär nicht das erste Mal." Er kam mit einem weiteren Scanner zu Brauer herüber. „Boor wollte übrigens eine Bestätigung von mir, dass du generell diensttauglich bist."

„Und was hast du ihm gesagt?"

„Dass ich die Untersuchung nach deinem Aufwachen abwarten will." Er begann, Brauers Kopf zu scannen.

„Du fürchtest, du findest was Ernstes?"

„Nein." Er sah auf das Handgerät.

„Und?"

„Alles in Ordnung." Er brachte den Scanner zurück zum Schrank. „Mit'Xitlan liegt nebenan. Atypischer Kollaps in Folge einer Marsgrippe-Infektion. Sein Zustand ist zwar stabil aber schlecht."

„Was sagt Imnoi dazu?"

„Einer war kurz hier, ist aber kommentarlos wieder gegangen. Er sah blass aus, war aber weg, bevor ich einen Grippe-Test machen konnte."

Brauer lauschte in sich hinein, ob sie etwas von Terk empfangen konnte. Erfolglos. „Zitier Imnoi doch wieder her."

„Er sagte, er sei beschäftigt, und eine Anfrage bei Boor, ihn sozusagen per Befehl herzuschicken, lief ins Leere."

„Ins Leere?"

„Er unterbrach mich mitten im Satz." Er sah Brauer an. „Aslan hat eine leichte Marsgrippe, du solltest ihn beurlauben."

„Warum schreibst du ihn nicht krank?"

„Tian hat es ihm überlassen."

Brauer verdrehte genervt die Augen. Dann merkte sie, dass Cohen sie noch immer ansah. „Was ist?"

„Boor hatte vorhin statt auszuschalten auf seiner Seite nur auf stumm gestellt. Ich hörte den anderen Boor reinkommen und die beiden reden. Ich habe zwar schnell ausgemacht, aber ich glaube, die beiden haben gestritten."

Brauer wollte etwas Sticheliges der Art, wie schnell er den ausgemacht habe, sagen, aber sein Blick ließ sie Abstand davon nehmen. Sie hob fragend die Brauen.

„Vielleicht solltest du das klären."

„Die Boors sind erwachsen, Leo, die kommen schon klar."

„Wenn du meinst." Er wandte sich wieder seinem Schreibtisch zu, nahm daran Platz und tippte etwas in den Terminal.

Brauer wartete, dass er etwas sagen würde. Dann stand sie auf, ordnete kurz ihre Kleidung und fragte: „Noch irgendwas, das ich wissen sollte?"

Cohen schüttelte den Kopf.

„Dann geh ich jetzt."

Er nickte.

Und sie ging.

Imnoi 1 fühlte sich wie in einem Strudel. Seine Gedanken und die seines Doppelgängers, dessen Schmerzen, Mit'Xitlans wilde Koma-Träume, Terks mühsame Suche nach Halt in seinem Wirt und nicht zuletzt Michaelas Empfindungen und Überlegungen umwirbelten ihn in chaotischen Mustern und zogen ihn mal hierhin, mal dahin und oft in verschiedene Richtungen gleichzeitig. All das erinnerte ihn an seine ersten Besuche in der Zwischensphäre. Damals war sein Lehrer an seiner Seite gewesen, der ihm beistand und einen Ankerpunkt in den Strudeln bot. Hier und jetzt war er allein, musste sich selbst festhalten. Er versuchte, sich darauf zu konzentrieren, die sich vermengenden Eindrücke voneinander zu trennen und an den Rand seines Ich zu schieben …

Da war Imnoi 2, der im Nebenzimmer schlief. Einige seiner inneren Wunden waren wieder aufgebrochen, bei anderen hatte das Narbengewebe zu wuchern begonnen und drückte nun auf die Nervenzellen der Umgebung. Imnoi 1 spürte die Heilimpulse, die das Hirn seines Doppelgängers im Schlaf aussandte. Sie schienen stark genug zu sein, damit er Imnoi 2 vorerst sich selbst überlassen konnte.

Mit'Xitlan brauchte ihn dringender. Das Fieber, das dessen Körper erfasste hatte, wirkte sich auch auf die mentalen Kräfte aus. Von gezielten Heilimpulsen konnte hier nicht im Geringsten die Rede sein, im Gegenteil. Als Imnoi versuchte, lenkend einzugreifen, fühlte er sich wütend attackiert, so als empfände Mit'Xitlans Unterbewusstsein ihn als Gefahr. Terk immerhin griff es nicht an, aber trotzdem schien der Herrscher seine Verbindung zu Mit'Xitlan zu verlieren.

„Warum gehst du nicht hin?"

Imnoi schreckte auf. Er sah zum Nebenzimmer, aber Imnoi 2 schlief noch immer.

„Aslan wirkt doch gar nicht krank. Hoffentlich hat Wil was Brauchbares gefunden."

Das musste Michaela sein. Dass er ihre Gedanken, ohne sie gezielt zu lesen, so klar empfangen konnte, überraschte Imnoi.

„Ah, die Daten aus dem Biolabor! Nachher ... Imnoi sollte bei Mit'Xitlan sein. Ich sollte bei Terk sein. Warum gehen wir nicht hin? Nachher. Jetzt wissen es sicher alle. Jake ... Boor streitet sich? Und das ... selbst! Wieso ... Aslan ... mit Terk, wenn Mit'Xitlan stirbt? Ob ... übersiedeln ... "

Es war schwieriger als erwartet, Michaelas Gedanken auszublenden. Zuerst versuchte Imnoi, sie zu ignorieren, dann, sie zu unterdrücken. Ein Gefühl erwachender Panik schlug zu ihm zurück, also unterließ er es. Dann versuchte er, sie auf Michaelas Tagesgeschäft zu lenken und dabei eine dämpfende Barriere zwischen sich und ihr aufzubauen. Im Ergebnis fühlte er sich selbst wie in einen Nebel gehüllt, durch den hindurch er alles nur mit halber Intensität wahrnehmen konnte. Aber immerhin konnte er sich so auf Mit'Xitlan konzentrieren.

Wil Richards hatte sich in Eifer geredet. Einer der Ersten Offiziere und Aslan lauschten seinen Ausführungen über Akakor und die Allianz. Brauer wunderte sich einen Moment lang, warum Kenny nicht anwesend war, erinnerte sich dann aber, dass sie ihn nicht hatte rufen lassen.

„Dieser Bund", sagte Richards gerade, „bestand vermutlich aus weniger als hundert Mitgliedern. Sein Zentrum wird in dem Buch als Hantlann bezeichnet. Vielleicht auch Anatlann oder Xantlenn oder so ähnlich. Der Computer gibt für die erste Sprechweise 82 Prozent Wahrscheinlichkeit aus, für die zweite und dritte jeweils 80,7."

Brauer dachte mit einer Hälfte ihrer Aufmerksamkeit darüber nach, wie wichtig wohl die korrekte Aussprache war. Der andere Teil ihrer Gedanken beschäftigte sich mit Leos seltsamem Verhalten bei ihrem Erwachen vor knapp zwei Stunden. Vielleicht war er durch die Sorge um Mit'Xitlan abgelenkt gewesen. Noch nicht einmal die übliche Warnung, vorsichtig zu sein, hatte er ihr mitgegeben.

„Das Lehrbuch", erklärte Richards, „deutet an, dass es sich bei diesem Bund um eine Gemeinschaft gleichberechtigter Mitglieder handelte, ähnlich dem Terranischen Bund. Oder der Föderation. Allerdings scheinen sich unter den Mitgliedern viele Planeten befunden zu haben, die ihren Entwicklungsstandard erst durch Technologietransfer erhalten haben. An einer Stelle war sogar von Terraforming die Rede."

Brauer horchte auf. „Terraforming?"

„Das System übersetzte es mit Lebendmachung. Dann wurden Menschen dort angesiedelt. Glaube ich. Vielleicht waren es auch spezielle Tiere, ich habe das noch nicht richtig verstanden. Man hatte diese ... Wesen von irgendwo mitgebracht und hatte dann wohl einige Probleme mit ihnen."

„Was für Probleme?"

„Ich weiß nicht, Sir, die Texte, die ich bisher dazu übersetzt habe, sind sehr ungenau in dieser Hinsicht. Etwas von nicht kompatibel habe ich gesehen, weiß aber nicht, ob das gesellschaftlich oder biologisch gemeint ist. Es gibt auch eine Bemerkung, die – wenn der Computer sie richtig übersetzt hat – auf gesellschaftliche Probleme auf einigen dieser Welten hindeutet. Die technischen Möglichkeiten gerieten wohl in Widerspruch zum ... ich nenne es mal Traditionellen."

Brauer fühlte einen ziehenden Schmerz in ihrem Körper, ohne ihn lokalisieren zu können. Sie dachte: ‚Imnois Wunden heilen noch immer nicht.' Und dann dachte sie: ‚Mit'Xitlan geht es schlecht.'

Richards sprach von kriegerischen Auseinandersetzungen, die in einem Tagebuch erwähnt wurden.

Brauer fühlte einen Blick auf sich ruhen und sah zu Boor. Sie überlegte, um welchen der beiden Doppelgänger es sich handelte. Aslan stellte eine Frage. Brauer verstand sie nicht. Die Laute, die wie durch dicke Watte an ihr Ohr drangen, ergaben keinen Sinn. Boor antwortete irgend etwas, das im Rauschen eines riesigen Wasserfalls unterging. Brauer kämpfte gegen das Wasser an ...

... und dann passierte etwas.

Eine gewaltige Implosion.

Sie zerrte an der Frau. Die stemmte sich gegen den Sog, fand mit den Füßen einen Halt und tauchte plötzlich wieder auf. In ihrem Sessel. Jason Boor sah sie noch immer mit dem gleichen fragenden Blick an. Wildor Aslan sagte zu Richards, er könne es sich nicht vorstellen. Brauer versuchte, sich zu erinnern, wovon gerade die Rede gewesen war.

Und dann wusste sie auf einmal, dass Mit'Xitlan tot war. Terk sagte: „Ich hatte das beste Leben aller Herrscher", und trudelte in die Unendlichkeit des Alls davon. Imnoi streckte ihm die Hand nach, ohne ihn noch zu erreichen. Der andere Imnoi schrie vor Schmerz auf.

„Sir?", fragte jemand besorgt, und Brauer öffnete die Augen. Boor musterte sie.

„Es ist in Ordnung", behauptete Brauer.

Die Rufanlage piepte. Aslan drückte den Empfangsknopf und lauschte auf den auf Flüstern geschalteten Lautsprecher. Der Zweite Offizier wurde blass. Er blickte zu seinem Captain. „Doktor Cohen, Sir. Er sagt, der Kara sei … Er ist gestorben, Sir."

„Ich weiß", antwortete sie und stand auf.

„Soll ich Sie begleiten?", fragte Boor besorgt.

Brauer schüttelte den Kopf und verließ wortlos das Zimmer.

Sie ging zu Imnoi.


Als Collet und Boor 2 das Biolabor verließen, fühlte sich Boor verwirrt. Während Manku Nio, der neue Chefbiologe, sprach, hatte alles ja noch ganz logisch geklungen, aber jetzt?

„Ich hatte das mit den Mhalm nie so ernst genommen", sagte Collet. „Du?"

„Was nicht ernst genommen?"

„Dass sie schon vor so langer Zeit Planeten terraformt haben sollen. Ich dachte, die Föderation übertreibt da oder unsere Leute haben die Daten falsch übersetzt. Aber wenn Akakor wirklich ein Außenposten dieser alten Zentralrasse war …" Sie nickte anerkennend.

„Ich hatte Nio so verstanden, dass es ein Außenposten der Wanderer war …"

„Vielleicht sind die Mhalm die Wanderer. Gewesen", korrigierte sie sich. „Heute sind sie nur noch die Geschichtenerzähler der Föderation."

„Du verwechselst das mit den Lhalm."

„Was?"

„Die Lhalm sind die Geschichtenerzähler, nicht die Mhalm. Die Lhalm sind … Ach egal", winkte Boor ab. „Wo kommen wir ins Spiel?"

„Wir?"

„Nio sagte doch, es gäbe Ähnlichkeiten …"

„Stimmt", erinnerte sich Collet.

„Vielleicht sind die Menschen ja ebenfalls Nachfahren …"

„Nein nein", unterbrach sie ihn, „die Menschen sind schon auf der Erde entstanden. Aber die Wanderer haben wohl mal beim Probensammeln ein paar Neandertaler oder andere Verwandten mitgenommen. Oder sogar erste Frühmenschen. Die sind dann wohl als Teilspezies oder so bei den Wanderern integriert worden. Und davon stammen die Akakoraner ab. Und die Waréner wohl auch. Vielleicht. In der Föderation gibt es jedenfalls sehr viele Spezies, die in diesen Typenkreis passen."

Boor runzelte die Stirn. „Und das sollen alles Nachfahren unserer Vorfahren sein?"

Collet hob die Schultern. „Warum nicht."

„Na ich weiß nicht. Was soll am Neandertaler so toll gewesen sein, dass die Mhalm ihn derart massenhaft verbreitet haben?"

„Sie haben wahrscheinlich gar nicht den Neandertaler genommen, die Zeit zwischen dessen Vorkommen und Heute hätte kaum gereicht, um so eine Vielfalt und Masse an diversen Spezies zu … erzeugen hätte ich fast gesagt. Sie könnten den Homo erectus oder den Homo rudolfensis mitgenommen haben. Andererseits: Vielleicht haben sie ja künstlich eingegriffen. Ich meine, wenn ich mir so die Proben von FaceCity ansehe, die ja ebenfalls zu unserem Gen-Kreis passen – die wirken schon etwas künstlich. Vielleicht haben die Mhalm auch die Erde terraformt, so dass sich hier eine Spezies entwickelt hat, die in das allgemeine Schema passte. Andererseits …"

„Ah!", unterbrach er sie mit erhobenen Händen. „Lass gut sein, ich bitte dich. Homo erectus, Homo rudolfus – ich kenn mich da überhaupt nicht aus."

„Naja, so detailliert muss man es vielleicht auch nicht wissen."

„Danke." Boor 2 sah auf einen Punkt hinter Collet. „Ich denke, er ist krank?"

„Wer?" Sie drehte sich um. „Dor?"

Wildor Aslan, der hinter einer Kurve aufgetaucht war, kam geradewegs auf Boor 2 zu. „Sir?", sprach er ihn an.

„Sollten Sie nicht im Bett liegen?", fragte Boor.

„Nein. Dr. Tian hat mir ein Grippemittel mitgegeben. Nur wenn es mir schlechter geht, soll ich mich abmelden."

„Aha. Und das woll'n Sie jetzt tun?"

Aslan war offenbar irritiert. „Nein, Sir."

„Ich dachte. Weil Sie so blass aussehen."

„Nein. Nein mir geht es gut. Ich wollte Sie nur bitten, mir auf der Quartierliste meinen Umzug zu bestätigen."

„Sie ziehen um?", staunte Collet. „Wieso?"

Aslan reagierte nicht auf die Frage.

„Als Zweiter Offizier sind Sie für die Verteilung der Quartiere zuständig", sagte Boor.

„Ich würde gern dem Vorwurf vorbeugen, mir aus dieser Stellung heraus irgendeinen Vorteil verschafft zu haben, Sir", erwiderte Aslan steif.

„Vorteil?", wunderte sich Boor. „Was zum Teufel können Sie sich für einen Vorteil verschaffen, wenn Sie ein anderes Quartier beziehen? Sie sind alle gleich."

Aslan schwieg.

„Na gut." Boor klopfte Aslan auf die Schulter und lächelte. „Welches wollen Sie denn?"

„Nummer sechzehn, Sir."

„Näher am Club", stellte Boor fest. „Meinen Segen haben Sie. Brauchen Sie einen Transporter für Ihre persönlichen Dinge?"

„Ich nehme nichts mit, Sir."

Boor sah ihn groß an. „Sie …"

Collet fragte: „Warum nicht?"

Aslan ignorierte die Frage und sah zu Boor.

Der erkundigte sich, was Aslan mit seinen persönlichen Dingen tun wolle.

„Wegwerfen."

Boor 2 legte ihm die Hand auf den Arm. „Na, na, das ist ein ziemlich … drastischer Entschluss, finden Sie nicht?"

„Nein, Sir."

„Wie wäre es", schlug Boor vor, „wenn wir in einem der Lager einen Container für Sie freimachen? Vielleicht vermissen Sie Ihre persönlichen Gegenstände bald und wollen sie wiederhaben."

„Wie Sie meinen, Sir", sagte Aslan und ging.

Boor 2 und Collet sahen ihm nach. „Verstehst du das?", fragte sie.

Boor strich sich über den Schädel, atmete tief durch und nickte.

Boor 1 sah zu, wie Müller die Navigationskonsole von Sauders übernahm, und stand auf. Er warf einen Blick zur Uhr. Laut angepasstem Dienstplan sollte sein Doppelgänger in fünf Minuten zum Dienst erscheinen. Boor 1 hatte keine Lust, auf ihn zu warten. Hatte er vor ein paar Tagen noch nicht einmal drüber nachgedacht, so missfiel ihm nun zunehmend der Gedanke, dass der andere seinen Platz neben dem Captain einnehmen würde. Mit denselben Befugnissen, mit derselben Befehlsgewalt. Er konnte alles durcheinanderbringen, weil er die Macht hatte, eigene Prinzipien an Bord durchzusetzen. Boor wies sich zurecht: Der andere hatte ja gar keine eigenen Prinzipien. Oder vielmehr: Er hatte keine anderen Prinzipien. Konnte sie gar nicht haben, denn er war ja nur eine zweite Verkörperung des Individuums Boor.

War er das? Offensichtlich nicht. Nicht nach dem, was neulich im Captainsraum passiert war. Oder nach dem, was er fühlte, wenn er ihm gegenüberstand. Aber rein logisch …

„Jason?", fragte Sauders.

Boor schreckte auf. „Hm?"

„Soll ich auf dich warten?"

„Warum?"

„Wir wollten im Fechtsaal vorbeigehen", erinnerte der Ire.

Boor sah auf die Uhr. Noch vier Minuten. „Ich komme mit", entschied er und übergab Müller das Kommando.

Als sich die Tür hinter Boor 1 und Sauders geschlossen hatte, schüttelte Sauders den Kopf. „Ist dir schon mal aufgefallen, was sich seit Akakor für eine Schlamperei an Bord breitgemacht hat?"

Boor sah ihn mäßig interessiert an. „Schlamperei?"

„Zumindest in der Zentrale", schränkte Sauders ein. „Da keiner den richtigen Überblick über die individuell angepassten Dienstzeiten hat, kommt und geht scheinbar jeder, wann er Lust hat. Zum Beispiel hätte Aslan erst mit mir Schluss haben sollen. Als er sich abmeldete, hast du nicht mal gefragt, wieso er schon verschwindet."

„Ich nahm an, es wäre seine Zeit", verteidigte sich Boor matt.

„Genau das meinte ich", erwiderte Sauders. „Sogar der Captain scheint sich der allgemeinen Trantüdelei angeschlossen zu haben!"

„Brauer ist gesundheitlich nicht ganz auf dem Posten."

„Wieso taucht sie dann trotzdem immer wieder auf? Ich meine, vielleicht hatte der andere recht: Wenn der Captain krank ist, muss sie sich auskurieren. Wenn sie in der Zentrale ist, übernimmt sie automatisch das Kommando. Irgendwie. Was, wenn Brauer eine Fehlentscheidung trifft?"

„Willst du sagen, ich sollte mit ihr darüber reden?"

„Das meine ich nicht. Du solltest es, aber ich meinte das nur als Beispiel. Die Disziplin an Bord ist mies, JB, das wollte ich sagen."

Boor seufzte. „Uns steckt wohl allen noch die Sache mit Akakor in den Knochen."

„In den Köpfen, JB", korrigierte Sauders.

„Oder so", räumte Boor 1 ein und schwieg. Er dachte daran, dass er sich jetzt eigentlich vornehmen müsste, Zacs Hinweis nachzugehen und dem drohenden Chaos entgegenzuwirken. Der andere hätte es wahrscheinlich prompt getan. Dann fiel ihm ein, dass er nicht einmal mehr den Dienstplan von Lorena kannte. Und der gehörte früher eigentlich zu den wenigen Plänen, die ihm – neben seinem eigenen und dem des Captains – geläufig gewesen waren.

Boor seufzte erneut und wäre beinahe mit jemandem zusammengestoßen, der aus einem Seitengang trat.

Boor 2.

Boor 1 murmelte eine Entschuldigung.

Boor 2 schaute verblüfft auf seine Uhr und fragte: „Bin ich zu spät?"

Boor 1 schüttelte den Kopf. „Ich bin zu früh."

„Aha", sagte Boor 2. „Ist irgendwas passiert?"

Boor 1 schüttelte noch einmal den Kopf. „Nein."

Und Boor 2 wiederholte sein „Aha." Dann fragte er: „Ist der Captain wieder im Dienst?"

„Offiziell?", fragte Boor 1 nach. „Offiziell nicht. Aber Brauer war schon mal da, zur Besprechung. Sie ist dann gegangen. In die Krankenstation vermutlich. Mit'Xitlan ist gestorben."

„Hat er's doch nicht geschafft. Was war es?"

„Cohen wusste es noch nicht genau."

„Dann ist das wohl kein guter Zeitpunkt, um mit dem Captain zu sprechen", vermutete Boor 2.

„Worüber?"

„Zum Beispiel über die fällige Aufhebung der individuellen Dienstpläne."

„Ach!", entfuhr es Sauders. Boor 1 warf ihm einen raschen Blick zu.

Boor 2 sah die beiden abwechselnd an. „Das habt ihr euch wohl gerade vorgenommen?", mutmaßte er.

„Gewissermaßen", antwortete Boor 1.

Boor 2 verzog die Mundwinkel zu einem halben Grinsen. „Gewissermaßen ...", echote er.

Boor 1 versteifte sich. „Wie meinst du das?"

„Ich meine gar nichts. Es ist mir schnurz, wer von uns beiden den Captain an die neuen Pläne erinnert. Hauptsache, es tut überhaupt jemand. Soll ich dir also Bescheid geben, wenn Brauer zu sprechen ist? Dis..." Boor 2 blickte haarscharf an Boor 1 vorbei und lächelte.

Sauders drehte sich um.

„...kret natürlich", vollendete Boor 2 seinen Satz und trat an Boor 1 vorbei auf Lorena Solana zu. Er strahlte sie an. „Ich hätte nie zu träumen gewagt, dass meine Schicht so erfreulich anfängt. Sie sind auch gerade auf dem Weg zur Zentrale, wenn ich mich nicht täusche?"

„Sie täuschen sich nicht", antwortete sie und wusste offensichtlich nicht recht, wie sie reagieren sollte. Ihr Blick huschte unsicher zwischen den beiden Boors hin und her.

Boor 2 bemerkte es nicht. Vielleicht tat er auch nur so. Jedenfalls bot er Solana seinen Arm. „Darf ich Sie begleiten?", säuselte er.

Eher überrumpelt als überzeugt nickte Solana, hakte sich bei Boor 2 unter und ließ sich von dem fröhlich schwatzenden Ersten Offizier zur Steuerzentrale führen.

Sauders klappte den Mund auf und zu und sah Boor 1 an. „Was zum Teufel war das??"

Boor 1 löste seinen Blick langsam von dem Gang, in dem sein Doppelgänger verschwunden war. Er sah zu Sauders. „Anmache", sagte er nach einer Weile.

„Das weiß ich selbst!", fuhr Sauders auf. „Ich meine: Tickt der Kerl noch ganz richtig? Was sind denn das für neue Methoden?!"

„Das sind keine neuen Methoden, Zac", sein Blick wanderte erneut zu dem Gang, als könne er Boor 2 und Solana dort noch sehen. „Das ist genau die Masche, mit der wir in unserer Jugend so umwerfende Erfolge hatten."

„Der Mann ist 36!"

„Jung genug", erwiderte Boor.

„Ach komm! Du würdest dich nie so albern aufführen!"

„Warum nicht?", fragte Boor und sah Sauders an. „Es hat immer gut funktioniert."

„Weil es gegen deine Natur ist!", erwiderte Sauders bestimmt.

„Wenn es das wäre, hätte … er sich nicht so verhalten."

„Er ist anders als du", behauptete Sauders.

„Er ist praktisch mein zweites Ich."

Sauders schnaubte verächtlich. „Dann sei froh, dass du dieses Ich los bist, JB!"

Boor schwieg. Er wäre in diesem Augenblick lieber der andere, der an Lorenas Seite gewesen. Und er hätte es sein können, wenn er noch so jung gewesen wäre, wie sein Doppelgänger sich gab.

Imnoi 2 schlief jetzt endlich. Der Schock von Mit'Xitlans Tod hatte seine mentalen Schilde zerbrochen, so dass der Schmerz seiner wieder aufgebrochenen Wunden ihn ganz überfluten konnte. Es hatte Imnoi 1 viel Kraft gekostet, dem anderen Linderung zu verschaffen. Und einen Teil dieser Kraft hatte er von Michaela bezogen.

Jetzt saßen sich Brauer und Imnoi 1 erschöpft gegenüber.

Imnoi hatte sich zurückgelehnt und die Augen geschlossen. Er sagte: „Terk hätte bleiben können, in einem von uns."

Brauer schüttelte den Kopf. „Er hätte denjenigen nur mit in den Tod gezogen. Oder in den Wahnsinn, was noch schlimmer gewesen wäre."

Er sah sie an.

Sie wich dem Blick nicht aus. „Sie beide sind schon durch die Doppelung einer hohen Belastung ausgesetzt. Ein drittes Bewusstsein in diesen Verbund zu integrieren, hätte Ihre Möglichkeiten überstiegen."

Der Kara stand auf und drehte sich zum Fenster. Er starrte in die Leere hinaus.

Brauer musterte ihn. Sie fühlte ihn mit etwas kämpfen. Es war nicht der Verlust Terk'Mit'Xitlans. Es war ihre Anwesenheit, die den Waréner belastete. „Soll ich gehen?", fragte sie deshalb.

Imnoi wandte sich um.

Brauer sah ihn nicken und spürte gleichzeitig, dass damit nichts gelöst war. Sie blieb sitzen.

Imnoi ging zur Tür des Nebenraumes und warf einen Blick auf den schlafenden Doppelgänger.

Brauer wusste, dass Imnoi 1 nicht hätte nachzusehen brauchen. Und ihr wurde bewusst, dass sie ebenfalls nicht nachsehen brauchte, um sicher zu sein, dass Imnoi 2 ruhig schlief.

Sie hätte es aber müssen.

Sie hätte Imnois Gefühle, seine Gedanken nicht mehr in sich spüren dürfen, jetzt, da Terk tot war.

Panik quoll in ihr auf. Sie stand auf und ging zur Tür. Auf halbem Wege kehrte sie jedoch um, trat zu einem Regal und rückte an einer Grünpflanze herum.

„Es tut mir leid", sagte Imnoi.

Brauer drehte sich zu ihm um. „Was tut Ihnen leid?"

„Dass Sie an uns gebunden sind."

„Was bin ich?"

Imnoi setzte sich und forderte auch Brauer auf, wieder Platz zu nehmen.

Sie kam dem nach und sah zu dem Waréner auf. „Was ist eigentlich los?", fragte sie, obwohl sie es ahnte. „Was meinen Sie damit, ich sei an Sie gebunden?"

„Was ich sagte. Es besteht eine Bindung zwischen Ihnen und uns."

„Eine richtige warénische mentale Bindung?"

Imnoi nickte.

Brauer lachte gezwungen. „Sie wollen mich auf den Arm nehmen!"

„Nein."

„Sie meinen, Sie und ich, wir stehen in ständigem mentalen Kontakt zueinander?"

Er schwieg.

Sie wusste, dass er genau das meinte. Und es war in der Tat die einzige Erklärung dafür, dass sie auch ohne Terks Vermittlung noch immer seine Gegenwart so stark empfand, seine Gefühle erspüren konnte, ja sogar Gedanken von ihm empfing. Trotzdem sagte sie: „Das ist verrückt!"

Imnoi hob eine Braue.

„Und wie?", kämpfte sie weiter. „Ich meine: Wie soll denn die entstanden sein? Soweit ich mich erinnere, habe ich seit meinem Besuch auf Warén nicht mehr an einer Bindungszeremonie teilgenommen."

„Das haben Sie auch damals nicht. Eine Verbindung, wie sie damals mit Hilfe Ihrer Mutter zu den Wahren Herrschern hergestellt wurde, ist von temporärer Art. Sie ermöglicht einen zeitlich beschränkten Austausch von Informationen. Eine Bindung besteht, wenn sie nicht ausdrücklich gelöst wird, über die gesamte weitere Lebensspanne der Partner. Die Konsequenz einer solchen Bindung ist die Anteilnahme des jeweils anderen an den Gefühlen und Gedanken des einen. Dieser Austausch kann für die Dauer der Bindung gedämpft, nicht aber gänzlich aufgehoben werden."

‚Das erklärt einiges', dachte Brauer. Ein Gedanke, nein eher ein Gefühl huschte im Hintergrund vorbei und verschwand, ehe sie es erkennen konnte. „Aber … ich meine … Wie kommt das?"

Imnoi atmete tief durch. „Soweit mir bisher bekannt war, entstehen Bindungen im Verlauf einer speziellen Zeremonie oder nach einer langen Zeit Gemeinsamkeit mit vielen temporären Verbindungen."

„Beides trifft auf uns nicht zu", sagte sie und hatte das Empfinden, eine Möglichkeit sei nicht genannt worden.

„Beides trifft auf uns nicht zu", bestätigte Imnoi. „Doch mehr weiß auch ich nicht darüber. Bindungen gehören zur inneren Privatsphäre, man lernt nichts darüber in der Tempelschule oder als

Meisterschüler. Selbst in den Büchern der Drei Lehren findet man nur Andeutungen zu diesem Thema. Lediglich ausgewählte Zeremonien sind verzeichnet. Viele davon sind allerdings nur begrenzt wirksam."

Brauer rieb sich die Stirn. „Okay", murmelte sie, noch immer um Fassung ringend. „Aber dass es eine Bindung ist, dessen sind Sie sich sicher." Etwas in ihr wunderte sich, dass sie nicht wirklich darüber beunruhigt war.

Er nickte. ‚Du weißt es auch', setzte er lautlos hinzu.

„Ja. Und eh … Das hält jetzt ein Leben lang? Sie sind immer in meinem Kopf?"

„Praktisch ja. Man kann es dämpfen, vielleicht auch temporär ausblenden."

„… aber nicht beenden."

„Wir haben es versucht, aber … Sie haben das nicht gut verkraftet, Captain."

Sie begriff: „Die Ohnmachtsanfälle? Das waren …"

„… Trennungsversuche. Ja, einige davon."

„Also …", sie versuchte noch immer, dieses merkwürdige Gefühl im Hintergrund zu identifizieren, „… geht es nicht."

„Nicht im Moment. Vielleicht, wenn Imnoi 2 wieder bei Kräften ist. Er ist sozusagen der Dritte im Bunde."

Das war nicht die Information, die sie suchte.

„Das ist ein Teil des Problems. Die identischen Gedankenstrukturen zwischen ihm und mir führen zu Resonanzen, die zu lösen uns Kraft kosten. Seine Wunden kosten ihn und über die … gewissermaßen Selbstbindung auch mich Kraft. Eine Bindung wie zwischen uns und dir ist auch zwischen Kara keine nur spielerisch leichte Angelegenheit. Du als Mensch bist zudem noch weniger für so etwas gerüstet. Dein Unterbewusstsein scheint sich deshalb auch von Anfang an dagegen gesperrt zu haben, indem es Abwehrreaktionen erzeugt, die mein Bewusstsein natürlich irgendwie aufzufangen versuchte. Dazu noch die Kontakte, die wir drei jeweils zu Mit'Xitlan und Terk pflegten … Und all das beeinflusste sich auch noch gegenseitig. Unsere Kraftreserven sind erschöpft und wegen Imnoi 2s Verletzungen werden sie wohl auch nicht so schnell wieder aufgefüllt sein."

Ein heller Gedanke schoss ihr durch den Kopf. „Starb Terk'Mit'Xitlan, weil …?"

„… dieses Bindungschaos ihn zu sehr schwächte?", sprach er es aus. „Wir sind nicht sicher, aber es beschleunigte sein … es beschleunigte es wahrscheinlich."

Brauers Gedanken stürzten wild durcheinander: Jemand an Bord war gestorben, und sie war beteiligt gewesen. Indirekt zwar nur, aber trotzdem. Er war ein Vertreter einer Welt, mit der Terra gerade Beziehungen aufbauen wollte. Das Schiff lief aus dem Ruder. Der Tote war ein Doppelwesen gewesen, eine noch wenig erforschte Lebensform. Was für ein verschenkte Chance! Michaela war an einen Kara gebunden und irgendwas lauerte dabei noch im Hintergrund. Wie sollte es nun mit Jake weitergehen? Ein Teil des Symbionten war noch Kind gewesen; woher stammte es? Die Frau war an zwei Kara gebunden. Waren Mit'Xitlan und Terk Freunde gewesen? Die Imnoi würden über die Bindung unweigerlich teilnehmen an jeder zu treffenden Entscheidung, an jeder Idee. Und ihre Gedanken und Empfindungen würden sich wie ein Echo im eigenen Bewusstsein brechen, Einfluss nehmen. Und …

Imnoi sagte: „Du hättest es eher erfahren müssen. Du hättest mit manchem Effekt dieser Bindung besser umgehen können. Doch wir glaubten, es genüge, die Bindung zu dämpfen, bis wir sie lösen. Wir irrten uns."

„Dämpft ihr die Bindung immer noch?"

Er nickte. „Wir haben kein Recht, Anteil an deinem Privatleben zu nehmen."

Brauer dachte an die Nacht mit Kenny. Sie dachte an die Gespräche mit Leo. Und sie dachte plötzlich an Tnom.

„Zwischen uns bestand keine Bindung", sagte Imnoi leise. „Keine Bindung dieser Art. Wir empfanden Liebe füreinander, tauschten Gedanken aus. Doch wir blieben zwei trennbare Teile."

„Ich erinnere mich, dass ich euch um diese Liebe beneidet habe", gestand Brauer. „Sie schien mir so vollkommen."

„Sie war es nicht. Trotzdem: Die Wunde, die Tnoms Tod hinterließ, war tief und schloss sich nur langsam."

Sie fragte sich, ob es je eine Frau geben würde, die die starke und heißblütige Tnom ersetzen konnte.

Er lächelte. „Ja, sie war heißblütig, obwohl sie das heftig bestritten hätte."

Sie fühlte sich rot werden.

„Niemand kann Tnom ersetzen", fuhr Imnoi fort. „Und niemand soll sie ersetzen. Selbst wenn ich sie heute träfe, würde ich nicht wieder dasselbe für sie empfinden wie damals. Ich habe mich verändert."

Brauer schwieg. Ja, Imnoi hatte sich verändert. Und auch sie hatte sich seit damals verändert, hatte Erfahrungen gesammelt, war reifer geworden. Sie waren einander näher gekommen. Nah genug, um eine Bindung entstehen zu lassen. Sie stutzte: Nah genug, um eine Bindung entstehen zu lassen? Sie sah Imnoi an. Er tat, als verstünde er die Frage nicht. Sie versuchte, die Antwort in ihm zu lesen, stieß aber nur auf eine kühle Mauer aus Sachlichkeit. Also gab sie auf und horchte in sich selbst hinein.

Eine Bindung also. Und wie fühlte sich das an? Sie wusste es nicht. Genaugenommen fühlte es sich gar nicht an. Es war eigentlich eher ein Fakt, eine Tatsache, um die man wusste oder nicht. Es war ... normal. Selbst der Gedanke, dass Imnoi Einblick in ihr Privatleben hatte, weckte keine Emotion in ihr. Sie versuchte herauszubekommen, warum das so war, denn eigentlich sollte die Vorstellung, selbst bei den intimsten Dingen nicht allein zu sein, bei normalen Menschen profundes Unbehagen auslösen. Nun – vielleicht war sie doch nicht normal. Sie sah Imnoi lächeln und zuckte die Achseln. „Kann doch sein."

Sein Lächeln vertiefte sich. „Du bist Captain."

„Sag ich doch! Welcher normale Mensch wird schon Captain. – Imnoi?", fuhr sie ernst fort. „Ich möchte ... Ich möchte wissen, wie es ist, wenn die Bindung durch nichts gedämpft oder abgeschirmt wird."

„Warum?", fragte er eine Spur zu schnell.

„Vielleicht ...", sie hob die Schultern, „... ist es ja gar nicht so schlimm und die ... die Bindung muss gar nicht ... naja ... gelöst werden."

Imnoi überlegte. Sie spürte, wie er mit den Argumenten rang. Schließlich sagte er: „Wenn wir darauf achten, Imnoi 2 nicht zu stören, können wir den Schild senken."

„Aber?"

„Dein Inneres wird vor mir liegen, offen wie ein Buch und ungeschützt wie ein Neugeborenes. Ich könnte dich verletzen."

Sie sah den Kara einen Moment forschend an. Dann sagte sie: „Nein. Das könntest du nicht."

Jason Boor betrat den Club. Er sah sich um, holte sich einen Teller Suppe und setzte sich dann zu Jake Kenny, der lustlos in einem Salat herumstocherte. Er nickte dem Techniker zu. Kenny erwiderte den Gruß.

Eine Weile aßen die beiden schweigend. Dann sah Kenny den Ersten Offizier fragend an.

Boor lächelte. „Sie haben mich ertappt. Ich wollte Sie tatsächlich etwas fragen."

„Dann tun Sie das doch einfach", schlug Kenny vor.

„Gut. Sie arbeiten doch mit Wil Richards an der Entschlüsselung der akakoranischen Bibliothek."

„Ich helfe bei einigen technischen Details."

„Gut. Vielleicht … Ist irgendwas … Haben Sie Anhaltspunkte dafür, dass die Allianz vielleicht auch im Sol-System operierte?"

Kenny dachte nach. Dann schüttelte er den Kopf. „Ich erinnere mich nicht an so einen Hinweis. Haben Sie schon mit Wil oder mit Micki gesprochen?"

„Micki?"

„Der Captain. Haben Sie mit ihr gesprochen?"

„Nein. Ich wollte vorher mehr Fakten sammeln."

„Fakten?", fragte Kenny unsicher. „Fürchten Sie, die die Explosion von Akakor könnte Auswirkungen auf die Erde haben?"

Boor kratzte sich die Schläfe. „Ich weiß es nicht. Aber ich habe Hinweise, dass die Erbauer der Marsstädte Akakor zumindest kannten. Und soweit ich weiß, nimmt man an, dass FaceCity durch einen Krieg zerstört wurde."

Kenny runzelte die Stirn. „Sie denken, unsere Steuerprobleme könnten …?" Er ließ den Satz in der Schwebe.

„Die Steuerprobleme?", fragte Boor. „Nein, an die hatte ich …"

„Hey!", unterbrach ihn jemand.

Boor sah auf.

Sein Doppelgänger stand vor ihm und sagte: „Lass die Finger von ihr!"

Leonard Cohen tippte auf den Bildschirm und sagte zu Yongbo Tian: „Das ist schon der achte Fall seit gestern."

Der Chefarzt hob die Schultern. „Marsgrippe ist ziemlich anstekkend. Ehe nicht wenigstens achtzig Prozent der Besatzung durch diese Welle durch sind, werden wir auch weiterhin etliche Grippe-Patienten haben."

„Wir hatten vor zwei Wochen erst eine Grippe-Welle", erinnerte Cohen. „Die Antikörper sollten noch wirksam sein."

„Es ist eben jetzt eine andere Variante!"

„Und woher kommt die? Wir sind hier nicht auf der Erde oder dem Mars, wo an zwei Enden der Welt zwei Grippeformen ausbrechen und sich dann irgendwo treffen. Wo kommt die zweite Variante so schnell her, hier auf dem Schiff?"

Tian knurrte etwas.

„Ich meine doch nur", beharrte Cohen, „dass wir die Sache nicht auf die leichte Schulter nehmen sollten!"

„Die Mutation kann auf Akakor entstanden sein", erwiderte der Chefarzt. „Bei jemandem, der nur ganz leicht erkrankt war."

„Genau das meine ich! Wer sagt uns, dass es sich um eine weitere harmlose Abart der Viren handelt? Diese acht Fälle hier haben alle mit markanten Stoffwechselirritationen zu tun. Und meinen Untersuchungen nach ist Mit'Xitlan ..."

Jemand rief von draußen nach dem Chefarzt. Tian und Cohen eilten aus dem Büro. Kenny und Boor stützten einen Mann, der sich kaum noch auf den Beinen halten konnte.

Cohen schob eine Liege heran, auf die die beiden Männer den Verletzten legten. Es war der andere Boor. Er hatte eine Platzwunde an der Stirn und eine aufgesprungene Lippe.

Tian sah den stehenden Boor an. Der wischte sich den Schweiß von der Stirn und hinterließ dabei eine Blutspur in seinem Gesicht.

„Was zum Teufel ist passiert?", schimpfte Cohen und beugte sich über den Mann auf der Liege. „Wer hat ihn so zugerichtet?"

„Ich", sagte der andere Boor. „Er hat mich angegriffen. Ich habe mich nur verteidigt. Er muss wohl unglücklich gestürzt sein."

Cohen tupfte vorsichtig das Blut aus dem Gesicht des Liegenden. Der andere Boor setzte sich auf den nächstbesten Schemel.

Der Chefarzt blickte zu Kenny. „Waren Sie dabei?"

„Ja. Ich unterhielt mich mit …", Jake Kenny machte eine unsichere Geste zur Liege hin, „… ihm. Glaube ich."

„Mit mir", korrigierte der sitzende Boor.

„Und wer sind Sie?", fragte Tian.

„Wer … Was?", stotterte Boor verblüfft.

„Ich fragte, wer von den Doppelgängern Sie sind", wiederholte Tian ungnädig.

„Boor 2", sagte Boor 2.

„Die Kopie also", sagte Tian. Und an Kenny gewandt fragte er weiter: „Und was geschah dann?"

„Dann kam Boor … 1 in den Club. Er kam zu uns an den Tisch und sagte irgendwas wie: ‚Lass sie in Ruhe!' oder so. Boor 2 fragte, wen er meint, und plötzlich zerrte Boor 1 Boor 2 am Kragen hoch und verpasste ihm einen Fausthieb."

„Dann ist das da drüben wohl eher Boor 2", vermutete Tian.

„Er schlug mich voll in den Magen!", begehrte Boor 2 auf. „Die Platzwunde bekam er erst bei dem Sturz!"

Cohen richtete sich auf und stemmte die Arme in die Seite. „Ob der Chefarzt sich vielleicht mal um seinen Patienten kümmern könnte? Oder mir wenigstens dabei helfen?"

Tian drehte sich unwillig um.

„Die Wunde an der Stirn muss geschlossen werden", sagte Cohen. „Und irgendwas stimmt mit seinem Puls nicht."

Tian griff nach einem Diagnosegerät und reichte es Cohen. Dann ging er zum Schrank.

„Also ich habe Boor nie vorher so außer sich gesehen", erklärte Kenny. „Boor … also Boor 2 musste ihn niederschlagen, sonst hätte er ihn vielleicht noch umgebracht."

„Verdammt!", entfuhr es Cohen. „Kreislaufkollaps!"

Tian schob Kenny beiseite und stürzte zur Liege. „Sauerstoff!", befahl er und Cohen zerrte das Beatmungsgerät heran.

Tian schrie nach Schwester Wayne.

„Was ist los?", fragte Boor 2.

Die Ärzte schoben Boor 1 in das Nachbarzimmer. Kenny trat näher, wurde von der Krankenschwester aber beiseite gedrängt. Kristine Wayne schloss die Tür vor Kennys Nase.

Boor 2 und Kenny wechselten einen langen Blick. In diesem Moment öffnete sich die Tür und Solana trat herein. Sie stürzte sofort auf Boor 2 zu und fuhr ihn an: „Was haben Sie mit ihm gemacht? Sie wollten ihn umbringen!"

„Lorena! Ich schwöre dir, ich habe mich nur verteidigt!"

„Für Sie bin ich immer noch Miss Solana!"

„Lorena, ich bin's! Wir waren zusammen im Park."

Die Frau musterte ihn unsicher. „Jason?"

Boor 2 nickte. „Ja, ich bin es wirklich. Und ich schwöre dir, dass Boor 1 mich angegriffen hat."

„Boor ... 1?", hauchte Solana sichtbar fassungslos. „Du ... hast mich angelogen!"

„Angelogen?" Jetzt war es an Boor 2, um Fassung zu ringen. „Wie meinst du ..." Er breitete die Arme aus. „Du hast nie gefragt, wer von uns beiden ich bin! Du ... Ich hatte keine Ahnung, dass das wesentlich für dich ist!"

„Natürlich ist es wesentlich! Du hast dich verstellt, um dem richtigen Jason eins auszuwischen! Und weil du gemerkt hast, dass du in Wirklichkeit gar keine Chance gegen ihn hast, hast du es jetzt mit grober, primitiver Gewalt versucht! Ich hasse dich!"

Boor stand wie erstarrt. Kenny versuchte, die Frau zu beruhigen. Er bemühte sich, ihr zu erklären, dass der andere angegriffen hatte. Solana hörte gar nicht zu.

Doktor Cohen kam aus dem Krankenzimmer. Er trat zum Schreibtisch und drückte die Ruftaste der Komm-Anlage.

„Was ist?", fragte Solana. „Wie geht es ihm?"

Cohen schüttelte den Kopf. „Nicht besonders. Er liegt im Koma."

„Im ..." Boor 2 starrte den Arzt an. „Aber ..."

Solana fuhr zu Boor herum. „Du hast ihn getötet! Du hast ihn umgebracht!"

„Sachte, sachte!", ging Cohen dazwischen. „Erstens ist er noch lange nicht tot, und zweitens haben die Verletzungen durch die Prügelei nichts mit seinem Zustand zu tun."

„Nicht?", fragte Boor hoffend nach.

„Nein", bestätigte Cohen. „Es sieht nach einem atypisch verlaufenden Krankheitsbild der Marsgrippe aus."

„Marsgrippe?", staunte Kenny. „Das ist nicht Ihr Ernst!"

„Doch, leider." Cohen betätigte noch einmal den Komm-Ruf. „Wo zum Geier ist sie?", murmelte er dabei.

Schwester Wayne steckte den Kopf ins Vorzimmer und bat Cohen, zu Tian zu kommen. Cohen verschwand. Hinter ihm blieb die Tür einen Spaltbreit offen, so dass die drei Menschen draußen hören konnten, wie Tian in fieberhafter Eile immer neue Anweisungen gab. Irgend etwas fiepte ohrenbetäubend, ein dumpfer Knall ließ Solana zusammenzucken. Schatten huschten hinter der Tür hin und her. Cohen schimpfte. Die Tür wurde geschlossen und sperrte Boor, Kenny und Solana aus. Sie warteten weiter.

Der Vacha blieb plötzlich stehen und drehte sich um. Heißer Wüstenwind trug seinen modrigen Geruch zu den Jägern. Brauer fasste das Messer im Wurfgriff. Imnoi neben ihr holte aus und sirrend durchschnitt die Klinge die Luft. Ein Pfeifton mischte sich in das heisere Aufbrüllen des Vacha, und weitere Messer flogen dem Raubtier entgegen. Blut tropfte in den roten Sand der Wüste und das Pfeifen strich kühlend über Brauers Kopf. Es stülpte eine gläserne Glocke über den Vacha und die Jäger.

Imnoi drehte sich zu Brauer um und war ohne Schweißspuren der hitzigen Jagd.

Sie lächelte. „Ich habe den Eindruck, dieser Erinnerung folgend in der Lage zu sein, ebenfalls Vacha zu jagen."

„Das könntest du wahrscheinlich auch", antwortete Imnoi 1. „Es wäre etwas schwerer und etwas gefährlicher als in meiner Erinnerung, die aus einer Zeit stammt, als ich schon ein guter Jäger war. Dir würde noch die Übung des Erlernten fehlen, doch du könntest mehr als jemand, der noch nie auf Vacha-Jagd war."

Brauer musterte den Kara.

Der nickte. „Ja. Mit gleicher Deutlichkeit kann ich in deinem Wissen lesen."

„Du könntest das Schiff übernehmen."

„Das könnte ich."

„Würdest du es?"

„Wenn es nötig wäre. Ich kann dir auch ein zweites Paar Augen sein in der Zentrale oder wo auch immer du ein zweites Paar Augen brauchst. Ein drittes Paar sogar, denn Imnoi 2 ist mit dir auf dieselbe Weise verbunden wie ich."

Brauer spürte ein Frösteln. Nein, es war eher ein Prickeln, die Erregung angesichts möglicher Perfektion.

„Nicht ganz", sagte Imnoi und sah auf einen Punkt hinter ihr. Sie drehte sich um. Imnoi 2 war aufgewacht und ins Wohnzimmer gekommen. „Das Gleichgewicht zwischen uns beiden", sagte Imnoi 2, „ist sehr labil. Jede Belastung kann Schaden anrichten, auch in dir, Michaela."

Die Frau schluckte. „Du hast ... Du warst eben dabei?"

„Ich spürte das Echo."

Brauer wich den Blicken der Kara aus.

„Du hattest nicht an unser Doppeltsein gedacht", stellte Imnoi 2 fest.

Sie nickte beschämt.

Die Kara wechselten einen Blick. Brauer spürte darin die Frage nach Imnoi 2s Verletzungen und zugleich die Antwort, dass sie nicht mehr schmerzten.

Dann piepte die Rufanlage und verlangte nach dem Captain. Brauer ging an das Gerät.

Cohen meldete sich. Während er der Frau von dem Zwischenfall mit Boor berichtete, spürte sie Imnoi 2 zum Dienst gehen. Imnoi 1 sagte, dass er in den nächsten vier Stunden schlafen würde und verschwand im Nebenzimmer.

Cohen unterbrach sich kurz, um jemandem zu antworten. Dann sagte er: „Das war eben Aslan. Er sagt, er hätte Fieber. Wahrscheinlich hat er die Grippe. Hoffen wir, dass es ihn nicht genauso umhaut wie Boor."

„Soll ich zu dir kommen?", fragte Brauer.

„Ich wüsste im Moment nicht, wozu", antwortete Cohen. „Es sei denn, dir geht es wieder mal schlecht."

„Nein. Ich dachte nur, du willst mir was über den augenblicklichen Zustand meines Ersten Offiziers erzählen."

„Hab ich das nicht eben? Nun: Er ist stabil."

„Stabil schlecht oder stabil besser?"

„Stabil. Er ist aus dem Koma, aber noch nicht ansprechbar. Deinen zweiten Ersten Offizier habe ich zum Dienst zurückgeschickt. Und die Solana auch. Nach Aslans Ausfall wird es vielleicht etwas eng in der Besetzung der Zentrale."

„Ja. Ich werde die Kara voll einsetzen müssen."

„Wenn du meinst, dass sie dazu fähig sind."

„Bin ich. – Leo?"

„Hm?"

Sie öffnete den Mund, um zu fragen, warum der Freund so einsilbig war, sagte dann aber nur: „Ich melde mich wieder."

Cohen unterbrach die Verbindung grußlos. Brauer starrte noch einen Augenblick lang die Komm-Einheit an. Dann stand sie auf und ging in die Zentrale.

Unterwegs traf sie Kenny.

„Hast du mit Cohen gesprochen?", erkundigte er sich sofort.

„Wegen Boor?", fragte sie, ohne anzuhalten. „Ja. Ärgerlich."

„Ärgerlich?", schnappte Kenny. „Ich dachte, er will ihn umbringen!"

„Wer wen?"

„Boor 1 den anderen. Wegen Lorena. Der eine ist wohl mit ihr ausgegangen und das hat dem anderen nicht gepasst. Wenn ich jeden umbringen wollte, der mit einer Frau ausgeht, die ich …"

Sie blieb stehen. „Jake! Willst du damit sagen, du erwartest, dass ich Boor 1 wegen Körperverletzung anklage?"

Kenny schwieg irritiert.

„Gut. Ich tu's nämlich auch nicht."

„Schon in Ordnung, du bist der Captain. Ich meine ja nur, dass es nicht gut gehen kann, wenn die beiden noch länger so dicht aufeinander hocken."

„Und was soll ich dagegen unternehmen? Wir sind auf einem Raumschiff! So groß es auch ist – die beiden werden sich auch weiterhin über den Weg laufen. – Hoffentlich", setzte sie hinzu.

„Hoffentlich?", stutzte Kenny. „Steht es so ernst um ihn?"

„Ich fürchte ja." Ein Gedanke von Imnoi erreichte die Frau. „Wenn Boor 1 überlebt – und das will ich hoffen – werden sich die beiden einigen. Einigen müssen."

Kenny nickte. „Müssen sie wohl. – Mal ein Themawechsel." Er lächelte. „Hast du heute Abend schon was vor?"

Imnoi 2 sandte der Frau ein Alarmsignal.

Brauer nickte. „Zur Zeit bin ich wirklich ausgelastet, Jake. Tut mir leid."

„Vielleicht ein andermal?"

„Vielleicht", antwortete sie, schon halb im Weggehen, und meinte es in diesem Moment auch so.

In der Zentrale sah Brauer sofort zu Imnoi 2. Der blickte nur kurz vom Sensorpult auf.

Stattdessen sagte Müller: „Sir? Wir haben da ein kleines Problem."

„Ich weiß", antwortete Brauer und trat zum Captainssessel, um Boor 2 abzulösen.

Der deutete auf die Anzeigen des Kleinen Pultes. „Die Kursabweichung tritt schon wieder auf. Sie ist auch mit Gegensteuern nicht mehr zu kompensieren, Sir. Ich habe einen Check im Maschinenraum angeordnet, aber noch keine Ergebnisse von dort erhalten."

„Stoppen Sie das Schiff!", befahl Brauer.

„Aye, Sir", bestätigte Müller. „Schiff stoppt. Relativ Null … jetzt."

Brauer ging zum Sensorpult und schaute Imnoi 2 über die Schulter. „Wir treiben", sagte der Kara leise und zeigte auf einen Monitor. Brauer tippte einen Befehl in die Konsole, und auf dem Bildschirm erschien der Triftweg. Er beschrieb eine deutliche Kurve und schien auf einen bestimmten Punkt hinauszulaufen. Brauer bat Imnoi stumm, dieses Gebiet abzusuchen. Dann wandte sie sich Boor zu.

Boor 2 starrte auf das Kleine Pult. Als er Brauers Blick spürte, sah er verwirrt auf. „Sir, wir treiben ab."

„Was?", fuhr Solana vom Navigationspult herum.

„Soll ich gegenhalten, Captain?", fragte Müller.

„Dann hätten Sie schon den Befehl erhalten", wies ihn Brauer zurecht.

Betretene Stille machte sich breit. Brauer war das im Moment egal. Die Erkenntnisse, die sie aus Imnois Hirn empfing, waren beunruhigend. Mitten hinein in diese Mischung aus Schweigen und Anspannung platzte auch noch Wil Richards.

Boor 2 fuhr ihn sofort an: „Sie kommen reichlich spät zum Dienst!"

Eine Sekunde lang wusste Richards keine Antwort auf diese Rüge. Brauer nahm ihn in Schutz: „Ich hatte Mr. Richards mit der Entschlüsselung der Bücher beauftragt. Und ich nehme an, Sie haben etwas Wichtiges gefunden, Wil. Richtig?"

„Ja, Sir", erwiderte Richards erleichtert. Er wurde aber sofort wieder ernst: „Ich möchte Ihnen das lieber in Ihrem Zimmer erzählen, Sir."

Brauer sah zu Imnoi 2. Der nickte kaum merklich. „Mr. Boor!", sagte Brauer. „Übernehmen Sie so lange!"

„Aye, Sir!", antwortete Boor und setzte sich in Brauers Sessel.

Richards folgte Brauer in den Bereitschaftsraum. Noch ehe sich die Frau gesetzt hatte, sprudelte der junge Mann schon los: „Ich arbeite immer noch an dem Tagebuch, Captain. Ich glaube, ich habe jetzt einen Hinweis darauf gefunden, was mit Akakor passiert ist."

„Ach", bemerkte Brauer überflüssigerweise.

„Ja, Sir. Sie erinnern sich, dass ich davon sprach, dass eine Art Bürgerkrieg in der Allianz ausgebrochen sein muss. Elfet – so hieß der Akakoraner wahrscheinlich, den wir in der Bibliothek fanden – schreibt von Stützpunkten, die von verfeindeten Planeten angegriffen wurden. Die Auseinandersetzungen müssen ziemlich schnell eskaliert sein. Fast alle Planeten bezogen Stellung oder mussten es zwangsläufig."

„... und Akakor war einer dieser Bürgerkriegsparteien?"

„Nicht ganz. Akakor – oder Atztan, wie sich der wirkliche Name des Planeten vermutlich ausspricht – blieb neutral. Es war ursprünglich eine Kolonie der Zentralwelt, sie muss eine Art Sonderstatus gehabt haben, denn offenbar ist sie nie direkt in Kriegshandlungen verwickelt gewesen. Ich bin nicht sicher, worauf dieser Status beruhte. Womöglich handelte es sich um eine Art diplomatischer Stützpunkt, denn es ist mehrfach die Rede von einem Planeten, auf dem sich Vertreter der Kriegsparteien und des Äußeren Ringes trafen."

„Was ist der Äußere Ring?", fragte Brauer und erhielt gleichzeitig von Imnoi die Information, dass es vermutlich ein Objekt gab, das die Explorer anzog.

„Ich bin nicht sicher", sagte Richards. „Ich glaube aber, dass es sich weniger um eine tatsächliche Lokalität handelt, als vielmehr um eine Sammelbezeichnung für Planeten, die im Randbereich der Allianz lagen, aber von keinem Heimatplaneten kolonisiert waren. Es muss sich um unbelebte und Leben tragende Planeten gleichermaßen gehandelt haben. Elfet interessierte sich besonders für einen Planeten, den er als Kella bezeichnete. Es muss dort eine große Niederlassung von Atztanern gegeben haben."

Imnoi 2 teilte Michaela mit, dass sich das Objekt mit mittlerer Geschwindigkeit bewegte.

„Aber das wollte ich eigentlich nicht erzählen, Sir", fuhr Richards fort. „Elfet schreibt in seinem Tagebuch, dass die Allianz sich praktisch selbst auslöschte, durch die verheerenden Waffen, die die Kriegsführer ins Weltall brachten. Es waren unstoppbare Killermaschinen darunter. Eine oder auch einige davon steuerten wohl auf Atztan zu, der Planet wurde evakuiert. Elfet war – offenbar auf eigenen Wunsch – zurückgeblieben, um etwas gegen diese Waffe zu tun. Ich habe jedoch nicht herausgefunden, was er tun wollte und ob er erfolgreich war."

‚Es könnte dasselbe Objekt sein‘, übermittelte Imnoi.

„Danke, Wil", sagte Brauer. „Ist das alles, was Elfet über die Waffe schreibt?"

Richards machte ein langes Gesicht.

„Ich wollte nicht Ihre Arbeit schmälern", versicherte Brauer. „Im Gegenteil, es ist sehr wichtig, was Sie herausgefunden haben, Wil. Es ist nur so, dass wir im Moment den Antrieb das Schiffes außer Betrieb gesetzt haben, weil sich die Explorer nicht mehr steuern lässt. Und obwohl wir ohne Antrieb sind, bewegen wir uns. Es scheint da ein Objekt zu geben, das uns anzieht. Wenn es diese Waffe ist, von der Elfet geschrieben hat, oder eine ähnliche Waffe, dann möchte ich … dann müssen wir so viel wie irgend möglich über diese Waffe erfahren."

„Ich verstehe, Sir", antwortete Richards tonlos. „Ich werde ein spezielles Suchprogramm einsetzen."

„Wenn so was möglich ist … Brauchen Sie noch Helfer?"

„Nein. Da wir nur ein Lesegerät haben, nützt mir ein zweiter Mann nichts. Höchstens um mal eine Pause zu machen oder so."

„Jake Kenny?"

Richards nickte. „Ja, ihn könnte ich schnell in das Programm einweisen."

„Dann tun Sie das, Mr. Richards!"

Richards nickte eifrig und ging. An der Tür rannte er beinahe Imnoi 2 um. Der Kara schloss hinter dem Copiloten die Tür und setzte sich Michaela gegenüber an den Tisch. Die Frau versuchte vergeblich, das Anliegen des Waréners zu erraten.

„Ich kann ebenso an der Suche nach Informationen teilnehmen", sagte Imnoi 2.

„Könntest du", bestätigte Michaela. „Aber ich brauche genauso dringend jemanden neben mir in der Zentrale."

„Die Wunden werden nie wirklich heilen", sagte Imnoi 2. „Die Scherben haben einige wesentliche Nervenstränge und Wirkstoffleitungen durchtrennt. In absehbarer Zeit wird mein Körper die Giftstoffe nicht mehr abbauen können."

Brauer hatte das Gefühl, keine Luft mehr zu bekommen. „Du stirbst?"

Imnoi 2 schüttelte den Kopf. Rot und böse züngelte die Narbenschlange an seinem Hals. „Nicht zwangsläufig. Doch ich werde immer Kraft brauchen, das Gift bewusst unschädlich zu machen."

Brauer wagte nicht, aufzuatmen. „Und?"

„Nichts und."

Sie suchte in ihm. Vergeblich. „Du bist nicht hier, um mir das zu sagen."

„Nein, das bin ich in der Tat nicht. Du hast heute mit Jake gesprochen, sagtest, wenn Boor 1 überlebe, müsste er sich mit Boor 2 einig werden."

„Das sagte ich. War es falsch?"

„Nein. Doch du dachtest mit einem winzigen Teil deines Bewusstseins daran, dass sich das Problem löste, wenn Boor 1 nicht überlebte."

Brauer setzte zu einem heftigen Protest an. Dann wurde ihr klar, dass das albern war: Imnoi kannte ihre Gedanken, besser als sie selbst offenbar. Und dann begriff sie plötzlich, dass Imnoi eigentlich gar nicht von Boor sprach. Sie sprang auf. „Nein! Kommt nicht in Frage!"

„Es ist die einzige wirkliche Lösung", behauptete Imnoi.

„Selbstmord ist nie eine wirkliche Lösung!"

„Diesmal schon."

Sie schnappte nach Luft. „Das ... Das ist doch Blödsinn! Das ... – Weiß Imnoi 1 davon? Er weiß es nicht, stimmt's? Er kann es nicht wissen, denn er würde es nie gestatten."

„Er weiß es tatsächlich nicht. Doch gestatten müsste er es."

„Nie!"

„Setz dich", bat Imnoi die Frau.

„Ich will mich nicht setzen!"

„Setz dich und dämpfe dein Gefühl, damit Imnoi in Ruhe schlafen kann."

Brauer ließ sich in einen Sessel fallen. „Ich gestatte es trotzdem nicht."

„Hör mir zu! Imnoi 1 hat dir nicht alles gesagt. Die Bindung, wie sie zwischen uns besteht, ist nicht nur eine Frage der Verschmelzung unseres Wissens, unseres Denkens, unserer Erinnerung. Sie beinhaltet in gleichem Maße eine innige Verflechtung unserer Gefühle. Zwar ist jeder in der Lage, selbst zu fühlen, so wie jeder auch zu seinen ganz eignen Gedanken fähig ist, doch ein Echo, ein Nachhall wird den anderen immer erreichen. Der andere, in unserem Fall die andern, sind in der Lage, dieses Echo bewusst nicht zu beachten. Wenn es schwach genug ist. Doch wenn es um Empfindungen geht, die schon im einzelnen alles andere überlagern, werden auch die Bindungspartner daran teilnehmen."

„Logisch", warf Brauer ein. „Und wo liegt das Problem?"

„Deine Nacht mit Jake Kenny erzeugte solch starke Empfindungen."

Einen Augenblick lang glaubte Brauer, rot zu werden. Dann bemerkte sie, dass sie sich schuldig fühlte. Aber nicht, weil sie die Imnois mit ihren ungezügelten Emotionen belastet hatte.

„Wir haben sehr lange nicht ... solche Gefühle gehabt", fuhr Imnoi fort. „Seit Tnom starb, gab es keine Frau mehr in unserem Leben."

Sie dachte, dass diese lange Enthaltsamkeit Imnoi wohl besonders empfänglich für diese Art Empfindung gemacht hatte, und wusste zugleich, dass das so nicht ganz stimmte. Wieder versuchte der Gedanke, unerkannt im Hintergrund abzutauchen, aber sie hielt ihn fest und zog ihn ans Licht. Und sie hörte Imnoi denken ‚Ich liebe dich.'

„Es ist schwierig für uns …", setzte Imnoi an, als ob das ich-liebe-dich nicht dagewesen wäre, „… uns durch deine …"

„Hör auf!"

Er sah sie irritiert an.

„Hör auf, drum herum zu reden. Du … Es ist eine Art Ehebindung, oder?"

Imnoi schluckte. „Es scheint so."

Sie atmete tief durch. „Ich hielt das immer für ein Märchen."

„Ich auch. Man tut so, als würde bei der Hochzeit so eine lebenslange Bindung hergestellt, aber niemand kennt ein Paar, wo das tatsächlich passierte. Oder ein Leben lang hält."

„Die warénische Variante der menschlichen ewigen Liebe …"

Er lächelte.

‚Aber dazu gehören doch wohl zwei', dachte sie.

Imnoi runzelte die Stirn.

„Ich meine, ich …", versuchte sie zu erklären, „… ich hab doch gar nicht …"

Ein Schatten flog durch seine Ausstrahlung und trübte die Verbindung zwischen ihnen.

Ihr fiel wieder ein, dass Imnoi 2 sich umbringen wollte. „Was hat das alles  mit deiner – Entschuldige! – völlig blödsinnigen Idee zu tun?"

„Alle Kraft, die ich habe, werde ich brauchen, um gegen das Gift zu kämpfen. Ich werde nicht mit dir schlafen können."

Sie bemerkte, dass sie den Gedanken nicht seltsam fand, und wollte darüber nachdenken, aber Imnoi sprach schon weiter.

„Wenn es Imnoi 1 tut, wird es mich ebenfalls belasten, durch die Resonanz. Wenn er es nicht tut, wird er – und damit auch ich – unter jedem sexuellen Erlebnis, das du mit einem anderen hast, leiden, weil sich Spannungen aufbauen, die nicht lösbar sind. Wenn ich aber dem Gift nicht mehr standhalten kann, wird es sich auf meinen Verstand auswirken, was sich wiederum auf Imnois und deine Denkfähigkeit niederschlägt."

„Das ist doch verrückt."

„Es macht verrückt", korrigierte Imnoi. „Es gibt nur zwei Wege: Die Bindung wird gelöst, oder ich töte mich."

„Dann lösen wir die Bindung", erwiderte Brauer sofort.

„Der Versuch ist schon zweimal fehlgeschlagen", erinnerte er.

„Aber ich kann als Captain nicht zulassen, dass sich jemand aus meiner Besatzung das Leben nimmt!"

Imnoi lächelte matt. „Ich gehöre nicht zur Besatzung. Wir sind nur als Gäste hier."

„Trotzdem bleibe ich der Captain. Ich kann es nicht erlauben."

„Du musst es nicht erlauben. Du musst es nur wissen, um Imnoi 1 beistehen zu können."

„Ich verbiete es", versuchte sie erneut einzuwenden.

Imnoi schüttelte den Kopf.

„Das ist eine Captainsorder!" Etwas wie Panik ergriff von ihr Besitz. „Auf meinem Schiff bringt sich niemand mit Vorbedacht selbst um! Und das ist mein letztes Wort!"

Imnoi senkte den Blick. Brauer nahm es erleichtert als Einverständnis. Der Kara stand auf und ging. Was er dachte, konnte Brauer nicht erkennen. Aber sie war sich sicher, dass er ihren Befehl akzeptiert hatte.

Boor stand zum hundertsten Mal auf und trat zum Steuerpult, um Friedbert Müller über die Schulter zu sehen. Zum hundertsten Mal stellte er fest, dass die Explorer jetzt wieder auf dem richtigen Kurs lag. Und zum hundertsten Mal misstraute Boor 2 dieser Anzeige und ging zurück zum Captainsplatz, um auf dem Kleinen Pult eigene Berechnungen anzustellen.

Nebenbei dachte er über Boor 1 nach. So weit er zurückdenken konnte, hatte er sich nie mit jemandem geprügelt. Nicht einmal als Kind. Geschweige denn später oder gar wegen einer Frau. Wie sehr musste Boor 1 ihn hassen, dass er plötzlich so aggressiv wurde! Wofür eigentlich? Was war an Jason Boor, dass der eine den anderen dafür niederschlug?

Die Zentralentür öffnete sich; Boor 2 drehte sich um. Cohen trat ein. Boor sprang auf und sah ihn fragend an.

„Er ist aufgewacht", sagte Cohen. „Das Schlimmste ist überstanden."

„Yeah!", machte jemand hinter Boor. Er wandte sich nicht um.

„Ist der Captain drin?", erkundigte sich der Arzt, auf die Tür zum Bereitschaftsraum zeigend.

Boor nickte.

Cohen betrat das Zimmer des Captains. „Hast du ein paar Minuten Zeit?", fragte er.

Brauer nickte und lehnte sich in ihrem Sessel zurück. „Klar. Was gibt's denn? Geht's um Boor?"

„Auch", antwortete Cohen und setzte sich ihr gegenüber vor den Schreibtisch. „Er ist zu sich gekommen. Es war knapp, aber er hat es geschafft."

„Gut, sehr gut!", freute sie sich. Wenigstens diese Last war sie los.

Cohens Gesicht blieb wie versteinert. „Es ist eine mutierte Form der Marsgrippe, mit der wir wahrscheinlich noch mehr Ärger bekommen werden. Tian hat ein Serum angesetzt, wir sollten die gesamte Besatzung impfen."

Seine reglose Miene beunruhigte sie. „Natürlich. Sobald ihr soweit seid, könnt ihr anfangen."

Cohen nickte. „Dachte ich mir. Die Pläne sind schon raus. Mit'Xitlan starb übrigens tatsächlich an der Grippe."

„Ich weiß."

„Dachte ich mir ebenfalls. Ich habe in den Plänen auch Untersuchungstermine für die beiden Kara untergebracht. Ich möchte sie während der Grippe-Welle unter Kontrolle behalten."

Brauer stützte die Ellenbogen auf den Tisch und rieb sich mit den Mittelfingern die Schläfen. „Ich dachte, ich könnte mit den beiden in der Zentrale rechnen."

„Das hab ich gemerkt. Sie lösten sich gerade ab, als ich kam." Cohen beugte sich über den Tisch. Endlich zeigte sein Gesicht eine Regung: Sorge. „Ich finde das nicht gut, Micha. Die Verletzungen von Imnoi 2 sind noch lange nicht verheilt."

„Er soll ja hier keinen Sport treiben", erwiderte sie obenhin. „Er vertritt Imnoi 1 nur in den wenigen Stunden, die der zum Schlafen braucht."

Cohen musterte sie.

„Was ist?"

„Das sollte ich dich fragen. Es ist noch gar nicht so lange her, da hast du die Waréner kaum für ein paar Minuten in deiner Nähe ertragen, und plötzlich willst du sie ständig in der Zentrale haben?"

Sie lehnte sich zurück. „Die Zeiten ändern sich eben."

„Ich fürchte auch", brummte Leonard.

Sie lächelte. „Ach komm! Ich hab mich eben … geirrt. So was kommt vor."

„Und was ist mit Kenny?"

Sie setzte eine erstaunte Miene auf. „Kenny? Was soll mit ihm sein?"

„Vergiss es!", winkte Cohen ab. Er stand auf und trat ans Fenster.

Sie hob irritiert die Brauen. „Bist du sauer, weil ich … dir nichts gesagt habe?"

„Es ist dein Leben", schoss es aus ihm heraus.

„Du … bist mein bester Freund, das weißt du. Ich dachte …"

Er drehte sich um. „Lassen wir die Seifenopern, abgemacht?"

Sie nickte unsicher.

Cohen setzte sich wieder. „Ja, ich war sauer", gab er zu. „Ich dachte, ich kenne dich. Ich dachte, du … Ich weiß nicht. Ausgerechnet Kenny? Was ist an dem schon dran außer einer hübschen Fassade?"

Endlich verstand sie. Sie versuchte, die Situation locker zu halten, und lächelte. „Willst du das wirklich wissen?"

„Ja!"

„Er ist zärtlich, er ist nicht dumm, es schmeichelt einer Frau, von einem schönen Mann beachtet zu werden."

„Das trifft auf hunderttausend andere auch zu!"

„Richtig."

„Warum also er?"

„Er war gerade in Reichweite."

Cohen bemerkte endlich ihr Lächeln. Er atmete tief durch. „Entschuldige. Ich habe kein Recht, mich so … naja … aufzuspielen. Es ist nur so, dass ich … mir einfach nicht vorstellen kann, dass er der Richtige für dich ist. Ich meine, wenn ich schon so was wie dein wohlmeinend väterlicher Freund bin, will ich wenigstens sicher sein, dass du einen Mann bekommst, der deiner Wert ist."

„Zum Beispiel?"

„Ich weiß nicht ... Imnoi zum Beispiel."

„Gut", erwiderte sie in gespieltem Ernst. „Nehme ich den."

„Es sind aber zwei."

„Nehm ich eben beide." Sie grinste breit. „Doppelt hält bekanntlich besser."

Cohen schüttelte den Kopf. „Also weißt du!", sagte er mit dickem Vorwurf in der Stimme.

Brauer zuckte die Achseln.

Cohen lachte.

Brauer spürte sich lächeln. Ihre Gedanken verknäulten sich indessen. Als sie sagte, sie würde Imnoi nehmen, hatte sie das scherzhaft gemeint, hatte völlig vergessen, wie nah sie in Wirklichkeit an dieser Bemerkung schon dran war. Und auch jetzt, als sie Leo ansah, kam ihr die Idee, eine Liebesbeziehung mit Imnoi einzugehen, absurd vor.

Ein fremder Gedanke sagte: Die Bindung ist vielleicht doch lösbar. Und ein anderer Gedanke dachte: Sie ist mit Sicherheit lösbar.

Cohen streckte sich. „Gut. Nachdem das also geklärt ist und wir gerade bei den Kara sind: Willst du sie wirklich im regulären Dienst einsetzen?"

„Spricht was dagegen?"

„Imnoi 2s innere Verletzungen."

„Er kommt klar damit. Er hat ... ja Hilfe." Sie hatte ‚unsere Hilfe' sagen wollen.

Cohen bemerkte ihr Zögern nicht. „Hast du noch manchmal Kontakt zu ihnen?"

Sie nickte.

„Beeinträchtigt es deine Entscheidungsfähigkeit?"

Sie grinste schief. „Wie soll ich das denn feststellen?"

„Hast du das Gefühl, dass es dich beeinträchtigt?"

„Nein. Nein, das Gefühl habe ich nicht."

Er sah sie forschend an. „Aber?"

Sie öffnete vorsichtig ihr Bewusstsein für Imnois Gedanken. Sie spürte ihn sich mit Dingen beschäftigen, die über die Sicherheit des Schiffes entscheiden konnten. Ein kurzer Kontakt, wie ein Aufblicken Imnois, ihre Frage nach Problemen und das beruhigende

Kopfschütteln der Kara gaben Brauer das Gefühl, alles im Griff zu haben. Sie versicherte dem Freund: „Es gibt kein Aber. Überhaupt keins."

Boor stand zum dreihundertsten Mal auf, um Friedbert Müller über die Schulter zu sehen. Genau in diesem Moment drehte sich der Pilot um und erklärte: „Wir weichen schon wieder vom Kurs ab. Soll ich dem Captain Bescheid sagen?"

Boor 2 war eine Sekunde lang verblüfft. Dann sagte er: „Nein, noch nicht. Können Sie die Ursache erkennen?"

Müller schüttelte den Kopf.

Boor drehte sich zu den Sensorpulten um. „Könnten Sie etwas feststellen?", fragte er den Copiloten.

McCullogh kratzte sich ausgiebig am Hinterkopf. „Nein, gar nichts. Kein Gravitationsfeld, keine Strahlung … Von meinem Platz aus sieht es so aus, als würden wir selbst einen anderen Kurs steuern."

Boor hieb auf die Ruftaste des Kleinen Pultes. „Maschinenraum! Gibt es Probleme mit den Steuerdüsen?"

„Nein, Sir", kam die Antwort. „Die geänderten Daten werden korrekt umgesetzt."

Boor riss die Augen auf. „Müller, haben Sie die Kursdaten geändert?"

„Sie haben keine Änderung angeordnet", erwiderte der Pilot beleidigt.

„Das fragte ich nicht! Ich wollte wissen, ob Sie die Steuerung betätigt haben!"

„Das habe ich nicht, Sir!"

„Maschinenraum? Von hier gehen keine Veränderungen aus."

„Ich kriege hier aber ständig neue Zahlen rein, Sir", verteidigte sich der Mann am anderen Ende.

Solana wandte sich vom Navigationspult um: „Sollten wir nicht doch den Captain informieren?"

„Ich sage schon, wenn Sie das tun sollen!"

„Sir?", meldete sich McCullogh. „Also von hier aus sieht es so aus, als ob die Steuerbefehle aus der Zentrale kommen. Aber erst nach dem Steuerpult. Irgendwo in der Leitung zwischen hier und

Maschinenraum muss es jemanden geben, der uns vom Kurs abbringen will."

Boor fühlte Panik in sich aufsteigen. Er hatte plötzlich die zerstörte Zentrale der GS1 vor Augen. „Müller, können Sie diese Befehle blockieren?"

„Ich versuche es."

„Keine Änderung", meldete McCullogh.

„Verdammt!", entfuhr es Boor.

„Ich orte einen Körper voraus, Sir", sagte Imnoi.

Boor sah ihn fragend an. „Was für einen Körper?"

„Dazu kann ich keine Angaben machen, Sir. Ich registriere nur seine Masse."

„Nur die Masse? Keine anderen Sensorreflexe?"

„Nichts, Sir", bestätigte McCullogh.

„Kann uns das Ding anziehen?", fragte Müller.

McCullogh schüttelte den Kopf. „Nicht so stark. Es sei denn, die Sensoren irren sich bei der Massenangabe um Größenordnungen."

„Ein Schwarzes Loch?", mutmaßte Collet.

McCullogh verneinte. „Zu geringe Masse. Und wir müssten Raumkrümmungen oder so messen können."

„Und wenn das Ding getarnt ist?", fragte die Frau.

Boor sah sie groß an. „Getarnt?"

Collet hob die Schultern. „Na ja."

Boors Gedanken überschlugen sich. Er versuchte, sich zu erinnern, nach welchem Prinzip der Tarnmechanismus der Nugromischen Kriegsschiffe funktionierte. Dann dachte er ernsthaft darüber nach, ob es sinnvoll wäre, an die Nugroma zu denken, da sie es doch vielleicht mit den Überbleibseln der Kriegstechnik der Allianz zu tun hatten. Und gleichzeitig überlegte Boor fieberhaft, ob er Brauer rufen sollte.

Im Bereitschaftsraum des Captains setzte Brauer das Teeglas ab und stand auf.

„Was ist?", fragte Cohen.

„Irgendwas in der Zentrale. Imnoi ist über Boors Verhalten beunruhigt."

„Imnoi ist ...", wiederholte er verblüfft, doch sie hatte den Raum schon verlassen. Cohen folgte ihr. Er sah Brauer einen kurzen Blick mit dem Kara wechseln. Dann sagte sie: „Solana, bereiten Sie so schnell wie möglich eine Sonde vor! Aktiv-Passiv-Programm."

„Sofort", erwiderte Solana eifrig und hantierte an ihrem Pult.

Brauer tippte Müller im Vorbeigehen an. „Lassen Sie die Maschinen stoppen!"

„Aye, Captain!"

„Fertig", meldete sich Solana.

Brauer sah zu Imnoi. „Schlechter Zeitpunkt?", fragte sie ihn.

Imnoi 1 hob verwirrt eine Braue.

Solana schaute auf. „Captain?"

„Ja?", schreckte Brauer auf. „Ja, starten mit Kurs auf das unbekannte Objekt."

„Gestartet, Sir."

„McCullogh?"

„Keine Daten außer Masseangaben, Captain. Die Sonde wechselt jetzt die Abtastfrequenzen."

Brauer zuckte wie unter einem Peitschenhieb zusammen.

Cohen eilte zu ihr, doch sie wehrte ab: „Imnoi."

Cohen sah sich um. Der Kara krümmte sich vor Schmerz.

„Nein", hauchte sie und stützte sich auf den Arzt. „Der andere!"

„Was ist mit ihm?"

„Er stirbt."

„Collet!", rief Cohen. „Schicken Sie sofort Tian zu Imnoi 2!" Zu Brauer sagte er: „Setz dich hin!"

Brauer streckte die Hand nach Imnoi 1 aus. Cohen folgte ihr mit den Augen und sah den Kara krampfhaft nach Luft ringen. Er ließ Brauer los und eilte zu ihm.

McCullogh sagte: „Die Verbindung zur Sonde ist weg!"

Der Arzt schrie: „Rufen Sie eine Trage und Sanitäter her!"

Solana half dem Captain, sich in den Sessel zu setzen.

Boor 2 starrte auf den Hauptmonitor, wo die Sonde unbeeindruckt ihre Bahn zog, und hatte das grinsende Gesicht der Mumie vor Augen.

Imnoi stöhnte auf. Brauer klammerte sich an den Sessellehnen fest und atmete flach und hektisch.

Boor löste sich vom Anblick der Sonde und trat zu McCullogh ans Sensorpult. Der Copilot machte ihm Platz.

„Wir treiben nicht mehr", sagte Müller verblüfft.

Zwei Sanitäter stürmten in die Zentrale, Cohen winkte sie zu sich heran. Yongbo Tian erschien, sah den Captain und ging zu Brauer.

Die Sanitäter legten Imnoi auf die Trage. Der Kara hatte sich beruhigt. Er war blass, aber er atmete jetzt tief und gleichmäßig. Cohen schickte die Sanitäter mit ihm in die Krankenstation und trat zu Brauer. Auch sie war leichenblass. Sie zitterte.

Tian wollte ihr den kalten Schweiß von der Stirn wischen, aber Brauer wehrte seine Hand ab. „Sie sollten zu Imnoi gehen!", fuhr sie ihn kraftlos an.

„Schwester Wayne war sowieso zu ihm unterwegs, wegen der Impfung. Ich hielt es für nötiger, mich um den Captain zu kümmern."

Brauer starrte ihn an. „Was??" Zornesröte stieg ihr ins Gesicht. „Sie … Sie hätten ihn vielleicht retten können! Sie haben ihn einfach sterben lassen, weil Sie sich in ihrem Größenwahn zu fein waren, jemanden anders als den Captain zu behandeln!?! Sie … Sie … Sie sind hiermit von Ihrem Posten entbunden! Haben Sie mich verstanden?!"

„Micha …", versuchte Cohen, sie zu beruhigen.

„Nein! Nichts Micha! Er hat ihn einfach sterben lassen, verstehst du? Er hat …" Sie brach in Tränen aus. „Er hat ihn sterben lassen, Leo, einfach sterben lassen! Er hat ihn sterben lassen …" Sie schluchzte.

Cohen schlang seine Arme um die Frau. „Komm!", bat er. „Ich bring dich in dein Quartier."

Sie schüttelte den Kopf und löste sich aus Cohens Armen. „Nein, ich …" Sie wischte sich die Tränen aus dem Gesicht. „Ich kann jetzt nicht weg." Sie sah zu Tian auf, der immer noch starr neben ihrem Sessel stand. „Doktor! Ich entschuldige mich für meinen Ausbruch. Sie hätten … Sie wären zu spät gekommen, selbst wenn Sie Ihrer ärztlichen Pflicht gemäß Doktor Cohens Hinweis gefolgt wären. Das entschuldigt allerdings nicht Ihr Verhalten. Ich … werde später darüber entscheiden, ob Sie als Chefarzt des Schiffes noch tragbar sind."

„Sir, ich protestiere ge…"

„Ich sagte später!" Brauer wandte sich ab und ließ Tian einfach stehen. „Mr. Boor?"

Cohen legte seine Hand auf ihren Arm. „Micha! Du solltest jetzt lieber in dein Quartier gehen."

„Nachher. Im Moment hab ich hier ein wichtigeres Problem."

„Michaela!"

„Bitte, Leo! Und würdest du nach Imnoi sehen? Er ist ziemlich geschwächt durch ... Er ist ziemlich geschwächt."

Er gab nach. Er nickte. „Okay. Aber sobald das Problem hier geklärt ist, will ich dich auf der Krankenstation sehen."

Sie nickte knapp.

„Captain?"

Brauer drehte sich zu McCullogh um. Der deutete mit einem Seitenblick auf Boor, der über die Konsole gebeugt stand und heftig beschäftigt schien.

Brauer trat zu ihm. Boor schreckte auf. „Sir, wir haben nur noch beschränkten Kontakt zu der Sonde."

Brauer nickte. „Gut. Geben Sie mir, was wir haben!"

Boor betätigte ein paar Schalter. „Masse und IR", kommentierte er die Zahlen auf dem Monitor.

„Standort des Objektes?"

„Siebzehn und ..." Boor stockte. „Wir verlieren die Sonde!"

„Solana!", schrie Brauer und drehte sich zum Hauptbildschirm um. „Torpedos!"

„Aye, Sir!"

Die Sonde explodierte zu einer kleinen roten Wolke.

„Und abfeuern!"

„Feuern, Sir."

Der leuchtende Punkt eines Torpedos schoss durch die rote Wolke und schlug irgendwo im Schwarz auf. Im Licht der Nuklearreaktion konnte man die vagen Umrisse einer stacheligen Kugel erkennen. Ein zweiter Torpedo schlug auf, und die Kugel zersplitterte in einem Funkenregen.

Dann herrschte Stille.

Irgend jemand schluckte hörbar. Müller atmete geräuschvoll aus.

„So", sagte Brauer und stand auf. „Damit dürften wir erst mal gerettet sein. Mr. Boor? Übernehmen Sie jetzt. Ich ... Ich habe einer ärztlichen Anweisung zu folgen."

Michaela erwachte mit einem Gefühl sonniger Wärme. Mit geschlossenen Augen spürte sie der Empfindung nach, glaubte den Duft von Samstagsfrische wahrzunehmen. Was immer Samstagsfrische war. Sie versuchte, das Wort zu deuten, doch es zerfloss unter ihren Blicken. Jemand lag schlafwarm neben ihr, doch auch dieser Eindruck verflog rasch.

„Micha?", fragte Cohen.

Die Krankenstation. Brauer blinzelte. „Hm?"

„Wie geht es dir?"

Sie streckte sich und öffnete die Augen. Ihr Blick fiel auf die Liege neben sich. Imnoi. Brauer setzte sich auf. „Wie geht es ihm?"

„Er hat einen Schock erlitten", antwortete Cohen. „Er ist über den Berg, aber er braucht wohl noch etwas Ruhe."

Brauer betrachtete den Kara. Er wirkte friedlich, gelöst.

„Micha?"

„Ja?" Sie sah Cohen an.

„Wie fühlst du dich?", wiederholte er seine Frage, während er Brauer aufmerksam musterte.

Sie lauschte in sich hinein. Sie spürte Imnois Präsenz wie ein schlafwarmes Kissen, nahm Cohens sorgende Aufmerksamkeit wahr und konnte das Schiff summen hören. Und alles wirkte leicht, bar jeder Spannung oder gar Bedrohung. Selbst das Wissen um die Toten hatte etwas Friedfertiges an sich.

„Micha?", hakte Cohen nach.

Sie lächelte. „Es ist alles …" Sie wollte ‚perfekt' sagen, aber das schien ihr ob der kürzlichen Ereignisse dann doch unangemessen. „… in Ordnung", vervollständigte sie deshalb. Sie stand auf. „Lass uns rübergehen!", flüsterte sie.

Cohen folgte ihr ins Nebenzimmer. Nachdem er die Tür geschlossen hatte, sagte er: „Imnoi 2 ist tot."

„Ja, ich weiß." Sie setzte sich auf Cohens Stuhl.

Er nahm ihr gegenüber Platz. „Du hast es gespürt, oder?"

Sie nickte.

„Er … hat Gift genommen."

„Ja. Ich weiß."

„Das dachte ich mir schon." Cohen beugte sich zu ihr herüber. „Hör mal, Micha", setzte er mit ernster Mine an. „Ich habe dich während des Schlafes gescannt und ich habe ungewöhnlich aktive Psi-Muster entdeckt. Für einen Menschen jedenfalls. So … klar waren die Muster nichtmal, als du mit Terk kommuniziert hast."

„Ja, ich weiß."

„Du …?" Cohen richtete sich auf. „Natürlich weißt du es. So stressfrei wie die Muster sind … Und du bist nicht besorgt?"

„Nein."

„Du fragst nichtmal, worüber du besorgt sein solltest …"

Brauer spürte seine Anspannung. Sie versuchte, Cohen mit einem Lächeln zu beruhigen. „Ich weiß, warum ich deiner Meinung nach beunruhigt sein sollte, aber das trifft nicht zu. Imnoi kontrolliert mich nicht, Leo. Auch Terk und Mit'Xitlan haben das nie getan. Ich weiß", kam sie seinem Einwand zuvor, „womöglich würde ich gar nicht merken, wenn er es täte. Aber glaub mir: Er tut es nicht. Garantiert nicht."

„Ich wollte, ich wäre mir da ebenso sicher."

„Vor ein paar Stunden hast du mir noch vorgeschlagen, ihn zu heiraten", schmunzelte sie.

„Ich?" Cohen tat empört. „Sowas würde ich nie vorschlagen!"

„Ich werde es trotzdem tun", hörte sie sich ernsthaft sagen.

Cohen hielt es für einen Scherz. „Ja klar!" Dann fiel ihm auf, dass sie nicht lächelte. „Du … Was?"

Ihr wurde bewusst, was sie da gesagt hatte, und dass es keine Entscheidung gewesen war, nichts, was sie sich überlegt hatte – von gut überlegt ganz zu schweigen. Und trotzdem fühlte es sich richtig an.

„Wieso?!"

„Ich brauche ihn, Leo. Seine Denkkraft."

„Seine Denkkraft? Was hat das mit Heiraten zu tun?"

„Ich bin mit ihm verbunden. Das macht mich besser. Schneller bei Entscheidungen. Sicherer. Wie bei dieser Waffe. Ich wusste, dass die Torpedos sie zerstören würden, weil Imnoi es im Geist schon durchgespielt hatte."

„Das habe ich schon begriffen, Micha. Aber nochmal: Was hat das mit Heiraten zu tun?"

‚Ich weiß nicht', dachte sie. Und dann sagte sie „Ich liebe ihn" und wusste dabei, dass das nichts mit Begehren zu tun hatte, obwohl es das sollte. Und sie sah Cohen an, dass auch er wusste, dass das nichts mit Begehren zu tun hatte. Doch während sie wusste, dass es trotzdem richtig war, blieb seine Skepsis.

„Also", sagte sie, um seinen fragenden Blicken auszuweichen, und stand auf. „Ich muss mal nach dem Rechten schauen."

„Ja, tu das." Er erhob sich ebenfalls. „Ich sag dir Bescheid, wenn Imnoi wieder wach ist. Obwohl du das ja wahrscheinlich selbst mitkriegen wirst."

„Ja, wahrscheinlich. Sag mir trotzdem Bescheid, wegen ... naja, falls du noch Zeit brauchst, um ihn noch unter die Lupe zu nehmen oder so."

Cohen nickte. Dann fiel ihm noch etwas ein „Ach so: Als du geschlafen hast, hat mich Boor gefragt, ob wir in der Krankenstation auch Tätowierungen ausführen würden."

„Und? Würdest du?"

„Ich müsste mich mal schlau machen, was man da für Farben nimmt. Ich hoffte aber, du würdest ihm das ausreden."

„Warum? Ist es gefährlich?"

„Nein, aber ... Der Grund scheint mir fragwürdig. Es muss andere Wege geben, sich unterscheidbar zu machen. Unterschiedliche Ränge zum Beispiel."

„Und wen von beiden soll ich degradieren? Sie sind ausgebildete Commander der G-Flotte und haben als Erster Offizier auf der Explorer angeheuert. Sie bleiben in dem Rang."

Er runzelte die Stirn. „Beide?"

„Beide. Sie einigen sich schon."

„Das hast du schon mal gedacht."

„Sie haben dazugelernt. Es braucht eben seine Zeit, sich in ... so einer extremen Situation zurechtzufinden."

„Ja", sagte Cohen, obwohl er sichtlich zweifelte. „Vielleicht braucht es nur Zeit."

Boor 2 saß in der Messe und hörte Jake Kenny zu, der Lorena Solana etwas über die neueste Akakor-Geschichte erzählte, die er und Richards gefunden hatte. Er versuchte dabei, zu ignorieren, dass Solana mit glänzenden Augen an Kennys Lippen hing, und umklammerte wie Halt suchend seine Kaffeetasse.

„... und irgendwie ging der Plan wohl auf, denn obwohl dieser Planet so weit weg war, sind immer mehr Leute gekommen und wollten die Sammlung sehen."

„Obwohl das alles Fälschungen waren?", fragte Solana hoch interessiert.

Kenny nickte bedeutungsvoll. „Ja. Merkwürdig, oder? Aber wissen Sie, woran mich das erinnert? An das echte Akakor."

„Es gibt noch eine echte Sammlung?", staunte Solana

„Nein nein, diese nachgemachten Tiere sind schon einzigartig, man wollte damit ja Neugier wecken. Aber auf der Erde gab es auch sowas, nur nicht mit Tieren, sondern mit archäologischen Artefakten. Damals gab es da in Mittelamerika so einen Deutschen, der tat so, als wäre der letzte Überlebende eines Indianerstammes, der Kontakt zu Außerirdischen ..."

Boor erhob sich.

Kenny schaute auf. „Alles in Ordnung, Sir?"

„Ja. Meine Pause ist nur vorbei", log er.

„Verstehe. Könnten Sie mir Bescheid sagen, wann der Captain wieder zu sprechen ist? Sie sollte von dieser Geschichte erfahren."

„Warum?"

„Warum?" Kenny verstand offenbar nicht. „Es könnte wichtig sein."

„Wofür?"

„Wo...?" Kenny runzelte die Stirn. „Ich weiß nicht, aber wenn da irgendwo eine Sammlung mit falschen Lebensproben als Köder lauert, dann ..."

Boor unterbrach ihn. „Hören Sie, Jake! Ihr Enthusiasmus in allen Ehren, aber schreiben Sie doch einen Bericht, den sich Brauer ansehen kann, wenn sie wieder im Dienst ist! Oder den ich mir ansehen kann. Vielleicht versuchen Sie ja auch erstmal rauszubekommen, wo ungefähr diese ..." er zeichnete mit den Fingern Anführungsstriche in die Luft, „... Falle lauert. – Sie entschuldigen mich." Während er sich umdrehte, sah er Solana ihm einen fragend-vorwurfsvollen Blick zuwerfen. Er ignorierte ihn genauso wie das einsetzende Tuscheln der beiden, das eindeutig ihm galt.

Er hatte gerade die Messe verlassen, als er die Nachricht bekam, dass Brauer wach und auf dem Weg in die Zentrale war. Collet bat ihn außerdem, bei Aslan vorbei zu schauen, da dieser seinen Dienst nicht angetreten hatte und auf Rufe nicht reagierte.

Als Boor 2 Aslans Quartier erreichte, fand er dessen Tür halb geöffnet vor. „Dor?", fragte er in den Raum hinein, während er vorsichtig eintrat. Das Quartier lag nahezu im Dunkeln, nur vom Gang her fiel Licht ins Zimmer. „Mr. Aslan?", wiederholte Boor. „Sind Sie da?" Er fand den Lichtschalter neben der Tür und drehte ihn etwas auf. Im Dämmern erkannte er eine Gestalt im Sessel sitzen. Er erhöhte die Helligkeit. „Wildor? Alles in Ordnung?", fragte und ging auf den Mann im Sessel zu. Dieser reagierte kaum, hob nur etwas den Kopf. Ob er Boor wahrnahm, blieb unklar.

„Was machen Sie denn hier im Dunkeln?", fragte Boor. „Man vermisst Sie in der Zentrale." Er berührte Aslans Hand. Sie war kühl. „Dor, hören Sie mich?"

Wildor Aslans Blick richtete sich auf Boor. Erkennen zog hinein. „Mr. Boor."

„Ja. Was tun Sie hier, Dor? Wir machen uns Sorgen, weil Sie sich nicht gemeldet haben."

„Sorgen?" Der Anflug eines entschuldigenden Lächelns belebte Aslans Gesicht. „Tut mir leid. Ich habe ... wohl die Zeit versäumt."

„Roxana hat versucht, Sie zu rufen."

Aslan warf einen Blick auf das Tischchen neben sich, wo das Kommarmband lag. „Ich muss es wohl deaktiviert haben."

„Was ist los mit Ihnen? Fühlen Sie sich krank? Ist es die Marsgrippe?"

„Die ...? Nein. Nein ich glaube nicht." Er schien zu überlegen. „Nein, ich denke, ich bin gesund."

„Sie denken?"

„Ich bin sicher. Es ist nur ..."

Boor nahm auf einem der Schemel Platz, die neben dem Tischchen standen. „Was ist nur?"

„Ich bin ... nicht Wildor Aslan."

Boor tat erstaunt. „Ach nein? Sie sehen aber so aus wie er."

Aslan lächelte schief. „Sie wissen, was ich meine."

Im ersten Moment wollte Boor nicken, doch dann sagte er: „Weiß ich das?"

„Sie sind wie ich."

„So? Na ich habe zum Beispiel eine Glatze und Sie nicht."

Aslan schnaufte verärgert.

Boor rückte näher. „Hören Sie, Dor! Vergessen Sie diesen ganzen Mist! Wir wissen immer noch nicht, welche Versionen die Kopien sind und welche die Originale oder ob das überhaupt so gesagt werden kann. Beide Seiten könnten Kopien sein und die Originale sind aufgelöst worden. Oder beide Seiten sind zum Teil Original und zum Teil zu einem Ganzen ergänzt. Das bringt doch alles nichts! Dor! Mal ehrlich! Erwarten Sie jetzt wirklich von mir eine Analyse darüber, was Identität ausmacht? Es tut mir leid, da müssen Sie die Philosophen fragen!"

Aslan zog die Brauen zusammen. „Wir haben Philosophen an Bord?"

„Was? Nein. Nein, haben wir nicht."

Aslan war sichtbar enttäuscht.

Boor spürte, dass er wütend zu werden drohte. Er atmete tief durch. „Mr. Aslan! Ich bin kein Philosoph und ich kenne auch keinen. Ich bin nur der Erste Offizier dieses Schiffes und als solcher verantwortlich dafür, dass der Dienstbetrieb so reibungslos wie möglich abläuft. Dazu gehört, dass wir einen Zweiten Offizier brauchen, und der Einzige an Bord, der auf diesen Posten passt, sind Sie. Also bitte! Entweder Sie gehen in die Krankenstation und lassen sich wegen Dienstunfähigkeit beurlauben, oder …" Boor stand auf, „… Sie kommen jetzt mit und machen verdammt noch mal den Job, für den Sie ausgebildet wurden!"

Aslan schluckte hörbar. Dann stand er ebenfalls auf. Er nickte.

„Was heißt das jetzt?", fragte Boor. „Arzt oder Zentrale?"

„Zentrale, Sir."

Boor atmete auf. „Gute Entscheidung! Kommen Sie!"

Als Brauer die Tür zur Zentrale öffnete, schlug ihr Streit entgegen. Yongbo Tian hatte sich vor dem Captainssessel aufgebaut und redete auf Boor ein, Isaac Sauders stand neben Tian und redete auf ihn ein, Boor versuchte, beiden gleichzeitig zu antworten und Friedbert Müller diskutierte mit Roxana Collet.

„Hallo?", machte sich Brauer bemerkbar.

Schlagartig wurde es still. Boor, der wie befreit aufsprang und auf Brauer zukam, sagte: „Schön Sie zu sehen, Captain! Wie geht es Ihnen?"

„Gut. Was ist hier los?"

„Nur eine kleine Diskussion", wiegelte Boor ab, „nichts Ernsthaftes."

„Nichts Ernsthaftes?", widersprach Tian. „Ja glauben Sie denn wirklich, das mit der Mine war Zufall?! Schauen Sie doch mal in die Protokolle! Wer hatte denn Dienst, als wir die Kontrolle verloren?! Die Kopie! Dem echten Boor wäre schon viel früher …"

„Das wissen Sie doch gar nicht!", fiel ihm Collet ins Wort. „Sie waren nicht hier und haben überhaupt keine Ahnung von der Arbeit in der Zentrale! Niemandem …"

„Das müssen Sie ja sagen", unterbrach Tian. „Sie sind ja auch eine."

„Eine was?", schnappte Collet.

„Kopie!"

„Captain!", wandte sich Tian an Brauer. „Sehen Sie denn nicht, dass die Kopien unzulänglich sind? Sie dürfen sie nicht einfach …"

„Unzulänglich? Unzulänglich?!", schnaubte Müller. „Das ist doch Blödsinn!"

„Und was ist mit Aslan, he?"

„Was soll mit ihm sein?"

„Sehen Sie ihn hier irgendwo? Nein, tun Sie nicht, weil er nicht der echte ist, sondern nur eine Kopie, die sich einen Teufel um seinen Job schert! Und Walter? Haben Sie Walter mal gesehen und wie der beim Training neuerdings schnauft?"

„Ha! Erwischt! Sergej ist gar keine …"

„Ruuhe!!", schrie Brauer.

Alle starrten sie an.

„Sind Sie verrückt geworden?! Was zum Teufel ist in Sie gefahren, dass Sie sich aufführen wie im Kindergarten?!"

„Sir, wenn …", setzte Tian an

Brauer funkelte ihn an, so dass er sofort wieder verstummte. „Hören Sie!", sprach sie, ohne sich an jemanden konkret zu wenden. „Wir haben mit Akakor etwas Ungewöhnliches erlebt. Wir haben

Crewmitglieder verloren, andere sind in zweifacher Ausführung zurückgekehrt. Es ist mir ehrlich gesagt sch… Es ist mir egal, wer davon Kopie ist oder ob man das überhaupt so nennen kann. Nach allen Regeln der Diagnostik sind es normale Menschen und wie alle normalen Menschen sind die zurückgekehrten Crewmitglieder nicht perfekt. So wie auch kein einziger von denen, die diesen … Unfall nicht erleiden mussten, perfekt ist. Wenn ich Sie …", sie sah Tian scharf an, „… in diesem Zusammenhang jemals wieder von Kopien reden höre, oder …", sie schaute in die Runde, „… irgendeinen anderen, werden Sie mich von einer Seite kennenlernen, die Sie nie vergessen werden! Vielleicht wird irgendwann irgendwer klären, was passiert ist und was das für Auswirkungen auf die Betroffenen hatte, aber bis dahin besteht diese Crew aus Mitgliedern, die allesamt Aufgabe zu erfüllen haben und dies nach besten Kräften tun. Und die dafür respektiert werden. Nein", korrigierte sie sich, „nicht dafür, dass sie ihre Arbeit tun, sondern einfach nur dafür, dass sie sind."

Tian runzelte die Stirn. „Dass sie was sind?"

„Menschen, Doktor, Menschen. – So!", Brauer klatschte in die Hände. „Machen wir uns wieder an die Arbeit! Jason, würden Sie bitte eine Besprechung mit der Führungscrew und der Sicherheitsmannschaft vorbereit? Ich möchte die Daten, die wir von der Mine gewinnen konnten, auswerten."

# EPILOG

„Ist das wahr?", fragte Leonard Cohen und trat, Brauer eine Weinflasche reichend, in ihr Quartier

„Ist was wahr?"

Cohen ließ sich in einen Sessel fallen. „Dass du gestern die Kommandocrew zusammengestaucht hast."

„Woher weiß du das?" Sie holte zwei Gläser aus dem Schrank.

„Hey!" Er breitete die Arme aus. „Ich arbeite ich der Informationszentrale. Ach was, ich bin die Informationszentrale! – Die Solana sprach davon, Müller hat es ihr erzählt, um sie zu warnen."

Brauer setzte sich neben Cohen und reichte ihm die Flasche. „Machst du mal auf?"

„Also hat sie recht."

„Wer und womit?"

„Solana." Er goss den Wein ein. „Dass Müller sie warnen wollte."

„Kann sein. Ich bin ganz froh, dass das so die Runde macht."

„Wieso?"

„Weil ich keine Ahnung habe, wie man sowas als offiziellen Befehl rausgibt. Vor allem, weil ich keine Ahnung habe, was ich offiziell als Strafe androhen sollte."

„Ach, manchmal geht es auch gar nicht um offizielle Strafen, sondern nur darum, mal Klartext zu reden. – Apropos Klartext: Was ist jetzt mit Imnoi?"

„Was soll mit ihm sein?

„Er gehört jetzt ganz offiziell zur Zentralencrew."

„Ja."

„Und ... eh ... das andere?"

Sie lächelte. „Das andere?"

„Du weißt schon. Das mit dem Heiraten."

„Naja ..." Sie wurde ernst. „Das war nicht meine Entscheidung. Das ist einfach passiert."

Cohen runzelte die Stirn. „Heiraten passiert nicht einfach so ..."

„Doch, in dem Fall schon. Nach warénischem Brauch. Wir sind verbunden, es wäre unlogisch, das zu leugnen. Und ehrlich gesagt: Es fühlt sich gut an."

Er blickte skeptisch.

„Nein wirklich, es fühlt sich gut an."

„Hm", machte er. Er musterte sie nachdenklich.

„Ich weiß." Sie lächelte. „Mir ist klar, dass das verrückt wirkt, aber ... nach all dem ... all diesem wer-ist-wer-Quatsch und den Unsicherheiten, die alle dabei entwickelt hatten, und ... diesem ständigen Gefühl, den Ereignissen eigentlich nur hinterherzulaufen ... Es ist wie ein neuer Boden, verstehst du? Ein fester Boden. Und ... ich bin wacher denn je."

„Nun ja", erwiderte Cohen, „das ist vielleicht nicht die schlechteste Voraussetzung für das, was alles noch kommen wird."

Sie nickte. „Wahrscheinlich nicht." Sie hob das Glas und prostete ihm zu. „In diesem Sinne!"

„In diesem Sinne ..."

# Aus der Zeittafel der Warén-Welt

Michaela Brauer wurde im Februar 2274 gemeinsam mit ihrem Zwillings-bruder Phil in Deutschland geboren. Im Laufe der Jahre absolvierte sie ein Biologie-Studium und eine Pilotenausbildung.

Der G-Antrieb wurde 2291 als Prinzip entdeckt und bis 2293 entwickelt. Das erste Boot mit G-Antrieb bestand den Testflug vom 15. 3. 2293 bis zum 1. 11. 2293 mit ausgezeichneter Bilanz. Das Galaxy-Ship 1, die Hope, startete am 1. 3. 2294 zum ersten Flug. Im Jahr 2303 wurde sie verschrottet. Dem vorausgegangen war eine Begegnung der GS1 Hope mit einem Schiff der Nugroma und einem Schiff der Interplanetaren Föderation, zwei ver-feindeten Reichen, zwischen deren Fronten die Hope geraten war.

Michaela Brauer ergänzte ihre Ausbildung um den Bereich GS-Navigation; die praktische Ausbildung dazu abslovierte sie auf der GS2 Parzival; bei dem betreffenden Flug entdeckten die Menschen den Planeten Warén (Mai 2300). Michaela Brauer gehörte zum ersten Erkunderteam.

Ende 2302 schloss Michaela Brauer ihre Kommandobrief-Ausbildung er-folgreich ab, war daraufhin ein Jahr lang Copilot auf der GS2 Parzival und trat schließlich im Januar 2304 ihren Posten als Captain der GS5 Explorer an. Die Ereignisse in diesem Buch finden im Jahr 2306, während des zwei-ten Fluges der GS5, statt.

*Mehr über die bereits erzählten Geschichten aus der Warén-Welt erfahren Sie unter www.jonRomane.de.*

FSC
www.fsc.org

MIX

Papier | Fördert
gute Waldnutzung

FSC® C083411

Zeitfracht Medien GmbH
Ferdinand-Jühlke-Straße 7
99095 Erfurt, Deutschland
produktsicherheit@kolibri360.de